北京宣传文化引导基金
BEIJING CULTURE GUIDING FUND
北京宣传文化引导基金资助项目

扬兮镇诗篇

许言午 著

北京出版集团
北京十月文艺出版社

目 录

001　　序　章
008　　第一章　菜泡饭
046　　第二章　素烧饼
093　　第三章　疯女人
145　　第四章　石板桥
218　　第五章　无名巷
275　　第六章　瑛阿姨
325　　第七章　老戏文
387　　终　章

序　章

扬兮镇坐落于一处隆起的平坦高地上。北边紧挨着连绵的群山。南边有一片开阔地带，自西向东横贯着一条宽阔的河，名叫扬兮河。河对岸散落着几个小村子。村子里升起的炊烟，常随风飘入镇子。

故事开始时，镇子的规模不大，主街道呈东西走向，是全镇唯一一条水泥铺就的道路，两旁植满了梧桐树。年深日久，梧桐树长得高大茂盛。镇上的主要公共设施，除了政府机关、医院、学校、邮局之外，还有百货大楼、新华书店、电影院、面店、副食品商店等等。

20世纪80年代后，街边多了几家私人开设的小餐馆和录像厅。录像厅为招徕看客，在门口安装了小音箱。每到黄昏，小音箱里就传出对白声、音乐声、打斗声，穿过暮色，隐隐弥漫于整条街道，令人仿佛置身于一个简陋的戏剧排练场。

1984年9月1日，从清晨起，扬兮镇便下起瓢泼大雨。这场大雨有助于我们的回忆，但对那天的扬兮镇居民来说，却是件麻烦事。

风助雨势，雨水汇聚成河，四处漫溢。小镇地势较高，只有主街道是水泥路面，其余多是老旧残破的青石板路和黄泥路，雨水一冲，到处坑坑洼洼，流淌着泥浆水。行人们打着伞，深一脚浅一脚地踩着水坑赶路，风急雨骤，谁也顾不得脚下。

在一座老居民区的巷子里，一位年约四十的女人打着伞，步履匆匆地走着。伞下紧跟着个扎马尾辫的小女孩，是她十二岁的女儿，小学刚毕业。母亲走得急，女儿不得不一路小跑着，努力跟上母亲的步伐。母女俩都穿着雨鞋。小女孩的雨鞋是红色高筒的，色泽鲜艳，很醒目。

"别往水坑里踩！雨鞋还是新的呢。"母亲说。

小女孩一愣，脚步慢下来，离开了母亲的雨伞，头发立刻被雨淋湿了。母亲停步，往回拽住女儿，拉到自己身边。

"你就是笨。"

"我不要穿新雨鞋。"

"新雨鞋好看。"

母女俩走出巷子，转入镇中心的主街道，很快来到照相馆的屋檐下。母亲收拢雨伞，吩咐女儿："鞋子冲一下。你赵叔叔最要干净了。"

女儿很听话，学着母亲的样，伸出脚，借助檐角淌下的水柱，将雨鞋底的污泥冲洗掉。

母女俩走进照相馆。

这是一栋两层楼的老建筑，房屋的主体属于镇供销社。只在西边角上，辟出一小部分用作照相馆。一楼光线昏暗，堆满了杂物，空间局促，勉强够挤放下一辆自行车。照相馆在二楼。楼梯是木头的，又窄又旧，踩上去嘎吱作响。

楼道容不下两人并行。母亲走在前面，女儿跟在后面。女儿额前的一绺头发，湿漉漉地粘在脑门上。她解开马尾辫，把橡皮筋套在手腕上，双手一路不停地绞着头发。

这是扬兮镇唯一的一家国营照相馆，历史悠久。每一任照相馆师傅，都是镇上的名人，很受尊敬。在小镇居民眼里，照相馆的师傅显然是高级知识分子，衣服穿得整洁得体，头发纹丝不乱，整天足不出户，摆弄着高深莫测的照相机，面对的是人们最体面最沉静，也是最神秘的时刻。

这一任师傅赵国良，比起以往历任师傅，名声更大，受尊敬程度更甚。他不仅能拍出好照片，还写得一手好字，作得一手好画，笔下的花鸟虫鱼，栩栩如生。镇上讲些体面的人家，但逢娶亲嫁女，都喜欢去讨一张照相馆赵师傅的画，既好看又喜庆。赵国良不收钱，有求必应，只收一点水果、糕点之类的薄礼，聊作润笔费。

赵国良其实是本地人，老家在一个偏僻的村子里，距此不过三十多里地。他在小镇工作生活近二十年了，平时却坚持说一口普通话，或与他年轻时外出当兵的经历有关。偶尔遇到村里来的乡亲，不得不说本地方言时，他说得也是别别扭扭，字不正腔不圆，好像患了奇特的失忆症，该怎么说话都忘了。乡亲们私下认为他是故意的，骨子里瞧不起人。赵国良年届不惑，仍孑然一身，无妻无子。因此，镇上关于他有很多传言，比如说，他早年当兵，训练时"那个"被误伤了，成了太监，结不成婚等等。

赵国良当兵期间，曾因一场意外，导致左腿轻度残疾，走路稍有点瘸，并不严重。为什么至今未结婚成家，真实原因无人知晓。也许是常年过着单身生活，他养成了某些冷僻习性，极爱干净，每天要花不少时间整理屋子，甚至照相馆门前的空地，他也坚持自己打扫，不容他人插手。苛刻的做派，加上令人费解的口音，让他与周围的人显得格格不入。在镇上虽广受尊敬，却无亲近的朋友。

此时，赵国良站在二楼窗口，望着被大雨笼罩的街道。照相馆里冷冷清清的，这种天气不会有顾客登门。他早已瞥见楼下大门口，在屋檐下整理雨鞋的母女俩。他没有立刻跟她们打招呼，而是安静地站在那里，出神地看着她们。

之后，他走进盥洗室，取出两块干毛巾，等候在楼道口。

母女俩一前一后走上来。赵国良露出拘谨的笑容。

"赵叔叔好。"小女孩脆声叫道。

听到这声叫唤,赵国良的笑容便完全释放开了,他将毛巾递给小女孩。

"头发擦干。"

虽当过兵,赵国良却更像一介文弱书生。中等偏上身高,皮肤白皙,说话慢条斯理,始终保持着同一个声调,让人很难窥探到他的情绪变化。

大雨仍未停歇,一阵紧似一阵。密集的雨点击打在地面、屋顶、玻璃窗上,响着铺天盖地的聒噪声。照相馆内却温煦如春。在一个类似客厅的小房间里,赵国良俯身在电炉上烧水煮茶。中年女人神情萧瑟地坐着。小女孩跑到外间工作室里四处打量。这是她第一次来照相馆,看着一切都新鲜。

"这孩子以后怎么办?"中年女人说。

赵国良直起身来,想说什么,却欲言又止。

小女孩站在那台高大的相机前。相机上蒙着一块黑绒布。她踮起脚,想把黑绒布掀开。

"想不想照相?"赵国良忽然出现在她身旁,取下相机上的黑绒布,问道。

"想!"

中年女人站在客厅门边望着他们。赵国良征询般地看看她。

"给她拍个单人照吧。"她说。

屋外雨声喧哗。屋子里却一片阒寂,像是被隔离出外部世界了。赵国良走到相机后,微笑着朝小女孩使个眼色,伸手指指背景墙前的位置,要她站那里。

小女孩跑过去,落落大方地站在指定位置。背景墙上绘着一幅水彩画,出自赵国良手笔,布满了整面墙:碧绿的河水缓缓流淌,看似深不见底,毫无波澜。远处群山耸峙,峰顶雾气缭绕。河边近景处,盛开着一簇清幽的兰花。

刚淋过雨,小女孩的身体感受到了凉意,略显拘束。灯光照射下,脸色看起来有些苍白。她穿一件单薄的绛紫色短夹克,里边是一件圆领白色T恤。一条灰白色牛仔裤,裤腿收拢,束在红色高筒雨鞋里。头发尚未干透,一缕缕披散着,垂挂在肩头。

她取下手腕上的橡皮筋:

"妈,我要把头发扎起来。"

母亲取来梳子,帮她梳了梳头发,扎成简单的马尾辫。

"这样好,这样好。"埋头在相机后的赵国良轻声赞许道。

小女孩粲然一笑。

安静的房间里,响起相机快门摁下的咔嗒声。

三十多年后,在扬兮镇的一家民宿里,一位名叫张咏的中年人,拿出这张泛黄的黑白两寸单人照给我看。照片中,小女孩的形象已斑驳模糊。他说,她就是扬兮镇。

第一章　菜泡饭

1

张咏原名江咏，家住扬兮镇狮石巷，在国营百货大楼后的一座老居民区里。

他父亲江文泉是镇人民医院的总务科副主任。时光刚进入20世纪80年代，三十八岁的江副主任，就和一个年仅二十五岁，名叫苏冬丽的妇产科护士搞在了一起。

镇上关于两人的传闻很多，极尽夸张荒诞之能事。

传闻里，他们的幽会地点遍及医院的角角落落。从清晨的办公室，到夜深人静时的病房。从刚死过人的手术台，到刚吃过饭的食堂餐桌。甚至停放着病人遗体的太平间也不曾放过。每个时间、地点都有目击证人。但没有一个目击证人是有名有姓的，均为"人家讲"。众人把江文泉的桃色事件当作长篇评书，得闲了就来听个刺激，添枝加叶一番。

这起桃色事件在扬兮镇闹得沸沸扬扬，影响极坏。那些年，社会也好，公家单位也好，对待个人生活作风问题，态度还是相当严厉的。最终，涉事人员无一得以周全。江文泉的结发妻子张瑛含屈忍辱一年后，主动提出离婚。江文泉则受到单位内部处分，总务科副主任一职被拿掉，降为普通员工。苏冬丽被调离原岗位，发配去看管医院太平间。

抛妻弃子时，作为父亲和男人，也作为该镇曾经颇受尊敬的人士之一，江文泉维护住了最后一点体面，将所有存款及狮石巷祖传屋子给了妻儿。他拎着一箱随身衣物，一箱书，像个刚参加工作的小伙子一样，潇潇洒洒地搬出去了。

当时江咏还在念小学三年级。他记得1981年的那个冬至日，傍晚，全镇的家庭都在准备冬至节的晚饭。放学回来后，他用挂在脖子上的钥匙打开家门，发现母亲张瑛蜷卧在地呼呼大睡、浑身酒气。身旁是两个空酒瓶，一摊呕吐物。

类似场景，这阵子以来江咏已遭遇过多次，所以并不惊讶。他蹲下身，用手探探母亲的额头，的确是醉酒，没别的毛病，先不管她。他捡起两个空酒瓶，放入墙角的一口大纸箱里（收集至一定数量后卖了换钱）；拿来拖把和抹布，清理掉那摊呕吐物；再抱一床被子盖在母亲身上。接着打开窗户，通风散味。

之后，他裹一条毛毯，倒一杯开水，抱着铁皮饼干盒，坐在冷风嗖嗖的餐桌旁，啃起了饼干。

深夜,张瑛头昏脑涨地醒来。房间里黑乎乎的,窗户大开。路灯光微透进来。风吹动窗帘,墙壁间暗影浮动。此情此景,很像是间失窃的屋子。她心头一沉,赶紧起身开灯,然后才看见儿子裹着毛毯,趴在餐桌上已酣然入睡,嘴角边还沾着饼干屑。

张瑛鼻子一酸,悲从中来,感觉自己的前半生被偷光了,一把搂住儿子,号啕大哭起来,边哭边骂:

"江文泉,你这个畜生!"

据说那天深夜,狮石巷一带的居民,纷纷竖起耳朵,细听张瑛撕心裂肺的怒骂声。她站在家门口,面对着空寂无人的巷子,像朗诵诗歌一样,从年轻时江文泉怎样不要脸地追求她骂起,一直骂到现在江文泉又是如何不要脸地抛弃她为止。其间夹叙夹议,不时地补充一些关于江文泉的生活小秘密,比如,他经常一礼拜不洗澡,外套换得比内裤勤,等等。这篇骂文在镇上传播开以后,一些江文泉的医院同事,私下里都认为骂得好,骂得痛快,骂出了他们的心声。

只有读小学三年级的儿子江咏认为,母亲的做法很不妥当。母亲站在屋外骂父亲时,他关上窗户,进厨房找出中午的剩饭剩菜,倒入钢精锅里,加了水和盐,再放两把撕碎的青菜叶,煮成一锅菜泡饭。当母亲骂完父亲回房时,他已在餐桌旁吃起来。张瑛在巷子里吹着冷风,宣泄一通后,酒彻底醒了，情绪也恢复了平静。她看着埋头吃菜泡饭的儿子，觉得这孩子心真大，简直是麻木不仁，不像是亲生的。她筋疲力尽地在餐桌边坐下。

"妈，快吃吧，要凉了。"江咏说着给母亲盛出一碗。

"妈今天下午和江文泉那个畜生把离婚手续办了，哪有胃口吃饭？"张瑛环顾着略显空荡的房间，不无哀怨地说道。早在正式办理离婚手续之前，江文泉就已搬出去了。

"爸不像你讲的那样坏。"

"不许叫他爸！他跟别的女人跑了，不是你爸了。以后叫他江文泉。"

江咏疑惑地看着母亲，觉得这话的逻辑不通。爸跟别的女人跑了，为什么就不是他的爸了？

但他并不反驳。他年纪小，却颇为老练，懂得察言观色，会照顾母亲的感受了。

"你以后改姓张，跟妈姓。不许姓江了。"张瑛恨恨地说道。

"那不一样嘛。"江咏说。当地口音里，江、张的发音相同，都发"江"音。

"写起来就不一样了。"

江咏点点头，继续吃菜泡饭，不再表示异议。

从此，这孩子就变成了张咏。

张瑛在镇医院食堂当伙夫，择菜淘米，洗碗刷锅，一年到头起早摸黑。虽然辛苦，薪水微薄，却是份旱涝保收的正式工作。与江文泉离婚后，她一个人带着儿子，那点薪水不免捉襟见肘。那几年，扬兮镇街边开始零星出现个体摊贩，做小吃饮食及各类小商品买卖。一些做得好的个体户，其收入已明显高于一般公职人员。张瑛动了辞职下海的心思。

离婚后第二年，她辞去医院食堂的工作，在街头摆起了服装摊。她是扬兮镇最早的服装个体户之一。

张瑛身材瘦小，却精力旺盛，天生一副大嗓门，什么话都敢说出口、骂出口，是镇上有名的"臭嘴婆"，做起事来大胆泼辣，不怕丢面子，为人颇有点小精明，会算账，但最大的特点是吃苦耐劳。扬兮镇一带的人，普遍能吃苦耐劳。张瑛更甚，这方面一般人比她不上。

不到两年，张瑛的服装生意便做得有模有样。她做生意没什么诀窍，靠的是没日没夜地拼命苦干。

当年交通状况差，信息比较闭塞。在扬兮镇做服装买卖的，通常是去县城拿货。县城里有一家小型服装批发市场，其货品多由本地的乡镇企业制作，廉价，土气。只有极少部分货品，来自省城杭州，或更远的广州。张瑛别出心裁，越过县城这一级，直接去杭州进货。

从扬兮镇到杭州，坐大巴车需要九小时左右（中途在县城转车）。一路颠簸，尘土飞扬。尤其是冬夏两季，这趟旅程的辛苦程度超乎想象。张瑛风尘仆仆地奔波在杭州城里，斜挎一个装满现金的黑色皮革包，手拿一张城区地图，辗转于各服装批发市场。挑货，砍价，打包，托运，一系列工作全由她独自一人完成。返程时，不舍得空着手，再捎上两大蛇皮袋货品，鼓鼓囊囊地挤在臭烘烘的长途大巴上，吭哧吭哧地扛回扬汾镇。那几年，镇上的年轻人都知道，要想花最少的钱，穿得最漂亮最时髦，就得去张瑛摊位买衣服。

去一趟杭州不容易，不仅费时间，还费钱。张瑛到杭州进货，一个来回最快也要三天。有时拿不到满意的货，必须就地等待，一耽搁就是五六天。她在杭州城里，住最便宜的旅店，吃最廉价的饭菜。与买卖无关之地，半步也不敢踏入。但她每次回来，总不忘跟儿子吹嘘，这趟又去了杭州哪个景点，见了哪些世面。

"你要用功念书，以后考到杭州上大学。"

儿子张咏知道，母亲说的那些景点，那些世面，都是她多年前的存货，无半点新意。但他不挑破，只是听话地点点头。

做生意之前，张瑛是个没出过远门的人。但多年前确实去过一趟杭州，游玩过很多景点，见过世面。那次是沾了前夫江文泉的光。单位送江文泉去杭州培训，他顺便把妻子张瑛也带上了。

那趟短暂的杭州之旅,极大地开阔了张瑛的眼界,丰富了她的想象力。她在西湖边拍了一组"艺术照",花销不菲。回来后挑出一张满意的,送到照相馆里将照片放大、染色,然后装进相框,挂在卧室墙上。

照片中,她面露微笑,头微微扬起,呈45度角望向天空。她穿一件大红高领毛衣,胸前别着一枚领袖像章,两腮也染成了红色。那时她很年轻,微胖,个子矮小,脸颊、身材都是圆嘟嘟的,看起来像一枚喜蛋。

后来据江文泉说(也有可能是好事者编派出来的),从张瑛的照片上墙那一刻起,他在家里就没睡过安稳觉。每天早晨,江文泉醒来睁开眼睛,看着墙上那枚红艳艳的喜蛋,心境就特别悲凉,觉得活着真是没意思。从那时起,他就动了开小差跑路的心思。

张瑛离婚后的这年除夕,母子俩吃年夜饭,张瑛忽然眼眶湿润地对儿子说:

"妈这半辈子吃过最大的苦,就是江文泉。吃过最香的饭,就是你煮的菜泡饭。"

张咏不明白母亲为什么会讲出这种话来,像念诗一样,听着让人尴尬。

2

张咏不爱说话，沉默寡言到了令人生厌的程度。母亲张瑛说，儿子两岁多才会叫"妈妈"，三岁多才会叫"爸爸"，而且爸爸还叫得不清不楚的，总是叫成"怕怕"——由此可以证明，这孩子命中注定不该有爸爸。这当然是张瑛一厢情愿的胡说八道。她希望儿子不要认江文泉做父亲。但张咏不这么想。

他对父亲印象不错。主要是因为江文泉脾气好，从不打骂儿子。这样的君子爹在扬分镇很难得。和张瑛离婚后，江文泉与苏冬丽领了结婚证，在镇子东边的东亭巷租下两间房，开始了新生活。住处离医院比较远，要穿过大半个镇子。江文泉每天骑自行车上下班。

有时，途中遇到去镇小上学的儿子，江文泉会停车，把儿子拉到路边，塞给他一点零花钱，拍拍他的小肩膀，很认真地说："有空来看看爸！"好像念小学的儿子是个工作忙碌的成年人。

张咏起初不愿意去，一是考虑到母亲张瑛的感受。万一被她发现，挨骂事小，伤了母亲的心更是他所不乐见。二是他不喜欢和陌生人打交道。与父亲江文泉结婚的苏冬丽，张咏曾在医院见过几次,并不熟悉。总之,他觉得父亲每次对他发出邀请,都让他感到为难。

直到父母离婚近两年后,他才第一次踏足父亲的新家。

那天是周末,前一天母亲张瑛去杭州进货了。张咏单独留在家中。他已经习惯这样的日子。他上小学五年级了,下半年就要升初中。买菜做饭洗衣等日常事务,对他来说早就不是问题。母亲出门前,照例给了他足够的零用钱,千叮咛万嘱咐的。唯独忘了提醒儿子,不可以去江文泉家吃饭。

傍晚,张咏在家写作业。已到晚饭时间,可他一点也不饿,寻思着不如上街买两个烧饼吃。于是他锁好房门,带上钱,晃荡着双手出门了。

街道旁的两行梧桐树,枝繁叶茂。西边的天空布满了晚霞。镇子上空,弥漫着远处村庄飘来的炊烟味,闻着让人饥肠辘辘。张咏忽然感到饿了,于是更改原计划,临时决定多买一个烧饼。镇上有两家烧饼铺子,其中一家是新开的,店面装修得不错。虽然粗糙了点,土气了点,不过对做烧饼而言,已算是相当漂亮考究。但门脸替代不了内容,最好吃的烧饼,还是在老牌的国营面店里。

在面店里做烧饼的是胡运开老师傅。他在扬兮镇做了一辈子的烧饼。因手艺好,六十多岁了仍坚守岗位。不仅单位挽留他,镇上爱吃烧饼的居民们也纷纷挽留他。这无疑是一份极大的尊重和荣耀。胡运开也乐在其中。张咏经常到胡运开老师傅那里买烧饼。张瑛母子俩都爱吃烧饼。

白天燥热的空气，此时开始变得清凉了。街道上有几条狗在追逐玩耍，一不小心便互相咬起来。想到母亲不在家，父亲跟别的女人跑了，张咏忽然生出一种无拘无束的感觉，像是被父母丢在了一个有烧饼的孤岛上。他很喜欢这种刚刚才体验到的感受，甚至发现，自己走路的姿势跟往常也有了区别。步子迈得更大了，而且不走直线，东一脚西一脚，想踩哪儿就踩哪儿。因张咏平时不爱说话，路上遇见的熟人，大多懒得搭理他。偶尔有一两个看在他父亲或母亲的分上，叫他一声，他当作没听见，甩着双臂扬长而去。

走到面店门口时，肩膀被人从后面拍了一下。他不用回头，就知道是父亲江文泉。只有江文泉才会这样突兀地拍他的肩。这常常让他感到，江文泉和他确实有着血缘上的联系。父亲的手拍打在肩上，无论是力度还是触感，都很特别，非常容易辨识。

他停下脚步，回头看着江文泉。江文泉骑着一辆28吋的海狮牌自行车，左脚踮在地上，右脚踩着自行车踏板。右手扶着车把手，左手往侧前方伸展着，按在儿子张咏的肩头。脸上挂着惯常的微笑。

江文泉是个见面便有三分笑的人，医院里一些反感他的人，私下叫他"笑面虎"。这只笑面虎脾气很好。张咏自有记忆以来，从未见父亲发过火，粗声大气地说过话，和母亲的脾气完全不同。

这对曾经的夫妇，相貌气质也截然不同。张瑛瘦小精干，不修边幅，言谈举止的速率很快，好像后面总有人催着她似的。江文泉则相反，中等身高，长得白白净净一表人才，喜好文艺，外表修饰得清爽精细，说话行事不急不躁，颇为温文尔雅。

夫妇俩如阴阳八卦图，黑白两个图案判然有别，却绕在一个圆圈里共同生活了十多年。两人的独生子张咏，总体来说更像父亲江文泉一些。

"干吗呢？"江文泉笑眯眯地问儿子。

"买烧饼。"张咏回答。

"见面也不叫声爸！"江文泉不无感伤地说道，"你妈呢？"

"进货去了。"

江文泉若有所思地点点头。他将自行车停放一边，随即走进面店，出来后提着两个塑料袋，一袋烧饼，一袋包子，加起来有二十只。他把两个塑料袋系在一起，挂在自行车把手上。

"上车！"

张咏站着不动。

"趁老虎不在,你跟爸回家,去认个门。"江文泉说。他称张瑛为"老虎",引起了儿子的不快。

"妈不是老虎。"

"对对对,你爸才是老虎。你妈是武松。"江文泉笑着一把抱起儿子,将他放在自行车后座上,"今天到爸家里吃晚饭!"

张咏抓紧车后座。江文泉慢悠悠地踩着车,路遇熟人和他打招呼,他便停车,颇热情地回应着,没话找话地多寒暄几句。他显然是有意为之,想让别人看见车后座的儿子。要不是天快黑了,江文泉恨不得载着儿子,在镇子里兜个大圈,让大家都看清楚,他江文泉虽然离婚了,挨处分了,倒霉了,可儿子还是他江文泉的儿子,一根汗毛也没少。

江文泉的新家租住在镇东边的东亭巷里。这一带是老居民区,整排的旧平房,密密麻麻地紧挨着,房租低廉。江文泉和苏冬丽在巷子尽头租下两间房。一间是套间,用作卧室和书房。隔壁一间是通间,用作客厅兼餐厅。厨房是独立的,在主房对面,隔着巷子,也就两步距离。旁边还有一间更小的柴房(这几年多被改建为卫生间了)。厨房门边有个很小的自来水池,露天的。扬兮镇的老式居民区,其住宅基本上都是这个格局。

江文泉到巷子口下了车。张咏也要下车,江文泉不让。他推着车往巷子里走。沿途的住户热情地和他打招呼,巷子里"江医师下班了啊"的问候声不绝于耳。张咏坐在自行车后座,惊讶地发现,父亲虽然不再是医院总务科副主任,但人缘看起来似乎比以前更好了,并不像母亲说的那样,江文泉是个遭人唾弃的混蛋,狗都嫌弃他。江文泉其实不是医生,高中毕业后招工进了镇医院,在总务科工作。小型医院的总务科,不过是个打杂部门,工作清闲,无须特定专业。但当地人习惯把在医院工作的人,统称为"医师"。尤其像江文泉这样,在医院有一定资历的。

即将到巷子尽头时,江文泉让张咏下了车。张咏看见前面自来水池边,有个身材颀长的年轻女人,正在洗菜。自来水哗哗响着。听见脚步声,她关掉水龙头,扭头望向父子俩,脸上紧跟着露出笑容。暮色降临了,巷子里弥漫着饭菜的香味。张咏看到苏冬丽的笑脸时,感觉如巷子里忽然间亮起了路灯。

"儿子,这是你冬丽阿姨。"江文泉说。

3

那天晚上的情形,像是又回到一家三口的状态。

江文泉、苏冬丽和张咏，围着一张小方桌吃饭。苏冬丽不时地给张咏夹菜。烧饼、包子凉了，她拿进厨房热了热。江文泉随口说，儿子最喜欢吃油煎过的包子。苏冬丽又进厨房，给张咏煎了两只包子，煎得黄焦焦的，又脆又香，看着很诱人，张咏一口气全吃了。父亲江文泉看了犯馋，嚷着也要吃。苏冬丽再下厨房，给江文泉也煎了两只。

张咏发现，苏冬丽特别有耐心，忙里忙外始终笑眯眯的。父亲在这个简陋的新家里，言谈举止简直像个二十来岁的小伙子，有点闹腾，甚至表现出了某种令张咏感到陌生的孩子气，完全不是以前的那个父亲了。

起初，在江文泉向他介绍苏冬丽时，张咏感到紧张不安。来之前他并没有多想。到巷子尽头，和苏冬丽打过照面后，他才意识到，今天要面对一个不想见，却又不得不见的人。片刻间他想起母亲张瑛，不知道眼前这场会面该如何妥善处理。但很快，他就不再担心了。

苏冬丽长相中等，谈不上漂亮，但皮肤白皙，身材高挑、匀称，穿着朴素得体，有种很清爽的气质。说话轻声细语的，语速不快不慢，不跟人抢话。随时可以把一句已说了一半的话，不经意地停顿掉，而不至于让对方感到尴尬、突兀。尤其是她的笑容，给张咏留下了很好的印象。非常的温和亲切，既不过分客套也不冷漠，而是发自内心地笑，隔着老远，就像在欢迎你回家一样。

张咏以前在医院见过苏冬丽几次。她穿着护士服，有时还戴着口罩，没给张咏留下什么印象。后来她和父亲江文泉的事闹得满城风雨，母亲就不让张咏去医院了，彼此再没见过面。直到今天晚上，两人才算正式认识。张咏忍不住在心里拿她和母亲张瑛进行一番对比。对比结果发现，这两个女人几乎是相反的。这一发现令张咏深感惊讶。

他疑惑地看着父亲江文泉，不清楚这到底是怎么一回事。

江文泉的新家，不仅房子旧，陈设也简陋，没什么像样的家具。多是房东留下的旧物件，勉强可用。晚饭后，苏冬丽进厨房洗碗。父子俩仍围坐在餐桌边。江文泉起身泡了杯茶，然后问儿子：

"吃茶吗？"

张咏不搭理他，目光游移不定，仍在打量房间。江文泉见儿子没回应，忍不住轻叹口气，真泡了杯茶，放在儿子面前。之后问起他的学习情况，张咏也不具体回答，嘴里蹦出一句"挺好的"，再不肯多说一字。儿子的学习成绩向来是好的，下半年要升初中了，考入镇一中应该没问题。江文泉对此倒不担心。他担心的是儿子孤僻的性格。

"儿子啊，知道人活着主要靠什么吗？"江文泉问道。

张咏不明所以地看看那杯茶，再看看父亲，摇摇头。

"靠嘴巴。"江文泉喝了口热茶，循循善诱地说道，"给你取名咏，歌以咏志的咏，口字旁。口就是嘴巴。吃茶吃饭靠嘴巴，讲话靠嘴巴。你看看你，一顿饭吃下来，不讲一句话，嘴巴光用来吃饭了。"

张咏懵懵懂懂地听着，心想，可能是他没有叫冬丽阿姨，让父亲不开心了。江文泉一口一口地嘬着热茶，发出呼噜呼噜的声音。这是张咏熟悉的。以前在家里，每天晚饭后，父亲也是这么喝茶的，但现在换了个崭新的玻璃杯。以前用的是一个医院发的白色搪瓷茶缸，外层油漆剥落，内壁上全是焦黄的茶垢，用钢丝球都刷不干净。张咏忽然感到无聊起来。

"我要回去了。"

"今晚就住这儿。等会儿在这间搭张小床，爸有好多话要跟你讲呢。"

"我要回去。"

他站起来，一分钟也不想待了。晚饭后这点时间，他想了很多，最终认定，今天跟着父亲来这边吃饭是个错误。虽然吃得很好，但后果有可能非常严重。父亲在街上骑车带着他，一路招摇，小镇上没有秘密，消息很快会传入母亲耳朵里。如果再留宿，真要把母亲的心伤透了。

江文泉看着儿子冷漠的表情，于是不再挽留。

"好吧,送你回去。"

张咏抬脚就往外走。江文泉又叫住他,压低声音问道:

"你妈是不是把你的姓给改了啊?"

"跟妈姓了。"

"亏她做得出来!哼,改了就不是我江文泉生的了?"

父子俩出了门。自行车停放在墙角。厨房亮着灯,门虚掩着,苏冬丽不在里边。江文泉打开车锁,推着自行车往巷子口走去。张咏跟在后面。长长的巷子里,只有公厕前的一盏路灯亮着,光线暗淡。巷子的大部分区域都很暗,依稀能看清脚前的路。忽然前方传来急促的脚步声。快到跟前了,父子俩才看清楚是苏冬丽。她提着两个塑料袋,一大一小,袋子里装满了东西,匆匆从巷子外进来。

"回去呀?"苏冬丽停下脚步,惊讶地看着父子俩。

"他非要回去。"江文泉说,"脾气是真大。"

张咏站在父亲身后,绷着脸不说话。苏冬丽在黑暗中举起两个塑料袋。

"这一袋是零食,给阿咏的。"她把那个大塑料袋挂在江文泉自行车把手上,然后走过来,靠近张咏,俯身悄声说道:"这一袋里面是给你买的毛巾、牙刷,阿姨帮你留着。你想什么时候来,就什么时候来。"

张咏抬头看着她。苏冬丽嘴角带着微笑,两只眼睛在黑暗中亮闪闪地注视着他。从傍晚到现在，张咏一直没有叫她，也没和她说过话。此时，两人挨得很近，苏冬丽略微弯着腰，似乎期待着张咏的回复。张咏感到不自在，往前迈了一步。

"冬丽阿姨，再见。"

他抢在父亲前面，往巷子口走去。

"阿咏再见——"身后传来苏冬丽的道别声。"骑车慢点儿。"她吩咐江文泉。

张咏疾步走着，江文泉推着车跟上来。

"儿子，上来。"江文泉停下车，一把拽过张咏，将他抱到后座上。

从东到西穿过大半个镇子，骑车用不了几分钟。父子俩一路无话。暮春的夜晚仍有些凉意，街道冷清，几乎见不到行人。从录像厅门口的小音箱里，传出对白声、打斗声，让人听着更感孤寂，演员们仿佛是在一个空荡荡的小剧场里龙争虎斗，台下却没有观众。

张咏出生在这里，但好像从没见过夜晚的扬分镇。坐在父亲的自行车后座上，穿过主街道时，他瞪大眼睛，看着药店、新华书店、面店、收购站、百货公司、照相馆、五金店等等，在夜色中一一划过。店家们早已打烊，门前一派萧瑟落寞的景象。他忽然后悔了，应该住在父亲家，明早再回。

他想让父亲掉头，又开不了口。一阵孤寂感涌上来，差点落泪。

离开不过片刻，他就开始想念苏冬丽的笑容和她轻柔的声音了。

4

张瑛从杭州进货回来，当晚便获悉儿子曾去江文泉家吃饭的消息。有好事者向她通报，两天前，苏冬丽这个"贱货"（张瑛一直是这样称呼苏冬丽的）与江文泉合谋，设下迷魂局，要把她的儿子"拐走"，并绘声绘影地描述起那个场景，有多位熟人可做证。

张瑛气得浑身打颤，又惊又怒，将儿子劈头盖脸地痛骂了一顿。

离婚时，江文泉可说是净身出户。根据双方协议，儿子、房子、存折（也就三百来块钱）都归张瑛，从此一别两清，再无瓜葛。不过，平时父子间偶有来往，也是人之常情。张瑛并非不通情理之人。但如果江文泉想把儿子"拐走"，这是张瑛万万不能接受的。

可是，生活在同一个小镇，偶有来往与拐走之间，该如何区分，如何拿捏把握，显然张瑛自己也搞不清楚。

那些年，张瑛就这样生活在时时担忧儿子会弃她而去的恐惧之中。

平时摆摊做生意，张瑛收摊的时间，比其他人要晚很多。这条街上摆摊的个体户，无论是卖小吃或服装，都习惯赶在天黑前收摊回家。张瑛的做法与他们大不相同。入夜后，她继续坚守在孤零零的摊位边，摊位侧上方的支架上挂着一盏100瓦的灯泡，灯火通明，将摊位前方的街道也照亮一大片。

为给这盏灯通上电，她跟摊位附近的粮管所好说歹说，磨破嘴皮，才得以提前交付一笔钱（按电费算，足比市场价高出好几倍），让对方同意提供电源，把电线接过来，点亮这盏灯。其他摊主对她的这一做法不以为然。因为一入夜，街上就很冷清，摊位（尤其是服装摊位）摆着没有实际意义。那笔交付给粮管所的钱纯粹是浪费，很不划算。

张瑛不这样想。那几年，每一分钟她都想用来挣钱，每一分钱她都想挣到手。她认为晚上亮着灯，摊位上摆着货品，摊位后坐着人，坚持做买卖，总会有人来光顾的。久而久之，顾客自然会多起来。她对此坚信不疑。这在20世纪80年代初的扬歹镇，是一个颇为超前的"夜市"概念。小镇上的居民，还没有晚上逛街消费的习惯。

为做好一个人的夜市，张瑛吃足了苦头，连带着儿子张咏也跟着遭罪。

她没时间做饭（午饭和晚饭），经常是买两个烧饼或包子，就着开水对付一顿。儿子也跟着她凑合着吃。但很快，张咏就学会了烧菜做饭。傍晚放学之后，他跑到菜场买菜，回家以最快的速度做一顿简单的饭，将饭菜盛放在饭盒里，送到母亲摊位上。母子俩坐在摊位边，匆匆忙忙地吃完饭。之后，张咏再把饭盒拿回家去洗。这样母子俩至少可保证吃上一顿还算正常的晚饭。但吃饭尚属小事，比较容易对付。最困难的是冬天晚上的收摊工作。

扬兮镇的冬天潮湿阴冷。由于地势较高，孤零零地矗立在一个小盆地中间，一遇到冷空气南下的日子，全镇便处于四面漏风的境地。寒风呼啸，空气冰冷刺骨。上学的孩子，冬天普遍会在手脚部位长冻疮。冬天的夜晚，张瑛收摊稍早一些，也要熬到将近九点钟。这对她和儿子来说，简直是折磨。如果傍晚时收摊，旁边的摊主会帮忙，彼此互助，但到晚上将近九点钟时，其他摊主早已收摊回家。此时唯一可搭把手的，只有读小学的儿子了。

于是，碰巧在此时上街的扬兮镇居民，如果走到粮管所附近的服装集市前，一定会在寒夜中看到这样一幕。

空荡荡的集市笼罩着一片黑暗。夜风吹过，坑洼不平的泥地上翻滚着塑料袋、碎纸片，随风起舞。挨着街道拐角处的一个摊位前却亮着灯，光线刺眼。灯光下，张瑛母子俩正忙碌着。

张瑛站在摊位前方，手脚麻利地叠着衣服。儿子张咏拖过旁边硕大的空纸箱，一只只放在母亲跟前。张瑛抱着整摞的衣服放入纸箱。衣服与箱沿大致齐平后，她伸出双臂压住衣服，身体前倾，整个人压上去，将衣服压实，以便挤出空间，可放入更多的衣服。这会给新衣服造成褶皱，但张瑛不得不这么做。她身材瘦小，力气不足，踩不动装满货物后的标准型号的三轮车，只能使用小一号的，载货空间有限，为此必须要用最少的箱子，装下最多的货物。

待货物装箱完毕，母子俩将其搬上三轮车，箱子叠箱子，搭积木般的严丝无缝放置安稳。然后，母亲取出绳子，将纸箱绑好，固定住。母亲给绳子打结时，儿子跑到另一头，检查绳子的松紧程度。

装车工作完成了。张瑛提着一条小板凳，重新回到摊位前，踩在小板凳上，将灯熄灭。瞬间，这片角落也融入了黑夜。儿子很细心，每次都抢在熄灯前，将母亲的保温杯、热水袋、手套等随身用品收拾好，放入一个手提布袋，拎在手中，以防母亲忘了。

三轮车箱里装得满满当当。张瑛踩着车，张咏跟在车后。回家的这段路显得漫长。北风呼呼地刮着。母子俩的双手都长了冻疮。天气虽然冷,经过一番劳作之后,身体却发热了,额头冒着汗,冻疮开始发痒。张咏提着布袋,边走边挠手背。

"忍着点,挠破了会发炎。到家用热水泡一下就好了。"张瑛踩着车,提醒车后的儿子。

她有个本事,只要张咏处在她身体周边五米范围以内,不用看,她就能清楚地知道儿子在干什么,甚至想什么。

张咏特别烦母亲这一点,重重地"哦"一声,算是回应了她的提醒。

沿途会遇到几段上坡路。坡不长,坡度也不大。张瑛踩着车仍感费劲。她吩咐儿子:"阿咏,推一把。"张咏将手提布袋挎肩上,腾出双手,抓住车厢后挡板,使劲往前推。

车子过坡后一时收不住,突然加速。张咏跟着跑起来。张瑛踩着刹车慢慢减速,头也不回地提高嗓门呵斥儿子:

"找死啊,跟你讲过多少回了,别跟在车后跑!撞上了怎么办?"

儿子懒得搭理她,只当是刺骨的夜风从耳旁掠过。

途中有盏路灯坏了,路面黑魆魆的。两旁是早已打烊的店铺,见不到一星亮光。黑暗中,张瑛放慢车速,迅速回头瞥一眼儿子,看看他离得是否还近。偶尔她会失去信心,判断不出儿子与她之间的准确距离。

母子俩有时也聊天，聊得最多的是对未来的展望。

"妈在想啊，等你上初中了，就去租间店面房。"张瑛踩着车，说道。

"干吗现在不去租？"儿子说。如果有间店面房，晚上就不用这么辛苦了。

"倒是看过几间，位置都不好，租金又贵。"张瑛说，"算下来，一年比摊位少赚很多呢，不划算。"

"等我上初中，店面房就比摊位划算了？"儿子不解地问道。

母亲笑起来。儿子这种穷根究底的较真脾性，常让她感到又好气又得意。气的是，这孩子好不容易愿意和你聊上几句，但用不了两回合，就有本事把天聊到沟里去，捞都捞不出来。得意的是，儿子确实聪明，不仅书读得好，体育也很好，跑得快。每年报名参加校运动会，跑一百米、二百米，还拿名次，很全面。尤其是数学，在学校里是有名的，稳居年级前三，经常拿第一。

她认为儿子的运动和数学天分，很明显是遗传了她的优点。她只念过不到三年书，认得几个字，比文盲略强一点。但她自称，念书时她的体育和算术都是特别好的。如今做买卖跟人算账，一般情况下根本用不着算盘或计算器，心算速度在扬兮镇整条街摆摊的人中间，她说第二，没人敢认第一。

"等你上初中，妈就省心多了，少赚一点不要紧了。"张瑛说。

张咏不答话，觉得母亲是在胡言乱语。他上初中又不能挣钱，母亲怎么会省心多了呢？

张瑛似乎察觉到儿子的困惑，接着又说：

"上初中了，离长大就近了……"

车速忽然慢下来。儿子以为又遇到上坡了，黑暗中双手赶紧抓住车厢后挡板，使劲往前推。

5

张咏小升初考试前两周，张瑛雇了一位附近村子里的姑娘，来负责照看摊位（平时她不肯雇人，舍不得花这笔钱），早上九点半出摊，下午四点半收摊。只在出摊收摊时，她过去帮忙一下，清点货物，结算当天的货款。其余大多数时候，她便留在家中照看儿子。

早晨，她上街买回一堆好吃的，按时准点地做好三餐。晚间坐在一旁，陪儿子温习功课。她已很久没体验过这种平静的日子。

晚饭后，她洗好碗筷，收拾完厨房，拿出一本硬封皮的记账本，坐在离儿子两个身位处，怡然自得地忙自己的事。儿子从小就有学习主动性，用不着督促，早已埋头在书桌上。这让张瑛颇感欣慰。房间里有一台12吋的西湖牌黑白电视机，蒙着一块粗糙的白色手织纱线布罩（张瑛的手艺），这阵子没被打开过。儿子对看电视没太大兴趣，在该年龄段的孩子中不多见。这一点反倒让张瑛有些担忧。和江文泉一样，她也担心儿子的性格偏内向，长大后找个好对象都成问题。

八点左右，她起身去厨房烧洗澡水。天气渐渐热了，蚊虫开始活跃起来。张瑛在房间里发现一只蚊子，蹑手蹑脚地将其消灭掉，之后立刻点上蚊香。隔壁人家的电视机有点吵，她和颜悦色但态度坚决地与之交涉，让他们把音量调小了。现在任何事物都不可以干扰儿子的学习，天上打雷、隔壁打鼾都不行。

他们家住的是两间平房。母子各住一间。摆服装摊之后，张瑛的房间基本上就沦为仓库了，堆满了蛇皮袋和纸板箱，凌乱不堪。更多的货品，则堆放在一间租来的平房里。儿子的房间，不得不兼作客厅、饭厅和书房。

烧完水回来，她悄没声地坐在儿子旁边，看着他做习题。

儿子的脸在台灯光下，显现出一种与实际年龄不相符的成熟、老练。脸上的稚气正一天天褪去。张瑛的视线变得模糊起来。很久没这样盯着儿子看了,恍惚间竟然生出陌生感来。她转过脸,悄悄抹掉眼泪。

时间过得真快。转眼间,儿子就要念中学了。张瑛仔细算过,从现在起到儿子大学毕业,这十年大概需要多少开销。这些钱她一定要挣出来。再往后,就靠他自己了。到那时她刚满五十岁,还不算老。

她出身贫寒。父亲是当地农民,大字不识一个,年轻时被国民党部队抓壮丁,和解放军打了一年仗。被解放军俘虏后,转身和国民党军队又打了一年仗。两边打下来,他命大,才打瘸一条腿。解放后回到老家,国家照顾他,安排他在扬兮镇人民医院(那时还是卫生所)烧锅炉。被抓壮丁之前,父亲已娶了邻村的一个女人,生下一男二女。儿子早夭,剩两个女儿。父亲在人民医院烧锅炉,烧到四十来岁,有一天突发心肌梗塞,猝死在锅炉房。国家照顾他的家庭,让大女儿张瑛顶替他的班。张瑛书读得少,没文化,但为人实诚,肯吃苦,手脚勤快,不贪小便宜,在医院食堂里干得兢兢业业。之后,就认识了江文泉。

江文泉是"文革"前的高中毕业生,在那个年代的扬兮镇医院,也算是个知识分子了。他是老扬兮镇人,家境小康,长相白净,会吹口琴,拉二胡,不仅是医院总务科的业务骨干，也是文艺骨干，很受同院及镇上的姑娘们青睐。张瑛始终想不明白，当时江文泉怎么偏偏就看中了她？如今回头审视这场门不当户不对的婚姻，她越想越伤心，觉得简直是一场阴谋。

两人于1969年结婚。结婚时，江文泉的父母已先后过世，家中只有独子江文泉一人。旁人都羡慕张瑛有福气，嫁了个工作体面的知识分子，不用侍奉公婆，还白得两间房。三年后，生下儿子张咏。

张瑛不是个善感之人，从小吃惯了苦，心被磨砺得粗糙刚硬。但想起她的独生子张咏，那颗粗糙刚硬的心，即如冰雪遭遇烈阳，瞬间便融化了。

儿子不仅聪明，长相好，更为难能可贵的是，小小年纪就懂得体贴关心母亲。张瑛自小就干繁重的农活，帮助贫穷的家庭维持生计，从来只知照顾别人，不知人活着也应受别人照顾——身边的人已将此当作常态，心安理得地享受着她的照顾，对她的需求则视而不见。农村老家的妹妹是如此，前夫江文泉是如此，以前的单位同事也是如此……唯有儿子张咏，虽然寡言少语，不善表达，却能够事无巨细，将母亲的喜怒哀乐看在眼里，放在心上。

张瑛偶尔不无羞愧地想，在儿子面前，她才像个女人。

骨子里，张瑛是崇拜江文泉的。在她看来，像江文泉这样有前途的知识分子，能够放下身段，娶她这样一个无才无貌的普通女人，是她前世修来的福分。因此，和江文泉在一起生活的十二年间，张瑛尽量压抑着自己的脾性，处处忍让着丈夫。直到江文泉做出丑事来，她才如梦初醒。她对于这场婚姻的反思，甚至上升到了阶级斗争的层面。她认为，知识分子终究是知识分子，劳动人民终究是劳动人民。像油和水，不小心倒入一口缸里，却没办法融合在一起。

唯一值得庆幸的是，这场失败的婚姻给她留下一个好儿子。

张瑛虽痛恨江文泉，但对儿子长得像江文泉（外貌、智力均是如此），暗地里却又深感自得。因此，她一想起前些天，儿子被江文泉带到那边去吃饭，苏冬丽这贱货忙前忙后，又是给儿子烧菜做饭，又是买零食的，她就心如刀绞，怒不可遏。

她趁儿子上学时，将苏冬丽买给他的那一塑料袋零食，全部扔进街边的垃圾桶。然后照原样买一袋，放回原先的位置。

6

六月初，小升初考试结束。当地有两所中学，镇一中

（有初中、高中）和镇二中（只有初中）。前者是重点初中，面向全区招生。后者是普通初中，仅招镇上的居民子弟及周边几个村子的学生。以张咏平时的成绩看，不出意外的话，考入镇一中应该没问题。

张瑛仍然忧心忡忡。她听集市摆摊的伙伴们闲聊时说，有的孩子平日里看着成绩很好，遇到大考就不行了，心理素质不过关。特别是性格偏内向的孩子，该问题更严重，等等等等。由于日常忙着做买卖，对儿子的学习状况关心不够，张瑛心里是越想越不踏实。

考完后，儿子什么情况也没向她通报。她问儿子：

"考得怎么样？"

"挺好的。"

这话跟没说一样。这孩子你一问他，多数情况下都回答"挺好的"。张瑛生气了。

"你就不能多讲一点嘛，妈快急死了。"

儿子瞥她一眼，慢条斯理地说：

"妈，你好好做生意，我读书的事你别操心了。"

张瑛眼泪夺眶而出，一把搂住儿子。她没察觉，儿子说这话时的神态语气，和江文泉简直是一个模子里出来的。

儿子说这话的意思，其实和张瑛想的完全不同。张咏读书的事，江文泉一直在关心。他定期去学校，找孩子的班主任了解具体情况。孩子的语文偏弱，作文写得不好，他便拜托语文老师，帮孩子购买合适的辅导教材，钱由他来掏。这一切都是瞒着张瑛的。从儿子张咏的角度看，关于读书考学这方面的事，他自然更信任父亲江文泉，和母亲张瑛实在是无话可谈。

张瑛尚未意识到，她在儿子张咏的眼里，与在前夫江文泉眼里一样，是个没文化的大老粗。

一周后，学校要放榜了。这天清晨，天还没亮透，张瑛就起床张罗早饭。她打算今天休摊一天，和儿子张咏一起去学校看榜。

昨晚她一宿没睡好，在床上翻来覆去，想着第二天的放榜结果。儿子成绩好，照理说不会有问题，但世事最怕万一，万一考砸了呢？多年前，她以为能够和江文泉白头偕老，有一万个放心，可还是落到如今这般不堪的局面。儿子如果考得好，那是天经地义的，这么聪明用功的孩子，怎么可能考不好呢。她细想着，盘算着，计划着……儿子进镇一中后，就得寄宿在学校里，三年的学费及生活开销是多少？经济上眼下不成问题，她承担得起。难以承受的是，往后不能天天看见儿子了。镇一中有明确规定，除本校教职工子弟外，其他学生必须住校，只能周末回家住一晚。虽然学校离镇子不远，约两公里，但儿子出生至今，从未离开过她。才十二岁的孩子,突然间住到两公里之外去,对她来说,儿子几乎等同于离开她,出远门了。往后深夜收摊回家,再没有儿子在后帮忙拎布袋、推车,也没有母子间的闲聊了。想到这些,眼泪便涌了上来。不过孩子终归要长大成人离开父母的,这个道理她懂。她不是天天盼着儿子长大吗?儿子一路读上去,六年后就要考大学了。日子飞快,六年转眼就过。想着儿子考上大学的那一天,她的嘴角又忍不住露出笑容。她就这样在黑暗中一会儿抹泪,一会儿笑,最后在儿子结婚摆酒的喜庆场景中,终于昏昏入睡。

此刻母子俩吃着早饭,张瑛神思恍惚,目不转睛地看着儿子。

"阿咏,等会儿妈陪你一起去学校。"

儿子没接话。他有自己的心思。放榜这天,父亲有可能来学校,两人遇见了怎么办?以母亲的脾气,怕是又要当众吵闹一番,丢人现眼。他问母亲:

"不摆摊了?"

"今天可是大日子,放假!"

张瑛早就拿定主意,今天要陪儿子去看榜。张咏不再言语,虽然担心父母见面会闹场,但心里隐约又有一点期待,希望他们能碰上面。哪怕大吵一架,也比现在这样一个躲着一个恨着好。他对父母目前的状态,实在是厌烦透了。

不到八点钟，母子俩就来到了扬兮镇小学。

时间尚早，教学楼专用来贴公告的那面墙上，除了几张过期的旧通知，其他什么也没有。日晒雨淋，这些用糨糊粘贴着的纸片已半脱落，耷拉下来，看不清上面的内容。张瑛伸手将其压平，试图好好研读一番。儿子一把将她拽开。

"早没用了！"儿子提醒道。

母亲这一举动特别像识字不多的人，见了有字的东西就好奇，让他看了尴尬。

"没用还贴着？"

儿子拽着母亲的手，径直往操场走去。张瑛喜欢被儿子拽着，便不再坚持，随着他一起走了。操场边有棵两抱粗的老槐树，枝稠叶密，树下可乘凉。虽然还早，天气却十分炎热，光照强烈，蝉鸣声此起彼伏。已有几位同样早到的家长，领着自家孩子，在树荫下等着。远远瞥见公告栏前有人走动，便朝这边巴巴地张望，以为来的是校方的放榜人员。

张瑛与人打交道向来主动，属于自来熟的性格。树荫下，她和那几位家长很快就热络地聊了起来。张瑛文化程度低，有自知自明，以前很少来镇小。学校每学期开一次家长会，均由丈夫江文泉出席。离婚后这两年，在她看来，可怜的孩子没了爸，她这当妈的必须一肩挑起孩子教育的重担，因此家长会不得不出席了。其余可来可不来的事情，她则尽量不来。不像有些家长，有事没事就爱往孩子念书的学校跑，绞尽脑汁与每一位任课老师搞好关系，仿佛只有这样，孩子的读书成绩和将来的前途，才会有保障。张瑛是很看不起这类家长的，常说孩子笨，不争气，是做父母的手气差，没摸着好牌，"你手洗得再白，黑桃3也变不成红桃A！"言下之意，她的确是没文化，可挡不住手气好，摸到了一张好牌。

等待放榜的家长们中，有一位身材瘦高，脸色白得异乎寻常的中年男人，名叫丁远鹏。他带着小女儿丁晓颜来看榜，站在槐树另一侧树荫下，与众人隔着一段距离。

丁晓颜安静地站在父亲身边，穿一件白色短袖衬衣，一条镶花边的米色长裙，神情略显木讷。

丁远鹏以前是镇医院的牙医，性情极为孤僻、清高，和单位领导、同事均处不好关系。前几年从医院辞职，开办了扬兮镇第一家私人牙科诊所。他妻子胡美兰是镇小的老师。

由于以前在医院也算是同事，张瑛与他人攀谈完后，主动绕到这边，和丁远鹏打招呼。女孩见张瑛走来，立刻脆声叫道："瑛阿姨"，一面朝着张咏咧嘴而笑，露出两颗颇显眼的虎牙。张咏瞥她一眼，轻点一下头，便掉过脸去。俩孩子从幼儿园起就是同班同学。

"晓颜，这裙子真好看！"张瑛一面热情地回应着小女孩，一面问丁远鹏：

"丁医师，胡老师没来呀？"

丁远鹏嘴角似笑非笑地扯动一下。

"去县里开教研会议了。"

县里指的是县城。去县城公干，小镇上的人习惯称之为去"县里"。张瑛听不懂什么是教研会议，跟丁医师的天没法往下聊，于是看着他女儿丁晓颜问道：

"晓颜考得怎么样？"

未待孩子做出回答，她父亲丁远鹏便朝着公告墙的方向扬扬下巴，不耐烦地说道：

"等下就知道了！"

然后别过脸去，明确表示不愿再继续与张瑛说话了。他一向看不起江文泉、张瑛这对夫妇。当然，小镇上能够入他眼的人，数来数去，算上他老婆在内，怕是凑不齐一只手。张瑛对此倒不在意。这人对谁都这副德行，在他眼里，对面站着的都是该拔掉的烂牙。

站在她身边的张咏，忽然一字一顿地说道：

"还是不知道更好！"

说罢，拽着母亲的手，目不斜视地绕回到槐树另一侧。

张瑛吓一跳。儿子才小学毕业，竟然对大人说出如此刻薄难听的话来，胆子未免太大，心思未免过于阴沉。她注意到，儿子的话刚一出口，丁远鹏倒不见有什么反应，他女儿丁晓颜却满脸通红，咬着嘴唇，低头几欲落泪。她不禁担心起来。

"晓颜和你一起长大的呢，对她爸不好这样讲话的！"张瑛压低嗓音批评儿子，却又不愿责备得过重。儿子出言讥讽顶撞丁远鹏，显然是看不惯后者对待张瑛的那种倨傲态度。对此，张瑛既忧心（却不知忧心什么），又有一种略带甜蜜的满足感。

儿子不加理睬，一脸漠然地望着公告墙方向，手仍拽着母亲的手。

等到九点钟，终于放榜了。老槐树下早已聚集起一大群家长和孩子。照相馆的赵国良师傅也来了，抱着一台相机，站在公告墙一侧，不时地朝槐树这边张望。他是负责来拍照的。这几年镇小放榜日，赵国良都会来拍照，例行公事。两名校工抱着一摞红纸，提着一小桶糨糊走来。人群涌动，纷纷跑至公告墙前，抢占一个便于看榜的好位置。

所谓的放榜，其实是小升初的考试成绩，按照分数高低依次排序，用毛笔大写在红纸上。名单仅限于本校学生。考生能够升入哪所中学，须等录取分数线出来后，方可确定。但根据考试分数，参考往年的录取线，家长们大致可判断出自家孩子最终的升学去向。

两名校工一路喊着"让一让，让一让"，挤到公告墙前。一名校工拿刷子往墙上快速抹糨糊。墙面上，糨糊淅沥沥地往下淌。另一名校工紧随其后，往墙上贴红纸。人群躁动起来。

第一张红纸刚贴上去，张瑛就看见儿子的名字，高挂在第二名。扬兮镇小学是全区最好的两所小学之一（另一所是区中心小学，不在扬兮镇，而是放在附近一个村子里，非常特别），如果在这所学校能考出第二名的成绩，在全区排名至少不会低于前五了。换言之，儿子张咏考入镇一中已是确定的事，而且是以相当优异的成绩考入。

第二张第三张红纸，随即也被贴上墙。总共五张红纸。考生的名字、分数都写得很大，看起来颇有气势。人群中响起家长们兴奋的夸赞声，失望的叹息声。忽然间，传出一记响亮的耳光，一孩子"哇"一声哭出来。场面开始混乱。

张瑛已看到她想看的。其他的名字，其他的声音，与她无关了。此刻她视线模糊，浑身冒汗，太阳穴突突地跳着。有片刻间，她担心自己中暑了。人群还在簇拥着往五张红纸前会聚。她转身，挤搡着奋力往后走。不知什么时候，儿子已经跑开，不在她身边了。

她一面走，一面四处张望，寻找着儿子。由于个子矮小，视线被挡，什么也看不见。好不容易从人堆里挤出来，才发现儿子和两位同学一起,正站在教学楼前的荫凉处说话。儿子没看见她。张瑛伫立在烈日下,觉得胃里翻江倒海,胸口发闷,喘不过气来。

她跑到那棵老槐树下,藏身于树荫里,埋头哭了起来。

不知为什么,江文泉并没有出现。

第二章　素烧饼

1

从扬兮镇主街通往镇医院，需途经一个规模颇大的老居民区。这一带错落有致地分布着十几栋房子，多为二层的木制楼房。一栋楼住着五六户人家，这是主楼。对面还有砖瓦结构的平房，每户人家拥有一间或两间，作厨房用。

居民区里有一条巷子，叫仙居巷。在仙居巷口一栋房屋的外墙壁上，有一条红漆刷写的指路广告：美兰牙科，扬兮镇最好的牙科，往前50米。并配有一个犀利的箭头。

对于离此不远的镇医院来说，该广告语写得颇具挑衅意味。丁远鹏这么干，摆明了是和医院斗气叫板。众所周知，丁远鹏对医院恨之入骨，怨气极重，常说扬兮镇人民医院"只有太平间里躺着个把好人，还不是天天有的！"

他在镇医院口腔科干了二十年，给人补牙拔牙，业务能力无人可及，在本镇及周边地区享有盛誉，却一直得不到提拔。他自视甚高，政治上颇有进取心，自认有院长之才（至少该是副院长），兢兢业业干到年近四十了，居然连个科室主任也没混上，极大地挫伤了他的雄心和自尊。为此，他常在公开场合出言不逊，抨击医院各级领导及部门同事，斥一干人等为"草包"。

为泄私愤，他甚至和一些心怀不满的病患家属勾结起来，主动为他们带路，提供相关医疗、法律知识的指导，怂恿这些刁悍之人，到医院领导办公室闹事，索取赔偿。可以这么说，改革开放后，扬兮镇人民医院破天荒地开始出现医闹事件，与口腔科金牌牙医丁远鹏的煽风点火、吃里爬外，存在着密不可分的关系。

于是背地里，他被同事们称为"汉奸"。这个外号，一方面充分表达出对他的恼恨与鄙视；另一方面，也带有调侃戏谑的味道，还混杂着难以言说的敬佩感与亲切感——说实话，他在医院里并非完全没有同情者。只不过，极少数的同情者不敢为他发声罢了。

丁远鹏的长相、气质，确实类似电影里的汉奸形象。身高一米八出头，体重却不足六十公斤，走起路来悄无声息，步履很快，如晃动的竹竿，令旁人的目光难以聚焦。皮肤白嫩、光滑，简直吹弹得破。头发稀薄，两边中分，紧贴住左右太阳穴。

他的脸长得端正秀气，或者更准确地说，是标致（至少年轻时是如此）。但由于常年不得志，内心如汤煮，把这张一度标致的脸，煎熬得扭曲变形了。如今看起来显得阴沉乖戾，任何时候都像是在嘲讽世事。

他的双手非常著名。修长苍白的手指，如被白酒浸泡过多时的鸡爪，指甲修剪得一丝不苟，手指捏着器械探入你嘴巴时，你能闻到某种从其指间散发出的清凉气味——很多人认为是阴气，类似坟墓里的气味。但镇上也有些女人持反对意见，认为丁医师有一双"妙手"，手指间的这股清凉之气尤其迷人，分明是去看牙的，躺在诊疗椅上，却被丁医师活生生地看出了高血压、心脏病。

总之，丁远鹏仗着业务能力强和他多年来在群众嘴巴里建立起的良好声誉，一再无视医院领导及同事们对他的尊重与宽容，屡屡践踏他们的尊严。

如此一来，其结果可想而知。草包们也是有自尊的，尤其是有权力的草包。终至忍无可忍，众人联名上书，向上级部门反映情况，请求将丁远鹏调离，或直接开除出人民医师的队伍。

丁远鹏的调令（调至本区一乡卫生院，担任传染病检疫员）抵达扬兮镇当天，传闻医院各级领导额手称庆，在扬兮镇面店聚餐，喝得东倒西歪。但丁远鹏岂是池中物，怎么可能屈尊去乡卫生院当"赤脚医生"呢？

当领导们举杯庆贺时，丁远鹏已用毛笔写好一份辞职报告，洋洋洒洒八百言，极尽嘲讽之能事，写满了几张大纸，张贴在医院的院墙上。面对前来围观的群众，他意气风发地将那些告他黑状的草包，一一指名道姓，进行一番业务上的评点，并正告众乡亲，在本区最大的医院，妙手仁心不复存矣，诸位当自求多福。

这事闹得很大，影响恶劣，促使医院领导们下定决心，再次上书，强烈要求将丁远鹏开除。但上级主管部门有文化，懂历史，虑事周全。考虑到早在解放前，丁远鹏的父亲丁老先生即是这一带著名的牙医，医术医德俱佳，可谓德艺双馨，人望颇高；解放初期，积极投身参与镇人民医院的创建工作，不仅为本乡本镇本区，甚至也为本县的医疗卫生事业，做出了相当大的贡献。

如今丁老医师已仙游，其子丁远鹏承续父业，此人虽性情古怪，难以共事，但人才难得，人民政府不能卸磨杀驴，应坚持以批评教育为主。为此，上级主管部门特意写了一封慰留信给丁远鹏，措辞委婉，既有批评也有勉励，中心思想是切盼他以大局为重，继续留在医疗卫生系统为人民服务，不可任性使气云云。丁远鹏当众展示过此信，但仍然办理了辞职手续，态度决绝地离开了镇医院。

当时是1980年,丁远鹏四十岁。之后,就有了美兰牙科诊所。

"美兰"一名,取自他妻子胡美兰。胡美兰并不是学医的,与牙科风马牛不相及。胡美兰是扬兮镇小学的语文老师,兼教音乐。她是镇上有名的才女,会作诗,还能给自己作的诗谱曲,写成歌。这是件了不起的事。全镇会作诗的人肯定不只她一个,但有本事给诗谱曲成歌的,除了胡美兰,扬兮镇别无分号。这是丁远鹏用他妻子的名字,给诊所命名的主要原因。他自觉人缘欠佳,镇上许多人对他侧目而视,但妻子胡美兰与他刚好相反,性情温和,才貌双全,知名度高,且在学校教书,学生多,人面广。借用妻子良好的形象及人缘,加上他丁远鹏的祖传好手艺,不看僧面看佛面,美兰牙科诊所的生意岂能不好?

由此可见,丁远鹏还是颇有经营头脑的。

美兰牙科诊所,地处去往镇医院的必经之路近旁,这是事实。丁远鹏并非刻意如此安排。他的家就在仙居巷3号楼,共四间房。楼上三间,年过七十的老母亲独居一间,他和妻子胡美兰住一间,两个女儿住一间。楼下一间,因离厨房近,本用作餐厅,他辞职后,将其改为诊所。一家五口的用餐场所,遂转移至二楼丁老太太的房间。因此每顿饭,都不得不走一段狭窄的木楼梯,将饭菜从一楼的厨房,端到二楼，颇为不便。但条件所限，只能如此将就了。

诊所的门楣上方，挂着一块狭长的深蓝色横匾，上书四个白色行楷大字：美兰牙科；旁边立着两个小小的黑字：丁记。诊所面积不足三十平米，相当局促，除必要的医疗设施外，别无杂物，但在窗前放着一台三洋牌单卡录音机。丁远鹏每天将诊所收拾得纤尘不染。这栋楼的后面，是一座矮山的岩壁。光秃秃的岩壁，正对着窗口。天气晴朗的黄昏，夕阳照在岩壁上，余晖便折射进诊所。

一天的工作结束后，丁远鹏关上诊所门，泡一杯茶，点一支烟（其他时间他不抽烟），坐在窗前听录音机里播放的越剧。他最爱听越剧电影《红楼梦》里徐玉兰的经典唱段。

这是独属于他的时间。家人了解他的这一习惯，此时不会来打扰。

2

美兰牙科诊所开办几年后，收益颇丰。丁远鹏却整天阴沉着脸，见不到笑容。他不开心的原因主要有两个，一是没儿子。丁远鹏只有兄妹俩，妹妹远嫁外地，他是家中唯一的男丁，守着扬兮镇的祖宅，承继了父亲丁老医师的牙科手艺，也承担着为家族传续香火的责任。但造化弄人，他和胡美兰的婚姻，仅为他带来两个女儿。

每每想起这事，丁远鹏的心境就变得晦暗，无从解脱。

二是小女儿的读书成绩极其糟糕，令他倍感丢脸。在扬兮镇，丁家是货真价实的书香门第，祖上出过举人，家谱中有明确记载的。他和父亲丁老医师也都是读书人，虽未取得一官半职的功名，但在本地均为名医，颇负声望。他的母亲丁老太太，早年曾就读于老县城的女子中学，因家道中落未能毕业，却是旧时代本地少有的受过新式中等教育的女性之一，在区中心小学任教多年，很受一方敬重。他的妹妹毕业于师范学院，远嫁湖州。他的妻子胡美兰，前面介绍过，是一位品貌俱佳的才女，在本镇的名声，恐怕还在丁远鹏之上。

可以说，丁氏一门无白丁。

没有儿子，丁远鹏便退而求其次，将两个女儿当儿子培养，教育上抓得很紧。大女儿丁晓虹承袭了家族的优良基因，天资聪颖，读书成绩优异，如今在县一中念高二。

问题出在小女儿丁晓颜。

这孩子出生时就难产，差点要了母亲胡美兰的命。三岁那年，又得一场大病，高烧几天几夜不退。后虽治愈，但人变得木讷。丁远鹏认为是"脑壳烧坏了"，胡美兰不愿承认这一事实，直至孩子到了启蒙的年龄，才发现问题的严重性。

与同龄孩子相比，丁晓颜接受知识的能力，明显弱很多。其他孩子念三五遍即可记住的诗词，她需要十几二十遍，方能磕磕巴巴背下来，且船过水无痕，转眼就忘。胡美兰爱好古典诗词，两个女儿尚未入学，她便开始教她们识字断句，背诵唐诗宋词。

一册《唐诗三百首》，大女儿丁晓虹用不了多久，就能背出不少。小女儿丁晓颜，用当地话说，就是一头教不出来的牛，常把好脾气的胡美兰气得想打人。背诗词是如此，入学后，各门功课同样如此。一学期苦读下来，乘法口诀表仍背不出，连任课老师也被迫放弃，反过来宽慰胡美兰："胡老师呀，想开点！现在这社会，读书不是唯一的出路了。"

丁远鹏从医学角度出发，认定小女儿丁晓颜是弱智，或偏弱智。胡美兰不甘心，在女儿念小学二年级时，带她到上海一家著名的医院，做了智力方面的多项检查，结果却一切正常，并无异样。但这孩子读书就是不通，连平均水准都达不到。

胡美兰百思不得其解，为此暗自伤心，自责未照顾好小女儿，害她幼时得一场重病，把脑壳烧坏了——至少，记诗词、背乘法口诀表的那部分脑壳，是确定无疑地烧坏了。

丁家两姐妹相差四岁多，长相都很漂亮。论天资禀赋，则远比年龄差距大。一优一劣,一高一下,不像是同一父母所生。丁晓虹才智丰赡,大胆自信,在学校里一直是优等生,文艺细胞丰富(数理化当然也很好),加之身材高挑,有种咄咄逼人的气质,完全继承了父母双方的优点。而且,她非常善于表现自身的种种优势。人类的美与智,是需要自我表现的,否则我们这些凡胎肉眼,又怎么能够发现这一切?丁晓颜在这些方面远逊其姐。她的性格偏内向,脑笨口拙,疏于表达,其才智与姐姐相比,不可以道里计。因此,在姐姐丁晓虹耀眼光芒的笼罩之下,妹妹丁晓颜的那份美貌,便显得单薄晦暗了,犹如路灯下的一小片阴影。

以丁远鹏好胜慕高的心性,自然偏爱大女儿丁晓虹,对其是呵护备至,百般宠溺。而对小女儿丁晓颜,则常摇头叹气,翻白眼,冷若冰霜。久而久之,不仅外人看不起丁晓颜,拿她当笑料,就连丁老太太和姐姐丁晓虹,也厌弃丁晓颜。

唯独母亲胡美兰,没有放弃这个木讷的小女儿,仍在空余时坚持为她补课。但一年年过去,丁晓颜渐渐长大,读书成绩却无丝毫提升的迹象。胡美兰的这份母爱,将不得不经受耐心的严酷考验。

那天丁远鹏带着小女儿跑到学校去看榜,对他而言,无异于自取其辱。他当然是不乐意去的。但胡美兰仍抱着一线希望，出于迷信心理，敦促丈夫放榜日一定要带着女儿到现场去看。她在出差去县里开教研会议之前，还特地给女儿准备好一套漂亮的衣服，暗自期盼那天能出现奇迹。

待她返回扬兮镇时，迎接她的是丈夫的暴怒，小女儿哭红的双眼。丁远鹏看似是个斯文人，发起火来能量却相当惊人。他拍桌子，摔茶杯，嬉笑怒骂，尖厉颤抖的嗓音，能把屋顶刺出个窟窿来。平时，丁远鹏对妻子胡美兰少有疾言厉色，多数时候还是言听计从的。这次却是个例外。

这些年来，在小女儿读书一事上，丁远鹏是尽量采取不闻不问的冷漠态度。一是出于绝望，二是为自我保护，眼不见为净，就当丁家没这个女儿了。此次被妻子软磨硬泡，催着带孩子去现场看榜，当众受辱，导致他的心态彻底崩溃。

胡美兰理解丈夫的心情。她同样陷入了绝望。丁晓颜的考试成绩不仅差，而且是差到极有可能失学的地步。以她这个分数，最普通的镇二中都无法考取。

那几天丁家兵荒马乱，丁晓颜的读书问题，多年来如一颗嘀嗒作响的定时炸弹，终于在此刻引爆。丁远鹏发完脾气，冷静下来后，开始与妻子商议，小女儿丁晓颜今后去哪里读书上学的问题。在丁家有记录可查的几代人之中，尚未出过因愚笨而失学之人。这回怕是要开天辟地了。

夫妇俩思来想去，大概只有去乡下初级中学搭班这一条路了。但胡美兰对此却无法忍受。

所谓的搭班,是指乡下初级中学,在政策上并不招收城镇居民户口的学生。遇有特殊情况的(如丁晓颜这样的最劣等生),在多交部分学杂费后,可入学"搭班",让其好歹还有书可读,混个基本学历。

胡美兰之所以忍受不了,原因不在费用,也不在其糟糕的教学质量。她真正害怕的是乡下中学那臭名昭著的卫生条件。不必一一列举其生活住宿环境有多不堪,只要想想丁晓颜每周放学回家,带着满头满身的虱子、跳蚤,胡美兰就不寒而栗,不敢再往下想了。但不去搭班,这孩子又能去哪儿呢?

夫妇俩讨论几天,仍拿不出合理可行的方案。一天晚饭时,再次谈起该话题,对此事一直持观望态度的丁老太太,忽然发话:

"让孩子去乡下念个书,有什么不好的?"

胡美兰皱了皱眉。她了解老太太的心思,嫌弃小孙女,巴不得让她离家远一些。

丁老太太看懂了儿媳的表情,又说:

"她爷爷以前下乡,村子里一住就是个把月。到了孙女辈,怎么就不能去乡下念书了?"

这番大道理无可辩驳,确实是读书人说出来的话,但胡美兰听着更觉刺耳。每逢婆媳俩对话交流的场合,丁远鹏便超然置身事外。

"妈,你不了解情况。"胡美兰说道,言下之意是你少管闲事。

这时,如影子般坐在旁边吃饭的小女儿丁晓颜,忽然说道:

"我想去。"

胡美兰重重地搁下碗筷,讶异地瞪着女儿,如看陌生人。平生第一次,她对小女儿心生厌恶,还夹杂着某种说不清道不明的害怕。

"妈,我会用功的。"丁晓颜又说。

"那种学校,用不用功有什么差别?"姐姐丁晓虹没好气地说道,"别把虱子带回家就行了!"

丁晓颜不敢回嘴。她双唇紧抿,两只大眼睛又黑又亮,看着真不像个蠢笨的孩子。

1984年9月1日,胡美兰领着十二岁的小女儿丁晓颜,搭乘大巴车,冒雨去五公里外一所名叫银峰中学的乡级初中报到入学。本区共有三所乡级初中,银峰中学的条件,相对而言算是最好的。校长是赵国良的堂哥赵国华。由于每所乡级初中可搭班的名额有限,在丁晓颜入学一事上,照相馆师傅赵国良帮了点忙。

那天丁医师没有开门问诊。他把自己锁在诊所里，将录音机音量调至最大。屋外暴雨倾盆，黑压压雾茫茫的，如天地倒悬。邻居们听见美兰牙科诊所里，传出徐玉兰高昂欢快的越剧唱声：

"天上掉下个林妹妹——"

3

原先在家中，母亲胡美兰可说是丁晓颜唯一的靠山。自从丁晓颜去乡下念书以后，这个靠山也变得不怎么可靠了。胡美兰只要一想起带女儿去银峰中学报到的那一天，就觉得往事不堪回首。胡美兰生性高洁，特别要干净。对她来说，虱子跳蚤比毒蛇猛兽更恐怖。这两样可怕的小东西，很不幸地，在那个年代以农村居多。

丁晓颜入学后的第一个周末，回家时刚放下背包，便被母亲胡美兰一把拽至屋外，用剪刀把一头长发给铰了，接着迅速换下全身衣服，开始洗头洗澡。女儿还未到家，胡美兰就已烧好两大锅热水等着，一锅洗女儿，一锅洗衣服。泡衣服时，她还往水里洒消毒液。

胡美兰到诊所取消毒液时，丁远鹏说：

"有这个必要？"

"没去那里看过,你不了解情况。"

胡美兰的口头禅就是"你不了解情况"。把女儿从上到下里里外外彻底清洗消毒一遍后,她终于了解情况了,才放心让丁晓颜在家中自由活动。

丁晓颜在母亲眼里看到了烦躁和恐惧。她稍感委屈。从小到大,她一直在智力上遭人嫌弃,这回连身体也被嫌弃了。但这孩子有个特点,或因天生愚钝,对他人看待她的态度,不是很敏感。一头秀丽的长发被铰了,她不觉可惜,反而有种轻快感。

像往常一样,她不声不响地走进厨房,帮奶奶做家务。还在读小学时,她就经常帮奶奶干家务活。起初,是被丁老太太支使着做这做那,都是些小孩子力所能及的事,如洗菜,洗碗,洗袜子,擦桌子,倒痰盂,等等。时间一久,便养成了习惯。干活时,丁晓颜很专注,手脚麻利。偶尔会因为某件事没做好,遭到奶奶的轻声呵斥。此外,祖孙俩在厨房一起忙碌时,虽不说话,但配合默契。

丁老太太是小学退休教师,早年受过新式教育,没有裹过脚,是她那个年代的新女性,有知识有文化。虽然脾气不好,与儿媳胡美兰的关系一言难尽,但退休后,便承担起丁家的所有家务活。

老太太的作息很有规律。早晨五点起床,开始一天的工作。工作场所主要是在厨房，负责对付全家人的三餐。

早几年，扬兮镇居民日常生活用的燃料，仍以木柴为主（周边农民会挑着柴火到镇上出售），辅以煤饼。家家户户的厨房里，都有柴灶和煤饼炉。这两年镇上开办了煤气公司，为居民们提供罐装煤气，厨房里省事了许多。老居民区的柴灶基本已拆除殆尽，煤饼炉也多数做了处理。但丁老太太还是习惯用煤饼炉烧开水，所以丁家厨房虽拆除了柴灶，煤饼炉仍保留着，每年仍需买一些煤饼。胡美兰认为烧煤不干净，烟气重，也不安全，煤饼炉应趁机处理掉。老太太执意不肯。婆媳俩为这事打起了冷战，彼此心里都有些不痛快。

上午八点过后，丁老太太提着菜篮子，上街买菜。扬兮镇有一个小型农贸市场，在粮管所附近，挨着小商品集市，是近几年建起来的（在此之前，蔬果、肉类均由国营副食品商店负责出售），条件简陋，正式摊位很少，更多的是地摊。附近农民把自家种的蔬菜、水果，以及鸡蛋、豆腐、酱菜等等，运到此处，往泥地上铺一块大塑料布，摆上货品，就做起了买卖。

丁老太太喜欢逛农贸市场，这是她的"社交时间"，一天中说的话，大多集中于此。她认识市场里的每一位摊主。买一次菜，要花一个多小时。先不急不忙地逛一圈，这摊看看，那摊聊聊，同时在心里开始配菜，她称之为"打腹稿"。到第二圈时，胸有成竹了再下手买。称斤两时，老太太从不抢秤看——仅此一条，便为她在市场里赢得了好人缘。

到了周末，她会带小孙女丁晓颜一起去买菜，让孩子帮忙提点东西。摊主们因此都认识丁晓颜，私下里称她是丁老太太的"傻孙女"。老太太也听说了这个称呼，并不介意。在市场里与人聊天时，话题偶尔转到身旁的小孙女身上，她会很认真地说："我这孙女可不傻，就是心比脑子大。"对方听不懂老太太这话是什么意思，只能善意地赔笑脸。

磨磨蹭蹭地买完菜回来，差不多该准备午饭了。

午饭过后，丁老太太会小憩半小时，接着开始洗全家人换下的衣服，满满一大竹篮子。老居民区的基础设施普遍较差，楼前只有两个可用来洗衣服的自来水池，整栋楼的住户们共用。丁老太太选择在下午洗衣服，是为避开拥挤。之后，再稍微打扫一下楼上的三间房（诊所由丁远鹏自己打扫），又该淘米洗菜，准备晚饭了。

忙到将近晚上八点，她才得以完全歇下来，坐在卧室里，泡一杯茶，点上一支香烟，寂然无声地消磨属于她自己的一段时间。

老太太爱喝茶，爱抽烟，烟瘾还不小。在扬兮镇的女人中，这种癖好很罕见。胡美兰对此难以忍受,以前很少走进婆婆的卧室,嫌里边烟味重,空气污浊。即便有事要谈,也宁可在饭桌上或厨房里谈。后来丁远鹏开诊所后,一家人吃饭的场所,转移至丁老太太的房间。胡美兰不得不忍着,吃完一顿饭的进程,从此大大地加快。老太太看在眼里,不忘提醒儿媳:"吃这么快,当心消化不良。"

胡美兰嫁入丁家这么多年,一直觉得丁老太太是个刻薄之人,说话常带刺,不给人留余地。这一点,她儿子丁远鹏很好地继承下来,母子俩一个德行。丁老太太为人严肃,一丝不苟,脸上难得见到笑容,以前教书时,学生们都怕她。现在家中两个孙女也怕她。大孙女丁晓虹虽备受父母宠爱,性格自信大胆,在奶奶面前却拘谨胆怯,不敢随意说话。小孙女丁晓颜自不必说,从记事之日起,没见奶奶对她笑过。念小学后,奶奶就支使她干家务活了,做得不好会呵斥,做得好却得不到表扬。但不知为什么,丁晓颜还是喜欢往奶奶房间里跑。

丁老太太的房间在二楼,由于靠近楼梯口,房型不规整,天花板是斜的,房间因而显小。窗外,则被屋后那座矮山岩壁的突出部分遮挡着,是楼上三间房中光线最差的一间。并非丁远鹏夫妇不敬老,把最差的一间留给老太太住,而是丁老太太坚持要这一间。她的理由是,中间那间光线最好，应该给两个孙女住，她们还在念书，光线差伤眼睛。最里边那间是主房，当然应该给丁远鹏夫妇俩住。总之，她一个寡居的老太婆，说不定哪天两眼一闭就走了，何必把好房间给糟蹋了。在这一点上，胡美兰心下寻思着婆婆虽然性情古怪冷漠，但毕竟是个读书人，还是识大体的。

丁晓颜很小的时候，就发现奶奶房间里的气味很特别，夏天闻着清凉，冬天闻着暖和。虽然混杂着一股烟味，闻起来却一点也不呛，与爸妈及自己房间的气味完全不同。这种气味不清楚是来自家具，还是奶奶的衣服，或别的什么东西。晚饭后，丁晓颜喜欢到奶奶房间里来，在餐桌上写作业。房里没有台灯，只有垂吊在天花板上的一盏45瓦的白炽灯。她进来写作业，丁老太太很少搭理她，也不赶她。祖孙俩各干各的，互不干扰。

有一次，丁晓颜大着胆子问：

"奶奶，房间里是什么气味？"

丁老太太抽着烟，说：

"你爷爷的气味。"

丁晓颜心里犯嘀咕，爷爷去世时她还未出生，但她知道，爷爷从没在这间房里住过。听爸妈说，以前爷爷健在时，是和奶奶住楼下那间的。不过，既然奶奶这么说了，她便姑且信之，不敢再问。

在这间气味特别的房间里,祖孙俩之间还有一个特别的交流方式。丁晓颜从小学四年级开始,喜欢收集香烟壳。拍香烟壳是一种男孩的游戏。游戏对阵双方将香烟壳折成长方形,摔在地上拍打至翻面,互比大小(以香烟牌子的价格来定),技巧高的一方可赢取对方的香烟壳。

丁晓颜第一次向奶奶讨要香烟壳时,老太太并不觉得奇怪,也没问什么,只说了句"给你留着"。待香烟壳积攒到十多只时,她就主动交给孙女,每一只都被拆开,摊平,压得齐齐整整。丁晓颜将它们存放在一个小木盒子里,那是老太太的旧物件,她讨来当作储物盒,塞在自己床底下。奶奶从不问孙女,这些香烟壳拿去后作何用途。家中除了老太太,没人知道丁晓颜在收集香烟壳。

被母亲铰掉长发的这个周末,丁晓颜照老习惯,晚饭后帮奶奶收拾完厨房,然后跑到奶奶房间来。丁老太太坐在床沿边喝茶,抽烟。已是初中一年级学生的丁晓颜,坐在餐桌旁写作业。头顶的那盏白炽灯泡,散发出晕黄的光,好像多年来从未换过。

丁老太太在烟雾缭绕中望着孙女,表情冷淡,目光犀利,像是在审视着什么。到乡下读书才一周,皮肤就晒黑了,个子看似又长高了点。她脸部的侧面线条舒展、柔和,不像家中任何人。

"香烟壳还要吗？"奶奶问道。

丁晓颜抬起头来，看着奶奶，点点头。

"要。"

"念初中了，谁还玩这个。"奶奶嘟哝着，从手边的抽屉里，掏出薄薄一小沓压平整的香烟壳，放在桌面上。丁晓颜看见了，并不急着取，抿嘴笑笑，低头继续写作业。

"长性的人哪有傻子呀。"丁老太太自言自语道。

4

银峰中学坐落在一处山坳里，三面环山，仅有一条羊肠小道通往外面，长约一公里，尽头连着公路。公路边设有一个公共大巴停靠点。每天下午两点左右，有一班从郁川镇返往扬兮镇的大巴车路过，于此停靠片刻。丁晓颜入学后的头一个周末，就是在此独自一人搭车回家的。

到第二个周末，她在班上有了朋友，便不再搭车。她和另两名女生结伴，一起走路回家。那两名女生的家在扬兮镇旁边的村子里。对农村孩子来说，走五六公里路不算什么。起初，丁晓颜跟不上她们的脚程，一段路过后，她就适应了。

与镇上的中学不同，银峰中学任教的多为农村来的代课老师，学生基本上也都是农村孩子。每逢农忙时节，无论大忙小忙，校方会私自放几天假，让老师们回家抢收抢种，学生们也回家帮忙干农活。教书的读书的，顿作鸟兽散了。胡美兰为此特意提醒女儿说，这是个看天读书的地方，你可千万不能这样，放假了更要用功。

丁晓颜是该校仅有的几位城镇户籍学生之一（却是唯一的女生），一开始显得格格不入。穿着打扮，言谈举止，生活习惯，等等，与身边的同学差异大，常引来或好奇或敌意的窃窃议论。但丁晓颜不是个敏感之人，并不在意这些。两周后，她就自然而然地融入了。同学们发现这位镇上来的女生，读书成绩比他们更糟糕，人却随和、朴实，很好相处——以人事交往来说，这两条无疑都是优点。唯一的缺点是长相漂亮，皮肤太白。不过，该缺点丁晓颜很快也改正了。

一学期尚未结束，丁晓颜已脱胎换骨。皮肤变得又黑又糙，一头短发乱糟糟的（长过两次虱子，回家后被母亲迅速剿灭了），衣服、鞋子都已旧得泛白，还不合身，不是裤腿吊着，就是袖子短一截。不是她刻意要这么穿，而是每周母亲用消毒液泡衣服，新衣服、好衣服太费，舍不得，只能穿旧的、差的。她的口音不知不觉间也起了很大变化，说话腔调迅速接近当地农村土话（镇上方言与当地农村土话虽无本质区别，但有气质差别）。举止也彻底沦陷，比如抓着苹果吃时，啃着啃着，抬手便横过袖子抹嘴——这一幕让母亲胡美兰看得摇头叹气，这还是她从小就教读唐诗宋词的那个乖女儿吗？

银峰中学不追求升学率，孩子们如一群羊，被定期圈养于此。没人指望这群羊将来变成牛，万一出现一两头牛，那是天降鸿运，完全不在计划内。因此，只要不出大事故，老师与学生便相安无事，各得其所。在这样的学校里，丁晓颜活得颇为自在。她和同学们相处融洽。考试经常垫底，成绩前几名的同学自然是看不起她的，但排名靠后的同学，却将她视为同道、盟友。班上成绩拔尖的终究是极少数，因此，她赢得了大多数同学的友谊。劳动课时（该校劳动课特别多，经常是去附近村子任课老师家帮忙干农活），她没有农具，同学们抢着借给她，教她怎么使用。一学期下来，她居然学会了很多农活，干得还相当不错。她的身形日趋敏捷，跑起来比街上的狗还快（母亲胡美兰的比喻）。总之，丁家的傻女儿丁晓颜，越来越像个小村姑了。

按照胡美兰原先的设想，银峰中学离扬兮镇比较远，且路不好走，孩子两周回家一次即可。其他农村孩子，都是一周回一趟，因为需要回家取补给（米和菜）。丁晓颜是在学校食堂买饭菜吃的，用不着每周回家。学校有一个简陋的小食堂，主要负责给教职工提供伙食。农村孩子普遍是吃不起食堂的，一周基本上是吃自家带来的酱菜（咸菜、腌萝卜、豆酱、腐乳等等），撑到周五了，再掏出几分钱，到食堂买一份最便宜的炒青菜或煮萝卜，补充一顿新鲜热菜。

丁晓颜的经济条件明显优于那些农村孩子，但她仍坚持每周回家，并且希望带菜到学校去。她把多余的生活费还给母亲，让奶奶帮她准备酱菜。胡美兰惊愕不已。丁老太太倒没说什么，给孙女准备了咸菜炒肉丝、酱炒肉丁，装了满满两大搪瓷罐，足够应付一周。

"早先你爷爷下乡，最喜欢带这两种菜。好吃，不容易馊。"老太太板着脸对孙女说。

"他们菜里没肉的。"孙女说。

"干吗要和他们一样？可以跟他们换着吃啊。"

丁晓颜听从奶奶的建议，带菜到学校和同学们换着吃。她带来的菜里有肉，味道好，油水足，极受欢迎。到周五，两罐菜见底了，她和几位要好的同学一起，去食堂打一份最便宜的热菜。

不了解丁晓颜有多愚笨的人，或以为这女孩心机重，城府深，为了让同学们接纳她，刻意放低身段，舍弃部分物质条件。事实并非如此。她喜欢和这些农村孩子一样，于是很自然地模仿他们。跟他们在一起念书，吃饭，走路，干农活,都让她感到放松自在,无拘无束。从小到大,她未曾体验过这种感受。渐渐地,她变得爱说话了,时常露齿而笑。虽然她说出来的某些话,露出来的某些笑容,仍会让人摸不着头脑。

胡美兰实在想不通,小女儿怎么会变成这副德行。她开始相信,这孩子是真傻,而且是越大越傻了。庆幸的是,她还有一个值得骄傲的大女儿丁晓虹。

丁晓颜初二学年结束时,姐姐丁晓虹高中毕业了。

丁晓虹在县一中的成绩一直很好,高考发挥正常,以全县文科第四名的成绩,考入上海华东师范大学中文系本科。

八月初的一天傍晚,录取通知书抵达扬兮镇时,胡美兰和小女儿丁晓颜正在楼下的水池边洗衣服。丁老太太已七十三岁,近来衰老得快,身体一天差似一天,胡美兰不得不把部分家务活接手过来。

夕阳下,丁远鹏满面春风地从巷子里走来,步履轻快。他估摸着最近女儿的录取通知书该到了,在家坐等不免心情焦躁,于是这几天下午,早早关上诊所大门,跑去邮局查问、等候。今天终于让他等着了。此刻隔着老远,他就对妻子扬起手中的录取通知书,高声嚷道:

"华东师大!华东师大!"

他恨不得全镇的人都听见这一消息。

胡美兰从水池里猛地抽出双手,来不及擦干,拔腿朝丈夫迎去。手上的水珠甩了小女儿一脸。

从录取通知书到家那刻起,丁远鹏、胡美兰夫妇和大女儿丁晓虹,就一直待在房间里,叽叽喳喳,七嘴八舌,谈论着华东师大美丽的校园(都没去过,凭猜测和想象),商量着开学该带些什么,从哪条线路去上海,诸如此类,等等等等,气氛热烈。自丁远鹏辞去公职后,几年来一家人难得如此欢腾喧闹,整栋楼都能听见丁远鹏略显尖厉的笑声,胡美兰夸张的惊叹声,以及丁晓虹面对父母的撒娇声。

丁晓颜跑上楼,向姐姐道喜之后,回到楼下继续洗衣服。衣服洗完,晾晒好,接着进厨房做晚饭。

姐姐考上大学,她这个做妹妹的当然高兴,却不知道如何表达。她寻思着,今天这顿晚饭,应该和往常有所不同。可是,该怎么配菜呢?虽然她从小就给奶奶帮厨,但主要是干杂活,打下手,其烧菜手艺还非常稚嫩,不仅比不上奶奶,比起母亲来也差得远。她懊恼起来,后悔平时跟奶奶学得不够,到节骨眼上,想着给姐姐做一顿好吃的都办不到。而且这顿晚饭,不会有人到厨房里来指点她了。奶奶身体不好,正躺在床上;母亲此刻和父亲、姐姐谈笑风生,舍不得离开大女儿一步。她只能一个人完成。

她越想越伤心,开始嫌弃自己又笨又懒,泪水涌到了眼眶里。

片刻后,她决定上楼去问问奶奶。

推开奶奶房门时,姐姐丁晓虹正坐在奶奶身边,拿着把蒲扇,给奶奶轻轻地扇着风。房间里有些闷热。奶奶靠在床上,戴着老花镜在读大学录取通知书,从头至尾,一字一句,出声地念下来。老太太一向刻板的脸上,绽满笑容。

丁晓颜悄悄站在门边,不敢靠近。

老太太念完录取通知书,递还给丁晓虹,抬眼瞥见门边立着的小孙女,于是朝她招招手:

"过来。"

丁晓颜走过去。姐姐丁晓虹扔下蒲扇,拿着录取通知书,起身准备离去。

"姐,晚饭想吃什么?"丁晓颜问。

"随便!"姐姐欢快地说道,一阵风似的出去了。

"来,坐这儿。"奶奶拍打一下床沿,对丁晓颜说。

她过去坐下。奶奶看着她,脸色又恢复了平日的严肃。

"怎么了?"老太太问道。她看见小孙女眼眶里噙着泪水。

"我不晓得晚饭怎么做。"丁晓颜说着,泪水再也忍不住了,潸然而下。

丁老太太脸上浮现出笑容,伸手拉住小孙女的手。在丁晓颜的记忆里，奶奶对她还没有过如此亲昵的举动。

"唉，这时候家里谁还想着吃什么呀。你这傻丫头啊，总是抓不住重点，难怪书读不通。"奶奶叹着气说道。

丁晓颜抹着眼泪，听不懂奶奶说的是什么意思。

5

丁老太太的身体不行了，从这年夏天开始，经常卧床不起。丁远鹏带老母亲去医院检查，查不出什么大毛病来，只好配几服调养的中药，每天给老太太熬着喝，却不见起色。入秋后，老太太的状况急转直下，几乎已下不了地。

这些日子，丁远鹏过得很辛苦。楼下的诊所要打理，楼上卧病在床的老母亲要照料。妻子胡美兰在镇小教语文，当班主任，还兼着音乐课，工作一大堆，除了周末，平时没时间照顾老人。丁远鹏虽是学医的，照顾病人却是外行，每天搞得手忙脚乱，疲惫不堪。诸多琐事中，最令他头疼的是一日三餐。他半辈子读书行医，从未下过厨房。起初，老太太还强撑病体，挣扎着下厨，但很快就支撑不住了。丁远鹏只好勉为其难，不得不在厨房从头学起，勉强对付出一顿简单的午饭。早晚两顿，则由妻子胡美兰负责。

早饭好办，上街买几份豆浆油条就解决了。麻烦的是晚饭。胡美兰每天下班后，有很多学生作业要批改，还得赶着去市场买菜，回家做饭。日子一久，便有些吃不消。夫妇俩为这事，开始拌嘴闹矛盾。

"你就不能去买买菜吗？"胡美兰埋怨丈夫。

"哪走得开？"丁远鹏说。

诊所的生意向来不错，确实不大走得开，但更主要的原因是丁远鹏不愿意去市场抛头露面。自开办诊所后，他的性情变得越发孤僻，工作之余常把自己关在诊所里，绝少涉足热闹处。胡美兰早就提议让他雇个助手，日常可帮忙看管、打理。丁远鹏不置可否。他没办法与另一个人共享诊所这一局促的空间。

但目前照顾老人一事，迫切需要拿出个合理可行的方案来。

丁老太太的女儿远嫁外地，有自己的工作和家庭，没办法过来照顾她。听说老母亲身体不好，赶着来了一趟，住了一晚即匆匆离去，此后再未现身，连嘘寒问暖的电话也难得打一个。母女间的感情显得很淡漠，具体原因外人难以探究。在胡美兰看来，这是老太太的报应。

丁老太太一生为人过于苛酷严厉，用当地话说，是个典型的"孤老相"，跟谁都亲近不起来。但平心而论，丁远鹏算得上是孝子。老父亲过世后，老母亲一直跟着他生活。

他作为唯一的儿子，对母亲是敬爱有加，多年来没说过一句重话，物质上也从不亏待。在丁老太太的床头，堆满了各类补品，大多是丁远鹏买的。母子俩的问题在于性格，都很孤僻，不善表达，彼此间几乎不聊天，缺少感情上的交流。老太太卧床期间，丁远鹏忙前忙后地伺候，母子俩难得如此亲密接触，却仍然极少交谈，气氛清冷得令人尴尬，仿佛一个是另一个的影子。

丁远鹏曾想把老太太送去住院，她是退休教师，可享受很大比例的公费医疗。老太太拒绝了，说既然查不出病来，就不想死在医院里。胡美兰又提议，去乡下雇个人来照顾老太太。这倒是个办法。丁家不缺这点钱，但该提议也遭老太太否决。她忍受不了房间里有外人，哪怕是亲戚也不行。见母亲固执如此，丁远鹏不便勉强，只好遵从。胡美兰因此陷入极度的焦躁之中，觉得母子俩实在是不可理喻。

"要折磨死我才满意哪！"

终于，胡美兰冲着丈夫发火了，声调高得隔着一间房的丁老太太也听得清清楚楚。胡美兰为人自矜，脾气向来温和，虽与婆婆合不来，但不会显露在脸上，更不会与之吵架拌嘴，闹得家里鸡飞狗跳。不把她逼至山穷水尽，绝不至于说出这般不体面的话来。

丁远鹏沉默。他知道事态严重，却想不出一个妥善解决之法。这天刚好是周末,夫妇俩之所以得闲在房间里拌嘴,是因为小女儿丁晓颜正在照顾老太太。

自从奶奶卧床不起,丁晓颜每周放学后就不再走路,而是准时准点去搭大巴车,为的是能够尽快赶回家。她已是初三学生,明年就毕业了。以她的成绩看,考上高中的可能性不大,毕业后何去何从呢?关于未来,她还没好好想过。眼下有更紧迫的事情需要她去做。她发现,父母虽然很辛苦地在照顾奶奶,但还是照顾不周。

母亲胡美兰有洁癖,让她给老人倒屎倒尿,擦洗身子,的确是折磨。但家中仅有她一个可照顾老太太的女人,有些贴身之事避无可避,唯有强忍着草草了事。因此,丁晓颜每周回家,都要帮奶奶认真仔细地洗个澡。祖孙俩相处多年,一个眼神,一个小动作,即可准确达意,用不着交代太多。

丁老太太对待生老病死,显得颇为达观。每天躺在床上,脸上仍然保持着往常的平静(或者说冷漠),不见丝毫怨天尤人之色。她了解儿子儿媳的难处,尽量避免麻烦他们。有时身体感到极度虚弱,挣扎着也起不了床,又不愿惊动儿子儿媳,于是憋着尿,憋得浑身直冒冷汗。她现在最大的也是唯一的期盼,就是周末能够尽快到来。当听到小孙女轻盈急促的脚步声在楼梯间响起时,她刻板的脸上,便会露出不易察觉的笑容。

这天晚上，当胡美兰尖厉的抱怨声传至丁老太太房间时，丁晓颜刚帮奶奶洗完澡，给她换上干净衣服，然后扶她上床躺下。之前，丁晓颜已经趁奶奶洗澡间隙，把床单、被套全换了。她下楼去倒洗澡水，在走廊上听见母亲在房间里哭。

回到奶奶房间后，她的心情有些郁闷。姐姐丁晓虹考上大学那些日子，家中的气氛多么欢乐啊。那时每个人都很开心，喜气洋洋的。父母特意提前五天，送姐姐去上海入学。一家三口在上海游玩了很多地方，拍了一大沓照片，有外滩，有豫园，还有丁晓虹就读的大学校园，白天的，晚上的，各种景都有。姐姐丁晓虹不仅有学问，长得也特别漂亮，身高一米六八，体态婀娜，肤色白皙，一头瀑布般的秀发，把脸蛋衬托得更显俊俏。从照片上看起来，姐姐丁晓虹就像是挂历上的大明星。丁晓颜真心觉得姐姐了不起。她想，这时姐姐在就好了，母亲就不会哭了，家里一定会像原先那样，充满欢声笑语。

丁老太太躺在干净清爽的床上，目光一动不动地望着丁晓颜。房间被孙女清理过之后，又弥漫着原先那种好闻的气味。

"写作业吧。"丁老太太对孙女说。

丁晓颜摇摇头。

"奶奶，你得了什么病？"

"没得病。"

"没得病怎么会这样？"她的声音哽咽了。

"傻丫头，"奶奶嘴角露出了微笑，"老了，油尽灯枯了，就这样了。"

丁晓颜不解地看着奶奶。

"煤油灯没油了，火就会灭，是不是呀？"丁老太太仿佛重回手执教鞭的年代，正在课堂上为孩子们讲解难题。

丁晓颜点点头。家里有四盏煤油灯，每个房间一盏。居民区里有时会停电，尤其是夏天，停电频率很高。那时煤油灯可派上用场。

"人也一样，老了，没油了，火就灭了。"

"奶奶，七十年有多长？"丁晓颜问道。她才活了十多年，不清楚奶奶活了七十余年，是一个什么情况。

"这个呀，得等你活到那一天才晓得呢。问人家可是问不出来的。"

丁晓颜又点点头，好像明白了点什么。

第二天，丁晓颜主动跟母亲说，她不想去上学了，要留在家里服侍奶奶。母亲胡美兰当即同意了。周一，胡美兰请了一天假，带着女儿丁晓颜到银峰中学，向校方讲明家庭目前面临的特殊情况，为女儿请了两个月的长假。

丁晓颜开始全天候地照顾丁老太太，并揽下所有的家务活。丁远鹏、胡美兰夫妇获得了解放，顿时感到半辈子以来从未有过的轻松。由于这种轻松感来得过于意外和强烈，夫妇俩对小女儿心生愧疚，于是给她买了台单放机，南京出产的熊猫牌。姐姐丁晓虹有一台索尼牌单放机，放假回家时，偶尔会借给妹妹听两首歌。丁晓虹爱听邓丽君的歌。丁晓颜最爱听的是徐小凤。得到单放机那天，她立即跑到镇上的新华书店里，买回一盒徐小凤的磁带。

晚上，忙完一天的家务活，安顿妥奶奶之后，她就坐在奶奶床头边，抱着单放机，将耳机的一只塞在奶奶耳朵里，一只塞在自己耳朵里，一起听徐小凤。

奶奶仰面躺着，嫌灯光刺眼，让孙女把灯拉灭。已是深秋，天气凉了。丁晓颜关上房门，将窗户推开一道缝，保持房间里空气流通。祖孙俩就这样在黑暗中听歌。奶奶闭着眼睛，有时听着歌，嘴里还嘟嘟哝哝。孙女听不清楚，也不在意。奶奶也许是说梦话，也许是哼歌呢。

丁晓颜的两个月长假没用完，丁老太太就过世了。

6

丁晓颜在银峰中学读了三年书，父亲丁远鹏没去学校看过她。母亲胡美兰去过两次，一次是送女儿去开学，一次是为女儿请假。胡美兰虽然去得少，但平时常托人顺路给女儿捎带一些吃的用的，东西通常先交给校长赵国华，再由其转交给丁晓颜。

校长赵国华对丁晓颜很关心，平日里时常过问她的学习、生活情况，与对待其他学生迥然有别，且从不避嫌。时间一久，便在学校里引发了议论。人们私下猜测，丁晓颜很有可能是校长的亲戚。

赵国华家世代务农，较近的亲戚也都是农民。到他这一代，祖坟忽然冒青烟，家族里同时出了两个"吃皇粮的"。一个是赵国华，担任代课教师多年后，因业务能力突出，政治上积极进取，几年前终于修成正果，得以转正，并很快被提拔为银峰初级中学校长，可谓光宗耀祖了。另一个即是赵国华的堂弟，扬兮镇照相馆的照相师傅赵国良，早年参军，在部队表现良好，担任过排长。转业后，本可留在县里工作，不知什么原因，最终却落户扬兮镇。因其喜欢写写画画，会照相，被安排在了镇照相馆。

如果丁晓颜果真是赵国华的亲戚，据常理推断，十之八九与赵国良有关。丁晓颜当初进入银峰初级中学，赵国良是给堂哥赵国华打过招呼的。不过，赵国良虽然在扬兮镇工作，但家并不在镇上，而且无妻无子，怎么可能和一个镇上的老居民家庭有亲戚关系呢?

猜测至此,似已走入了死胡同。但很快发生了一件事情,为这一猜测提供了新的佐证。

四月下旬的一天,距离毕业已不足两月,丁晓颜所在的初三班(一个年级只有一个班)还在上劳动课。这堂劳动课倒不是帮老师家干活,而是给学校操场除草。全体同学散落在操场周边,像是一群放养的山羊。操场边有几只正在吃草的山羊,是附近村民的,与同学们相处怡然,沐浴在青草气息浓郁的春风里,都对前途漠不关心。

丁晓颜干活卖力,从不知偷懒,此刻正弯腰拔草。忽然,旁边的同学拍打了一下她的肩膀。她直起腰来,额上已沁出细密的汗珠,脸孔红彤彤的。她抬手将垂挂在额前的头发撩开,看见校长赵国华正朝她走来。

赵国华五十开外年纪,穿着随意,形容邋遢,手指间常夹着支香烟,一张嘴,便露出满口的烟渍黄牙,形象更接近不修边幅的老农民,完全不像个教书先生,但颇受同事和学生们的尊敬。

他看到丁晓颜正望向他这边,隔着十多步远,便扯开嗓门嚷道:

"晓颜,有人来看你了。跟我来!"

他招招手,指间的香烟落着烟灰。

丁晓颜在衣服上擦擦双手，心下纳闷，会有谁来看她呢？她也不问，起身跟着校长走去。附近的同学都好奇地望着教学楼方向。

教学楼前，有个中年男人推着一辆自行车，正往操场这边张望。自行车把手上挂着一尼龙网兜苹果，又红又大。苹果在当地农村孩子中可算是稀罕物，难得吃到，尤其是这么大而红的，显然是外地产的高级苹果。本地也出产少量的苹果，个头小，青白色的，皮厚肉硬，有股酸涩味。这一网兜大红苹果引起了羡慕的议论声。

丁晓颜认出眼前来人是镇照相馆的赵国良师傅。大家都传言说赵国良师傅不爱搭理人，难以亲近。丁晓颜虽然与他接触少，对他却有种亲近感。她还记得来银峰中学入学报到那天早晨，下着暴雨，母亲带她去照相馆拍了照。那天的情形她记得清清楚楚，甚至连雨点敲打在窗玻璃上的噼啪响声都记得。那张两寸黑白单人照她很喜欢，一直珍藏着。

丁晓颜走到赵国良跟前，叫了声"赵叔叔"，赵国良微笑着，显得拘谨。

"国良，到我办公室喝杯水？"赵国华说道。

"不去了，这就要赶回镇上。"赵国良婉拒道，目光却望着丁晓颜。"上午去郁川镇办点事，回来路过这儿。"他似乎是在向丁晓颜解释，为什么会突然出现在这里。

"哦。"丁晓颜应道。

她不是个怯场的女孩,只是话少。她看着赵国良,目光柔和、沉静,一边的嘴角略微扬起,流露出善解人意的笑容。她十五岁了,即将初中毕业,身高已一米六出头。由于常干农活,身材挺拔,略显壮实,皮肤散发出一种粗糙而健康的亮色;穿着一身浅蓝色的廉价运动服,两只袖子挽至手臂肘弯处,上衣两侧沾着一片尘土。

赵国良取下挂在自行车把手上的一网兜苹果,递给丁晓颜。

"谢谢赵叔叔。我妈托你捎来的?"丁晓颜接过苹果,问道。根据以往的经验,她很自然地以为是母亲托赵国良捎带来的。

"是的是的……"赵国良满脸笑意,眼睛里闪动着亮光。

丁晓颜也开心地笑了。

事实上,自丁晓颜到这里念书以后,赵国良已来过几次,仅最近一月就来过两次。丁晓颜即将毕业,升学的希望不大。赵国良私下来找校长赵国华商量,能否找到一条别的出路,让这孩子得以继续读书。

赵国华比较了解本县的教育情况,提供了两个建议。一是读技校,丁晓颜是城镇居民户口,有资格报考技校,但以她目前的成绩看，考取一个比较好的专业技校，难度颇大。第二条路是读农业中学。本县有两所农中，报考人数少，录取分数低，两所学校的校长都是赵国华曾经的同事和朋友。从技术层面讲，第二条路更为切实可行。

这两条路，丁远鹏夫妇都不赞成。早在半年前，夫妇俩就开始考虑，小女儿既然书读不通，不如让她跟着父亲丁远鹏学牙科手艺；将来学有所成，待丁远鹏退休后，女儿便可将诊所接手过来，继续经营下去，也是条不错的出路。

但胡美兰不知女儿是否乐意跟父亲学做牙医，于是在一个周末晚上，她打算和女儿认真谈一谈。

奶奶过世后，丁晓颜在家中变得更加沉默寡言。她每个周末照常回家，帮做家务。有时，她会到父亲诊所帮忙清理器具，扫地，擦桌子，等等。丁远鹏的诊所现在对女儿开放了，给病人治疗时，他让女儿站一边看着，给她做些最基础的讲解。丁晓颜对此未表现出好恶，只是默默地干活，什么也不说。晚饭后，她仍然到奶奶的房间里来写作业，或坐着听歌，好像丁老太太还活着一样。

现在，全家人的用餐场所已换至丁晓颜的房间。丁老太太的房间平时锁着，堆放着一些不常用的杂物，家具均保持原样，未做处理。丁晓颜周末回家后，进去打扫一下。奶奶虽然走了，但房间里那股气味还在，仿佛已渗入墙壁、家具之中。丁晓颜喜欢这股气味。

母亲推门进来时,丁晓颜正坐在灯下听歌。

"自己的房间不用,非要来这儿?"胡美兰抱怨道。如今老太太人不在了,胡美兰觉得气味还是难闻,房间则更显老旧、阴森。

丁晓颜摘下耳机,看着母亲,表情恍惚,似乎还未从歌声中走出来。胡美兰看到的却是女儿一脸的蠢样,心情顿时焦躁起来。

"有没想过毕业后做什么?"胡美兰坐下后,问道。

丁晓颜摇摇头。

"你就不能讲句话吗?"胡美兰红了眼圈,觉得真是作孽,生了这么个傻女儿,看不到一点指望。

"我想搬到这个房间来住。"

"晓颜,你的脑子就不能想点正事吗?"

得到母亲同意后,当天晚上,丁晓颜便抱着被褥、枕头,搬进了奶奶的房间。

丁老太太生前用的是老式棕板床,她是在这张床上离世的。丁晓颜并不忌讳。老太太最后的日子里,祖孙俩经常躺在一起听歌。丁晓颜锁上房门,铺好被褥,拉灭灯,然后躺在床上,戴上耳机。四周环绕着徐小凤的歌声。

她闻着房间里的气味,总觉得少了点什么。她打开灯,起身在那张老式写字台的两排抽屉里翻找起来。写字台涂着深色油漆，年深日久，台面已斑驳。在最下层一个抽屉里，她找出一小沓压得平平整整的香烟壳，小半包奶奶抽剩下的利群牌香烟，一盒火柴。她抽出一支香烟来，点燃吸了一口，迅速吐出去，然后掐灭烟，熄灯躺回床上。

现在房间里的气味，与丁老太太生前并无二致了。

丁晓颜忽然察觉，早先奶奶房间里弥漫着的，她特别喜欢闻的，是一种孤单的气味——有生以来，这是她第一次，尝试着给某样不可见的事物命名。

7

几个月前，丁老太太出殡那天，扬兮镇面店的烧饼师傅胡运开来到仙居巷口，将一大袋热腾腾的烧饼递给一位老邻居，说是"素的"，烦请他转交给胡美兰。邻居还未来得及问他话，他就转身离开了，生怕被人看见。邻居拎着那袋素烧饼，摇头叹息。

全镇的人都知道，烧饼师傅胡运开与他女儿胡美兰不和。多年来，父女俩的关系一直很冷淡。

胡运开这年六十八岁，身体仍然硬朗，继续留在面店里做烧饼。他常自得地说，扬兮镇的人离不开他。而他呢，其实也离不开这家国营面店。他在面店干了大半辈子，面店的烧饼房即是他自家厨房。

严格说来，胡运开并不是扬夯镇人。他的祖籍是徽州绩溪县。十五岁时，孤儿胡运开跟着一位做茶叶生意的同族长辈，翻山越岭，来到扬夯镇做买卖，讨生活。起初给人当伙计，跑腿，学记账。他没上过学，识不得几个字，也不是块做买卖的料，经常丢三落四，记错账，挨了不少打骂。

第二年冬天，年关将近，年仅十六岁的胡运开去老县城讨账，一文钱没讨来。回到扬夯镇时，天色已晚，他又累又饿，不敢去见东家，饥肠辘辘地在扬夯河一带游荡。在石板桥上，忽然遇到一个烧饼摊，以前从没见过。摊主是位老人，鹤发童颜，仙风道骨——总之，很像年画上的老寿星就对了。老人家见小伙子可怜，给他吃了个刚出炉的烧饼。胡运开吃下后，不光饱了肚子，还饱了心，立刻悟出一个道理：做烧饼才是人间正道。

两年后，胡运开在扬夯镇街头摆起了烧饼摊。他做的烧饼，很快远近闻名。

这个故事当然是胡运开自己编的，模仿张良桥下得兵书的古老传说，给他的手艺增添一分神秘色彩。故事是胡编的，胡运开的烧饼，却是实实在在做得好。他无师自通，做出来的烧饼自成一派，号称糅合了金华酥饼与徽州烧饼的特点,将二者的美味熔于一炉。几年后,他的烧饼摊变成了一家临街小店。他靠着烧饼在扬兮镇立稳了脚跟。解放后公私合营,他的烧饼店被国营面店合并,于是,他摇身一变,成了面店的烧饼师傅,"吃上了皇粮"。他常说,做烧饼是世上最稳妥的行当,不管是国民党还是共产党,烧饼总是要吃的。

二十三岁时,胡运开回徽州老家,娶了当地的一位姑娘。姑娘家是做豆腐的,算是门当户对。婚后,育有一子一女。胡运开痛心于自己没文化,对子女的教育特别重视。儿子胡旭阳高中毕业后,招工进县水泥厂当工人,在厂里工作积极上进,很快入了党。后遇县财税局招干,走了点关系,通过考试成了一名国家公务员,在县城安了家。女儿胡美兰,初级师范毕业后,在扬兮镇当了一名小学教师。

胡运开退休那年,老伴病故,儿子胡旭阳想接父亲到县城养老。他不去,返聘留在扬兮镇面店,理由是"镇上的人离不开我"。他在扬兮镇生活了一辈子,做了一辈子烧饼,是他离不开扬兮镇和烧饼炉。

胡运开这辈子最伤心的事,是女儿胡美兰与他不睦。

胡美兰很少谈论她的娘家。老母亲健在时,走动得还相对多一些。母亲过世后,走动就更少了,只在过年时,胡美兰才会去探望父亲,拎点礼品进去,水也不喝,饭也不吃,打个招呼便匆匆离开。胡美兰与家住县城的哥哥胡旭阳也不来往,兄妹两家形同陌路。

在丁晓颜的记忆里,她很少走进过面店。母亲不喜欢她们姐妹俩踏足此地。姐姐丁晓虹在县一中念书时,第一学期的中秋节,舅舅胡旭阳去学校看她,给外甥女买了月饼。寒假回家后,丁晓虹说起此事,挨了母亲一顿骂。胡美兰平时最疼大女儿丁晓虹,重话都不舍得说一句,那次却骂得女儿眼泪汪汪。

胡美兰秉性温和,唯独在此事上,表现得近于偏激。丁远鹏对此则讳莫如深。夫妇俩从不告诉孩子,为什么会出现这样的情况。

丁老太太出殡那天,胡运开现身仙居巷,逗留片刻即离去,但被他的外孙女丁晓颜瞥见了一眼。当时葬礼已经结束。丁老太太的葬礼办得简单,遵其遗嘱,没有通知更多的亲朋故友(丁远鹏夫妇都是喜欢清净之人,求之不得),因而来的人少,家中并未准备"豆腐饭"。一家人与几位亲朋从墓地返回后,坐在房间里轻声细语地聊天,缅怀丁老太太清冷的一生。

丁晓颜负责下厨做午饭。

她去市场买菜时,远远瞥见巷子另一头,外公胡运开站着和一位老邻居在说话。丁晓颜赶紧走过去,胡运开已匆促离去。邻居把一纸袋热乎乎的烧饼递给她，说：

"你外公给的烧饼，素的。"

丁晓颜将那袋素烧饼放在厨房灶台上。待她买菜回来，发现母亲在厨房里，盯着那袋烧饼。

"谁给的？"

"外公。"

"他人呢？"

"走了。"

胡美兰拎起那袋烧饼，出门时随手将它扔进了旁边的垃圾桶。

丁晓颜不敢加以阻止。等母亲回房后，她走到垃圾桶边，悄悄将这袋烧饼又捡起来。她回到厨房，关上门，从纸袋里取出一只，咬了一口。烧饼还是温热的。她的嘴角浮现出笑容。她已记不得有多久没吃过外公亲手做的烧饼了。她细细咀嚼着，满口余香。

六月初，丁晓颜从银峰中学毕业了。

离校那天傍晚，她背着书包，穿着一条夏用牛仔裤，一件白色短袖T恤，一身轻松地走出寝室。日常用具及部分旧衣物已送给同学，母亲胡美兰嫌脏，不让她带回家。其余杂物连同教科书、作业本之类的全被她扔了。

夕阳的余晖透过杨树疏疏朗朗的枝叶，闪烁在她脸上。

她的嘴角微微翘起，似乎时刻带着笑意。夏天了，操场边的杂草又长高了。附近村子里的几只山羊，悠闲地在草丛间走动。她弯腰拔出一丛杂草，朝远处扔去。在这个偏僻的山坳里度过了三年，她已从表情木讷的小女孩，长成为身姿挺拔的少女。她流露出的笑容，越来越像个风情蕴蓄的女人。但她谁也不像，不像父亲，不像母亲，不像姐姐。她像她自己。

与以往大多数周末一样，她步行回扬兮镇。

她一路走得很慢，像是漫无目的地游荡。到达镇上时，暮色已经降临，街边的路灯亮了。集市的摊位也纷纷亮起了灯。录像厅门口的小音箱里，传出密集的枪炮声，在街道上呼啸。一家服装摊位前，一位小伙子把刚拆箱的新衣服挂起来。他也刚考完，丁晓颜远远地望着他，心想，他一定能考进县一中吧。她忍不住微笑起来，似乎担心这样的笑容被人察觉，赶紧咬住了嘴唇，随即迈着轻盈的步子，转身走入面店。

面店大堂里的主灯已经熄灭，准备打烊了。卖烧饼的柜台前还亮着灯，天花板上，一台吊扇慢悠悠地旋转着。一位身躯佝偻、头发花白的老人，拿着铁钳，低头盯着烧饼炉。

丁晓颜走到柜台前，安安静静地望着老人。

老人放下铁钳，抬头用汗巾擦汗，然后才看见了柜台外站着的丁晓颜。

"外公!"丁晓颜叫道,咧嘴而笑。

"晓颜?"

昏暗的灯光下,老人布满皱纹的脸,笑得像一只烤煳的烧饼。

"最后一炉了。摆摊的张瑛要素的,再给她烤一炉。"老人手忙脚乱起来,又拿起铁钳往炉子里看,"快好了,快好了,饿了吧?"

"嗯!"丁晓颜笑着点点头。

烧饼熟了。老人拿钳子一一夹出,搁在炉子边沿。他放下铁钳,用纸包起一只,递给外孙女,随即转身找水壶。背过身去时,老人抬手抹了抹眼睛。他倒了杯凉开水,放在柜台上。丁晓颜拿着滚烫的烧饼,吹了两口气,然后轻咬一口。这只素烧饼刚新鲜出炉,比她几个月前吃到的更香。

老人解下围裙,将炉子边沿的烧饼分装在纸袋里。

"慢点吃,小心烫。"

店堂里很安静,灯光昏暗。烧饼很烫,丁晓颜站在柜台外,一小口一小口地吃着。老人的目光片刻不离外孙女。天气闷热,烧饼房里的温度更高,头顶的吊扇扇出的风都是烫的。丁晓颜吃完烧饼,端起杯子喝了口水,几缕发丝汗津津地贴在额前,嘴角边还沾着一粒芝麻。

老人将一纸袋烧饼递给外孙女。

"拿回家趁热吃,放过夜味道就差了。"

丁晓颜摇摇头。

"外公,我要跟你学做烧饼。"

第三章　疯女人

1

故事里的小镇，经常会有一个疯女人，无名无姓，不明来历，犹如戏剧舞台上走过场的一位无名氏，台词只有一两句疯话，外加一个凄厉而空洞的笑容——以此表明，该小镇是人性的深渊，是世界的边缘。扬兮镇也有一个疯女人，但她有名有姓，有夫有子，曾经还有单位。这个疯女人名叫姚迎春，这年三十六岁，以前是镇一中的老师，在初中部教英语。她发疯是最近两年的事。

姚迎春发疯的原因并不神秘，缘于一起婚外情事件。

大概在五年前，姚迎春爱上了一名军工厂（扬兮镇周边有三家军工厂）的工程师。两人都有家庭，有孩子。这段婚外情起初发展得非常隐秘，持续约三年之久，无人察觉。三年后，军工厂搬迁走了，姚迎春就疯了。她疯得并不彻底，有时清醒，有时糊涂。疯起来时，她就开始唱，开始倾诉，开始说真话和胡话。她满腔哀怨,向上天控告那个男人食言、负心,不带她远走高飞,等等等等。她的家人及镇上的闲人,通过这些疯言疯语,获悉了真相。

姚迎春是扬兮镇人,毕业于杭州师范学院,分配在镇一中教书。她的同事和家人都想不到,她会发生这种事。家人曾送她去杭州康定医院治疗过一段时间,病情有所好转。出院回到扬兮镇家中后,病情又开始恶化。于是,再送往杭州治疗,又明显好转。回来后,继续恶化。如此反复,家人终于失去信心(经济及时间、精力,均难以承受),将她闲置在家,随之任之。

清醒时,她沉默寡语,反应迟钝,还能帮家人做饭洗衣,但没人知道她什么时候又发病。发病时,她会偷偷跑出去,鬼魂般四处游荡,又哭又唱。直到家人得知消息,赶来将她领走。镇上的人都说,姚迎春得的是"花癫"。

姚迎春的丈夫在镇变电所工作,夫妇俩有个九岁的儿子。姚迎春得病的原因广为人知后,丈夫对她厌恶至极。儿子在学校则受尽嘲笑,回家后对母亲横眉冷对。一家人都嫌弃这个不贞洁的疯女人。姚迎春的父母不得已,将女儿领回娘家看管照顾,以免她流落街头、荒野,真正沦为"无名无姓不明来历"的疯女人。

简单说说扬兮镇周边的三家军工厂(细说则须另开篇讲

一个故事）。

自20世纪60年代起，三家三线军工厂相继在扬兮镇周边建成之后，对扬兮镇一带产生了深刻的影响。无论是经济还是精神层面，都是如此。

三家军工厂共有职工一万四千余人，其福利高，待遇好，消费能力远强于小镇居民，更不用说本地农民了。因为军工厂的存在，不仅为扬兮镇及周边农村提供了部分就业机会，而且促使很多传统产业得以扩张，养活了不少人。

比如，当地制作棕板床的生意，在那些年里蓬勃发展。打制棕板的手艺人因之受惠颇丰，从业人数激增。以往，只有镇上的部分居民家，有能力和意愿购买棕板床，市场极为有限。而军工厂的家庭，则普遍使用棕板床，且更新速度相对较快。不像一些居民家庭，打制一张棕板床，一用就是几十年，从结婚一直使用到抬上山那天，还要当作传家宝，留给下一代。

这仅是其中一例。果蔬、鱼肉等农产品的消费自不必说，扩大了许多倍。军工厂附近农村的小伙子，娶老婆都比以前容易了。相对偏远的农村人家，抢着要把女儿嫁到这一带来，因村子靠近军工厂，沾了"富贵气"，生活水平也相应得到了提高。

对于扬兮镇居民，尤其是那些爱幻想、慕时尚的年轻人来说，他们关注军工厂并非因为经济，而是军工厂特有的文化。在他们看来，军工厂的人普遍"洋气"（本地职工除外，一口乡音便露了本相。但本地人多为临时工，人数极少，可忽略不计），气质出众，令人钦羡。三家军工厂的人员构成来自五湖四海，南北混杂，厂区内通用语是普通话，各项设施齐全（标准篮球场、溜冰场、电影院等等），各类人才众多，文娱生活丰富多彩，自成一体。由于经济条件好，见多识广，谈吐大方合时，穿衣打扮新潮，军工厂的年轻人（包括学生），在本地年轻人心目中，是一个渴望效仿却又难以与之并行的特殊群体。

但军工厂的年轻人，与本地年轻人恋爱通婚的极少，彼此之间仍有一道无形的鸿沟。无论是经济或文化，都很难跨越。姚迎春是一个极端例子。当三家军工厂在80年代中后期，似乎于一夜之间搬走时，对姚迎春及部分扬兮镇居民而言，宛如近在咫尺的海市蜃楼，突然间消失了，眼前重现出一片令人窒息的荒漠。其带来的心理冲击，将持续多年。

一天傍晚，张咏从家中出来，骑车去集市给母亲送饭。他已十七岁，身高一米七几，体形健硕，暑假过后就要读高三了。初中毕业时，以他的中考成绩，本可进县一中，但他选择继续留在镇一中念高中。做出这一决定，主要是考虑到他的母亲张瑛。他是个懂事的孩子，不忍心看着母亲独自一人天天起早摸黑地摆摊，想着就近念书，不仅可省下一笔费用，周末还可帮母亲做些事，减轻点负担。

自行车把手上挂着的塑料袋里，叠放着三个饭盒。一个是他自己的晚饭，有米饭、炒青菜、榨菜炒肉丝，菜直接浇盖在米饭上面，很简单。另两个是给母亲的，相对比较复杂。一个放着小米粥，粥里有几颗红枣。一个放着炒青菜，榨菜炒肉丝，荷包蛋，共三样菜，挤放在同一个饭盒里。前两道菜和他是一样的，只多出一个荷包蛋（张瑛爱吃荷包蛋）。三个饭盒都是透明硬塑料的。母亲的胃不好，晚饭吃不下米饭，张咏就给她熬了小米红枣粥当主食。集市里的摊主们都夸张瑛有福气，生了个好儿子，比女儿还贴心。

到母亲摊位后，张咏取下自行车把手上挂着的饭盒。晚饭时间，集市里顾客稀少。张瑛坐在摊位后整理衣服。辛辛苦苦摆了几年的服装摊，她的头发已经斑白，身形更显瘦小，才四十五岁的人，看上去像五十来岁。她的摊位生意仍然很好，但近一年多来，明显不如以前了。现在进货不需要再往杭州跑，县城里终于有了一家大型服装批发市场，货品丰富，货源充足。

扬兮镇的夜市也已基本形成。镇政府给集市盖了简易顶棚，可遮阳挡雨。另外，还在镇子东北角新辟出一块空地，预计明年会建成一个正规的小商品市场，楼内有几十家固定摊铺可出租给商家。张瑛很早就向主管部门打探此事，争取在小商品市场大楼里租到一个好位置。如今镇上的人口在快速增加，服装摊位也跟着多起来，竞争越来越激烈，一些摊主为此忧心忡忡。

但张瑛对此的感受大不一样。她是通过儿子的角度，来看待周边这一切变化的。眼见儿子一天天长大，且读书成绩优异，不出意外的话，很快就要上大学了。张瑛的心是一天比一天宽松。

"儿子，又想吃烧饼了。"张瑛说道。张咏在活动小餐桌上摆放饭盒。

"妈，烧饼吃多了对胃不好。"

"就吃一个，行不？"

张瑛心情愉快地望着儿子。张咏把小米红枣粥放在母亲面前。

"我去买。"

面店距集市百多米，张咏快步走去。附近几个在街上闲逛的小青年，突然撒腿跑起来，一路跑，一路嘻嘻哈哈怪腔怪调地嚷道：

"疯婆子脱衣服咯！"

张咏心头一沉，紧跟着跑去。

距面店大门十几步远的一棵梧桐树下，疯女人姚迎春斜倚着树干，搔首弄姿，衬衣纽扣全解开了，露出雪白的腰身和胸罩，嘴里自顾自地哼唱着歌，叽里咕噜的，听起来像是英文歌。

周边迅速围拢起一圈闲人。

"脱光！脱光！"有人兴奋地起哄。

姚迎春全然无视，前胸敞开，目光漠然地越过众人头顶，望向天空，双手以舞蹈的姿势缓缓比画着，嘴里唱着歌。太阳已落山，西边布满了紫红色的晚霞。姚迎春的歌声穿过众人的喧哗，一直传入张咏的耳朵。这支歌曲张咏听着耳熟，他曾在课堂上听过。姚迎春是他初中一、二年级时的英语老师。张咏成绩好，又是镇上老居民家的孩子，姚迎春对他颇为看重。

张咏跑到人群外围，一眼便看见了梧桐树旁的姚迎春。

这时，从面店里跑出一个系着围裙的女孩，挤过人群，冲到姚迎春面前，试图帮她扣上衬衣纽扣，但纽扣早已被扯脱落。女孩无奈，解开自己的白色围裙，挂在姚迎春胸前稍事遮挡，然后揽住姚迎春的腰，想带她离开。姚迎春不肯走，双手搂住梧桐树，头仰着，歌声变得嘹亮了。女孩个高，姚迎春个矮，女孩的围裙吊带挂在姚迎春脖子上，明显太长。围裙垂挂下来，粉红色的胸罩仍有一多半裸露在外，十分刺眼。

周边又响起一片哄闹声。

张咏认出这女孩是烧饼师傅胡运开的外孙女丁晓颜。她现在是面店的临时工,跟着外公胡运开学做烧饼,已经两年了。张咏周末回家偶尔会去面店买烧饼,但从未见过她。小学毕业已过去五年,其间,张咏完全想不起来,他们什么时候曾见过面,打过招呼或说过话。曾经的幼儿园、小学同班同学,早已形同陌路。

"不脱是吧,我来帮你啊——"人群中蹿出一小青年,肆意调笑着,顾盼自雄地走到姚迎春面前,伸手作势,要去撩胸罩。

人群间爆发出喝彩声。

"走开!"丁晓颜呵斥道,侧过身体,挡在姚迎春胸前。

"做烧饼的傻子,少管闲事啊!"

"她是你妈呀!"

"一起脱了脱了!"

小青年的几位同伴跟着起哄调笑起来。

张咏拨开人群,冲到这位小青年身后,左手揪住他的衣领往后猛一拽,紧跟着挥动右臂,照着对方的脸就是一拳。小青年呜嗷一声,后退倒地。围观人群炸开似的跟着往后退。

"江文泉那老骚货的野种!"有人暴喊道。

小青年的三个同伴,朝着张咏围拢过来。张咏一声不响。梧桐树根四周,插有一圈青砖作围护,多是大半截的青砖,有小部分嵌入土里。张咏俯身拔出一块,拎在手中,迎着三人走去。其中两个见此情形,忙不迭地后退。另一个最壮实的,嘴角挂着冷笑,站在原地等着张咏,抬手指着自己的青皮大脑瓜。

"老骚货的野种,有本事砸我啊!砸啊!"

张咏感觉背后被拽了一下,但没拽住。他上前抡起青砖,干脆利落地拍在对方脑门上。只听见一声闷响,那人双手抱头,矮着身子踉跄而退,眼看要瘫倒在地,鲜血从其指间冒出来。

围观人群一哄而散。两位同伴扶起挨砖的这位,往医院方向仓皇而去。那位挨了拳头倒地的早已不见踪影。

张咏握着半截沾血的青砖,望着溃散的人群,厉声吼道:

"×你妈的扬兮镇——"

2

在派出所里蹲了一宿,次日上午十点多,张咏被母亲张瑛领出来。派出所考虑到张咏还是在校学生,而且有人愿为他做证,证明当时确实是为保护姚迎春,并非街头寻衅斗殴；对方伤得也不是很重，在医院缝了十几针后就出院了，除了脑袋有点晃，眼睛有点花，尿了一裤子外，其他无大碍。张瑛支付掉全部治疗费用，外加二百补偿金，这事就算了结了。

派出所所长是以前的老街坊，与江文泉相熟。母子俩离开前，他把张瑛叫到一边，压低声音跟她说，你这儿子聪明，孝顺，读书好，镇上都知道。但是杀心重，下手太狠了，没个轻重，往后还是要多加管教，以免闯下大祸。

这一晚张瑛被吓得不轻。母子俩走出派出所时，张瑛仍惊魂未定，一路絮絮叨叨地责怪儿子冲动、莽撞，没有大局观。

"你要是坐牢了，妈怎么办？做人做事要考虑大局的！"

张咏阴沉着脸埋头疾走。

"昨晚民警都跟我讲了，问你话，半天不作声。担心你再出去寻事，关你一夜让你冷静冷静。"张瑛向儿子解释，为何拖到现在才领他出来，"现在冷静了吧，有没有冷静？"

张咏还是不说话。张瑛急了。

"开口讲句话要你命哪！"

张咏停下脚步，问道：

"来给我做证的是谁？"

"晓颜啊,她都急哭了。"张瑛停顿片刻,忽然感慨道,"这孩子是越长越好看了,哭起来都那么好看!唉,可惜书念不好,卖烧饼了。"

张瑛这关注点转换之迅速,之清新,令人措手不及。张咏忍不住笑起来。他其实清楚,昨天那种情形,愿意来为他做证的一定是丁晓颜,不可能有其他人了。之所以向母亲发问,不过是想再确认一下。丁晓颜不仅来给他做证,此前还把姚迎春送回了家。但张咏被带入派出所后,并未再见到她。

到家后,张咏听从母亲吩咐,立刻洗了澡,换上干净衣服,去去晦气,然后跟母亲说,他要去面店找丁晓颜。

"是该去谢谢人家!"张瑛说,"见过了赶紧回家吃饭。这几天老老实实待屋里,不许出门!"张瑛担心儿子在外遭人报复,加重语气嘱咐道。她今天也没摆摊。

骑车去往面店的路上,张咏细细回想昨天傍晚的情形。

那一砖拍下去后,他的脑子里一片空白,后来的事情就有些模糊了。在派出所里的这一夜,他已冷静下来,想了很多。他是个爱动脑子的人,心思缜密。出了这事,他并不懊恼。念初中时,姚迎春老师待他很好。昨天那个场面,即便被困的不是姚迎春,也让他没法忍受。他困惑的是,自己怎么会如此轻易做出过激举动?体内像是潜伏着一只猛兽,随时都有可能蹿出来吞噬他人，吞噬自己。本可采取其他更合理的方式，来处理当时的状况。事实上，那几个虚张声势的年轻人，也被他的激烈反应吓坏了。他们不过是闲极无聊，在围观群众面前出出风头而已，没打算为此喋血街头，完全料不到张咏真动手，而且是下狠手。

中午时的面店，顾客较多。张咏在大门外停好自行车，径自走进去。门口进出的顾客见到他，纷纷不自觉地侧身避让。小镇消息传得快，尤其是夏天。晚饭后，人们多聚集于户外纳凉，聊闲天，互通消息。这是扬兮镇最为传统的"舆论场"。

昨天傍晚张咏一战成名，消息迅速传播开，连带着骂出来的那句脏话（把全镇人都给骂了），也一并传开，引发舆情愤慨，对张咏颇为不齿。大家都说，江文泉、张瑛的儿子是个不要命的，拿砖头把人脑袋砸开花了，要坐牢赔钱了，把张瑛这些年的积蓄全贴进去了！读书成绩那么好的孩子，哪想这么狠毒！没爹管教就是不行，可怜了张瑛，辛辛苦苦养出这么个东西！诸如此类，等等等等。

被张咏打的那两个年轻人，是造纸厂的青工。昨天傍晚下班回家，途中发生了这起冲突事件。这两人也是扬兮镇老居民。人们谈论着他们，暗地里猜测他们应该还有后手，至少要对张咏采取适度的报复措施，以挽回面子。两个大小伙子，平日里在街头耀武扬威的，见了狗都要踹两脚，却被一个高中生单枪匹马给料理了，实在是丢人现眼。人们像期待电视剧的续集一样，盼着下一集准时开播。

第二天一早，从造纸厂里传出消息，两人中的其中一个去上班了，半边脸青肿，什么也没说，权当这事没发生过。另一个缝针的，向单位请病假，在家躲着，大门也不敢出——由于张瑛给了他二百块钱补偿金，儿子张咏对此不满，扬言要用这二百块钱为他买一口好棺材。张咏当然没说过这种无理狠话，显然是人们的夸张演绎。此人却信以为真，吓得暂时不敢出门了。于是大家都说，这两人已被张咏打怕，不仅不敢寻仇报复，还得提防着张咏继续追打他们。人们摇头叹息，失望至极，对此二人的鄙视之情溢于言表。

沸扬声中，却无只言片语提及姚迎春。这个疯女人已被扬兮镇的舆论抛弃，并遗忘了。

张咏来到烧饼柜台前。这地方他很熟悉。母亲张瑛爱吃胡运开师傅做的素烧饼，时不时地差他来买。张咏也爱吃。胡运开老师傅做的烧饼，各种馅的，他从小吃到大。

他和胡运开很熟（胡运开和镇上的人都很熟），知道这位烧饼师傅与女儿胡美兰不和，两家少有走动。因此两年前，丁晓颜突然进面店做临时工，跟着外公胡运开学做烧饼，就成了一件不大不小的新闻，让镇上的人议论了好多天。

此时，烧饼房里只有胡运开一人。一炉烧饼刚烤好。胡运开低着头，握着铁钳将烧饼一一夹出来。柜台前等取烧饼的两名顾客认出了张咏，悄悄移至一边，下意识地与他保持一点距离。张咏刚在店门口就已察觉，镇上的人对待他的态度起了微妙变化。他忽然体会到，让人害怕不是件难事，比让人喜爱和尊敬容易多了。

为避免影响他人，张咏走到店堂靠里的角落，待两名顾客取了烧饼离去后，他才走过来。胡运开见到他，脸上顿时堆满笑容。

"阿咏，过来过来。"老人擦着汗，朝张咏招手。张咏站在柜台前。"到里边来。"老人说着指指柜台另一侧。

张咏绕过去，旁边开着一道门。他走进去，才看见这道门左手边约一步距离，还有一道门，很窄，虚掩着。站在柜台外往里看，不易发现。

"晓颜在里边，等着你刑满释放呢。"

张咏脸一热，推开门，眼前的景象让他感到惊讶。丁晓颜戴着一顶白色工作帽（一头短发全拢在帽子里），穿着白围裙，套着白袖套，正在一张宽大的工作台上揉面团。房间不大，有些闷热，但很干净。墙边堆放着一袋袋的面粉。头顶有一台吊扇，扇叶极为缓慢地转动着。

整个房间的色调是白色的,人也是白色的。唯有丁晓颜的一双大眼睛,黑得透亮。见到张咏后,这双大眼睛变得更黑更亮了。丁晓颜停下手里的活,侧过脸来,望着张咏咧嘴而笑,露出两颗虎牙,仍和小时候一样。她挺拔小巧的鼻尖上,沾着指尖般大一小片面粉。

张咏心跳了一下,恍恍惚惚地站在门边,不知道该不该走进去。

丁晓颜已经在这个小房间里工作了两年。起初,她帮外公胡运开打杂,学习一些基本技能,如何给炉子生火、熄火,控制火势(炉子是烧炭的),等等。她从小给奶奶帮厨,干惯了家务活,这方面得到过锻炼,容易上手。接着是学习制作烧饼,从和面、揉面团,到饼馅的配料,以及怎样快速地包制出形状漂亮的饼,最后入炉烤制,掌握恰当的火候等一系列工序,跟着外公亦步亦趋地学。一年过后,她做出的烧饼已有外公的七八分味,只是还不够稳定。

当然了,这样的进度与年轻时的胡运开是没法比的。根据胡运开自编的故事,他当年得仙人指点,下定决心以做烧饼为业,可说是无师自通(历史真相已不可考,由他说了算),这叫老天爷赏饭吃。他的外孙女丁晓颜是有名的笨孩子,资质愚钝,且福气不够,未曾遇仙(多亏有个好手艺的外公),能有眼下这般进度,胡运开已很满意。他常鼓励丁晓颜，学手艺不怕笨，就怕懒，手艺是熟能生巧的事，只要勤快，肯下功夫，没有学不好的。

丁晓颜心性沉静质朴，虽笨拙，却能专心致志一以贯之。学艺将满两年时，她已可稳定地烤制出相当不错的烧饼。

胡运开七十岁了，年岁不饶人，体力日趋见衰。丁晓颜因此包揽了烧饼制作过程中所有的体力活（集中于制作前期，主要是揉面团、剁馅料），所以大部分时间，她都在里边的工作间里。只在生意最忙时，出来到炉边顶替一下，让外公稍事休息。

张咏平时在烧饼房见不到丁晓颜，原因即在此。

由于不了解以上情况，此刻在张咏眼里，丁晓颜像是被慈祥的外公保护起来，藏身于柴房的傻女孩，以避免与过分精明险恶的外部世界接触。僻静的房间，不易发现的窄门，屋顶缓慢旋转几近静止的吊扇，丁晓颜全身的白色，明媚的笑容，漆黑的眼眸，还有鼻尖上的那一小片面粉，所有这些元素，都给张咏造成不真实的强烈印象，仿佛走入了一个弥漫着烧饼香味的童话故事。

"哎，我们出去吧。"丁晓颜走到张咏身边，轻声说道。她察觉张咏在发愣，便用手指轻触他的手臂。

"哦。"张咏如梦初醒。

两人来到店外。张咏已忘了此行目的，于是又进入惯常的沉默状态。丁晓颜也是个不爱说话的。站在烈日下，两人面面相觑，仿佛不认识似的。张咏的目光恍惚、茫然；丁晓颜的目光则直接、专注，如溪水的聚洼处，活泼柔和，深得清澈见底。

张咏理着个寸头，穿一件黑色圆领T恤，一条宽松肥大的草绿色夏用军裤，脚上是一双人字拖。那个年代典型的小镇青年装扮，颇为时髦，却也有种令人生畏的刺头气质。丁晓颜如前所述，一身面店员工的白色工作装。在白围裙里边，是一件白色圆领T恤，一条靛蓝色的背带牛仔裤。脚上是一双浅灰色敞口布鞋，布鞋上方有一条宽鞋带，横搭过来扣在另一边。这是种古老的女式布鞋，夏天穿很舒服。张咏已想不起，昨天傍晚丁晓颜穿的是什么衣服了，不过当时她肯定没戴帽子。当时，丁晓颜解下来保护姚迎春的白围裙，给他留下了深刻印象。

"热吗？"张咏问道。

"嗯？"丁晓颜不明所以，发现张咏盯着她的鞋子看，于是回答，"不热。这布鞋很凉快的。"

"帽子。"张咏抬头，扬扬下巴。

"热。"丁晓颜说着，摘下白色工作帽。她的头发理得很短，耳朵都遮不住。

张咏笑起来。丁晓颜看着他，不明白他笑什么。但她喜欢张咏这样和她说话，仿佛街上只有他们俩。

"我走了。"张咏走到自行车旁边。

"你等等。"丁晓颜说，转身往店里跑去；片刻后出来，手里提着一纸袋烧饼。"这一炉是我做的素烧饼，外公烤的。"她把纸袋递给张咏，"给瑛阿姨尝尝。"

"我妈胃不好，不能多吃烧饼。"

"那就你吃。"丁晓颜执拗地说道，提着纸袋的手继续伸着。

张咏只好接过来。然后，鬼使神差地，他忽然伸出右手食指，拂去丁晓颜鼻尖上的那一小片面粉。

"面粉。"他转身跨上车走了。

丁晓颜望着张咏骑车迅速远去的身影，抬手擦擦自己的鼻尖，抿着嘴笑了。

3

张咏被带进派出所的那个傍晚，江文泉和苏冬丽也得到了消息，担心得一宿没睡安稳。一个高中生被关入派出所，无论如何都不是小事，不仅有损家庭的名声，更有可能给他的个人前途造成难以预测的恶劣后果。

当晚苏冬丽在医院值班,是最先听到消息的。两个小青年搀扶着脑袋开花满脸鲜血的同伴,进来挂急诊,宛如明星莅临,瞬间引爆整个医院。大家都活跃起来,立即有人向苏冬丽通报,说行凶打人的是江文泉的儿子张咏,被民警带走了。通报者抱着看好戏的心情,窥探着苏冬丽的反应。多年来,苏冬丽已经习惯了这类窥探。她匆匆赶回家,将消息告知江文泉。江文泉忧心忡忡地说道:

"这小子的脾气像张瑛,发作起来刹不住车,迟早闯大祸!"

担心归担心,由于怕遇见张瑛,他不敢去派出所打听情况。现如今,他对儿子的影响力越来越弱了,已到可忽略不计的程度。这要归功于张瑛有效的隔离政策。

离婚后,张瑛带着儿子含辛茹苦,儿子是她唯一的寄托和指望。她最害怕的事,就是儿子被江文泉"拐走"。为防止出现这种情况,起初,她采用的是强力手段,一旦发现儿子与江文泉有所接触,便大发脾气,对儿子进行思想政治教育(不断向儿子强调,江文泉是如何的坏),对江文泉则采取恫吓、咒骂等极端方式。后来发现,这一做法的效果并不好,甚至适得其反。儿子张咏的性格是吃软不吃硬,把他逼得太紧,很容易逆反。张瑛脾气暴躁,头脑却精明,灵活多变。于是,她转变策略,开始走"软性路线",对儿子与江文泉的私下接触，睁一眼闭一眼，但会及时做出恰当的反应。

有一年的正月初三下午，张咏在街上被江文泉叫走，让他去东亭巷家里吃米羹。张咏从小爱吃米羹。张瑛自摆摊后，一天忙到晚，在饮食上很随意，米羹做起来比较费事，逢年过节也不再做了。苏冬丽的米羹却做得很好。张咏未及多想，跟着父亲去了。

在父亲家逗留一下午，傍晚回家吃晚饭时，看到母亲做了一桌子的菜等着他。她自己却坐在餐桌边，就着一小碟咸菜，一小口一小口地喝着泡饭。张瑛跟儿子解释说，她胃不舒服，吃不下饭，只能将就着喝点泡饭。张咏的眼圈当场就红了。这是张瑛耍的一个小伎俩。

张瑛对儿子的动态及心态，掌握得一清二楚。她的胃的确不好，令人同情的吃泡饭的场面，却是故意做给儿子看的。通过此类小伎俩（有过多次，具体方式不同，手法大同小异），张瑛成功地让儿子对她生出愧疚之情。日积月累，张咏面对父亲江文泉，心理压力变得越来越大。

张咏并不排斥父亲江文泉。对破坏父母婚姻的苏冬丽，印象则更好。这是件奇怪的事。照理说，他应该厌恶苏冬丽，至少该冷漠待之。但初次接触之后，对于这个背负骂名的女人，他就感到亲切。如果不是为顾及母亲的感受，他倒是乐意常去父亲家吃饭。

在东亭巷那个陈设简陋的家里，女主人苏冬丽温和、耐心，做得一手好菜，每一处角落都打理得井井有条，整洁，温馨，让张咏反而有家的感觉。母亲张瑛这里，却常令他感到紧张，不是担心这个，就是担心那个，具体担心什么他也说不清。或许只是纯粹的紧张，像略微偏高的体温一样，总是降不下来。母子俩的这个家，更像是张瑛摆摊做生意的储物仓库，永远乱糟糟的。张咏收拾过多次，不出一周就旧态复萌，恢复至原样。后来他便认可了现状，周末回来不再收拾打扫。

前面我们交代过，苏冬丽因与江文泉搞在一起，破坏他人家庭，生活作风不好，被医院发配去管理太平间。这份他人唯恐避之不及的工作，她一干就是几年，兢兢业业，忍辱负重，从无怨言。

苏冬丽不是扬兮镇人。她的家在郁川镇，距离扬兮镇约二十公里。两镇之间，每天有一班大巴车往返。郁川镇是个移民镇。1959年为修建水库，当地淹没了一座县城，几十个村子。郁川镇原本是个地处高地的村子，接收了一大批老县城移民后，遂匆促扩建为镇，基础设施远不如老牌的扬兮镇。但由于大部分居民是老县城移民，生活习惯是"城里的"，开口说的是"城里口音"，方方面面均显得讲究些。

郁川镇的人为此颇有优越感，虽然该镇无论从哪个角度看，仍然长得像个大村子。

苏冬丽的家庭即来自被淹没的老县城。她的父母也非本地人，而是来自衢州，早年离乡背井，漂泊至此做买卖，遂定居下来。因此，苏冬丽的口音颇为怪异，平时在家与父母讲的是衢州方言。本地方言与普通话，她讲得都不大好。她却经常将两种话混杂在一起讲，单独讲任何一种，都会给她的表达造成一定的困难。或许是这个原因，导致了她的沉默寡言。

苏冬丽护校毕业后，在郁川镇下属的一家乡卫生院干了几年。之后不知何故，被调到扬兮镇医院妇产科当护士（而不是在郁川镇医院）。她工作尽责，但为人低调，人际交往方面不主动，加之相貌平常，在医院里并不引人注目。她的前半生，做得最出格的一件事，就是爱上有妇之夫江文泉。旁人不解，一个没结过婚的年轻姑娘，怎会义无反顾地爱上江文泉？她远在郁川镇的父母，同样想不通，为此深感痛心，那几年和女儿闹得不可开交，到了几近断绝关系的地步。曾有好事者猜测，之前苏冬丽在郁川镇，肯定有过一段刻骨铭心却失败的恋爱经历，精神上受过重度刺激，导致她在感情问题上处理失当，缺乏理智云云。

让苏冬丽背负破坏他人家庭的骂名，其实有欠公允。早在苏冬丽与江文泉好上之前，后者的婚姻就已名存实亡。苏冬丽的介入，不过是骆驼背上最后一根稻草，促成江文泉与张瑛的彻底决裂。但从表面看，苏冬丽的确破坏了他人的婚姻和家庭，挨骂及受处分在所难免。

与江文泉结婚后，苏冬丽想要个孩子，几年来一直没怀上。在这件事上，江文泉的态度很消极。

江文泉已有儿子，且人到中年，好不容易混到医院总务科副主任的位置，却因婚姻问题处理不当，转眼又丢了那顶小乌纱，沦为全镇笑柄。后果之严重，远超出他的预期，对他的打击很大。迎娶新人的甜蜜期一过，残酷的现实便迎面而来，他内心的痛苦懊恼实在是难以言述。但覆水难收，事已至此，只能硬着头皮往前走，日子总归要过下去。江文泉是个要面子的人，在外人面前，仍然表现得洒脱自在，故作轻松状。在这种状况下，苏冬丽想要一个孩子的愿望，不可能得到江文泉的支持。

两人结婚近六年，其间，苏冬丽意外怀过一次孕，很快流产了，之后再没怀上过。镇上一些口德欠奉的人说，苏冬丽怀不上孩子，是因为常年在太平间搬运尸体，"阴气太重"，没人敢来投她的胎。事实上，苏冬丽只是负责看管太平间，做些记录、统计及打扫卫生之类的工作，并不参与搬运病患遗体。可是到后来，苏冬丽自己也对该传言深信无疑了。人一旦信了这些，难免产生宿命感，变得安于现状，不再孜孜以求。苏冬丽心想，大概是天意，一步错百步错，自己做错事，遭天谴了，命中注定无子无女——如此一想，虽然痛苦，心却安定了。

令苏冬丽感到宽慰的是，江文泉的儿子张咏，对她一直很尊敬，甚至表现出某种超乎她意料的亲近感。由于众所周知的原因，她和张咏见面的次数不多。每次见面，相处得都很愉快。张咏喜欢吃她烧的菜，当面叫她"冬丽阿姨"，有时还帮她干点家务活，搬煤气罐、洗菜，等等。这孩子不像父亲江文泉那么温和开朗，容易打交道。他的话少，言谈举止比较生硬、直率，给人的印象经常是拒人于千里之外，但时间久了便会发现，他的性格里有种稳定感，能抓住某些深层次的东西，更值得信赖。苏冬丽越来越喜欢这孩子。她尚未意识到，由于对生育子女的前景丧失了信心，她的母爱天性，正不知不觉地释放到了张咏身上。

有时，一段日子没见到张咏，她会惦记他，想着他最近吃得好不好，学习压力大不大。张咏中考前，苏冬丽买了水果、糕点，瞒着江文泉，去镇一中看他。那是她第一次单独到学校探望张咏（张咏念初一时，她跟着江文泉去过一次），心中惴惴，不清楚张咏见到她之后会是什么反应。她知道这孩子顾及母亲的感受，平时已尽可能减少与东亭巷这边的接触。

那天,张咏开心地收下了礼物,对她说:

"冬丽阿姨,以后别来了,让我妈知道了,她要找你吵架。你吵不过她的。"

苏冬丽鼻子一酸,赶紧别过脸去。

自那以后,她才真正对张瑛抱有强烈的愧疚感。这种愧疚感她无法消除,将持续一生。因为人世间的阴差阳错,近乎宿命一般,让她无法为这份愧疚进行纠正、补偿。

4

丁晓颜跟随外公胡运开学做烧饼以后,仍然住在仙居巷丁老太太的房间里。但她与母亲胡美兰的关系急转直下,看似已不可挽回。

如前所述,胡美兰与父亲胡运开不和。小女儿丁晓颜初中毕业后,未遵照父母安排,在美兰牙科诊所学牙医,而是自作主张,进面店当了临时工,跟着外公胡运开学做烧饼。这事伤透了胡美兰的心。

胡美兰不是个喜欢吵闹的人,但那几天,左邻右舍都能听见她的哭骂声。她回溯历史,从丁晓颜出生那天开始数落起,这些年来她为这个笨女儿操碎了心,付出了多少辛劳与汗水，到头来却遭到背叛。她的表达能力极强，絮絮叨叨，如唱戏文一般，把丁晓颜的成长历程，用生动活泼的语言细细描述过来。丁晓颜安静地听着，感觉像重活了一遍。

丁晓颜脑子不灵光，脾气犟，打定的主意，认准的事，九头牛也拉不回。实事求是地讲，这是优点，也是缺点。何时为优点，何时为缺点，需要具体情况具体分析。但这是我们这些聪明人的思维方式。丁晓颜不会这样想。面对母亲的责骂、劝告、哭诉，她翻来覆去只有一句话：

"妈，我要跟外公学做烧饼。"

胡美兰就是被这句话给气哭的。这句话里有两个关键词：外公，烧饼。这个外公，胡美兰不大乐意让孩子们与之亲近；而这个烧饼，胡美兰更是不愿认可。这里不仅涉及胡美兰的家务事，也涉及她乃至整个扬兮镇的价值取向了。

胡美兰认为，像丁家这样的体面家庭（丈夫是名医，她本人是教师，大女儿是大学生），如花似玉的小女儿，居然要进面店当临时工，学做烧饼——她这辈子不会遇到比这更丢脸的事了。不仅她这么认为，镇上绝大多数人也是这么认为的。

扬兮镇地处偏远，群山环绕，对外交通极为不便。相对邻近地区而言，其经济与文化是比较封闭落后的，但绝非世外桃源。要在此寻找所谓的自然、淳朴，恐怕会大失所望。

平心而论，这不是一个唱山歌的地方。史籍里对这一带的描述，用了四个字：地瘠民顽。其文化内核，与其他地区并无本质区别，历来讲求实际，好货逐利，崇尚万般皆下品，唯有读书高（翻译成当地话则很直白："当官最好"）。

胡美兰从骨子里瞧不起自己的出身（父亲是做烧饼的，母亲是做豆腐的），绝不容许下一代重蹈覆辙。为阻止女儿沦落为"下等人"，那阵子她使出浑身解数，不仅做女儿的思想工作，也跑去做父亲胡运开的思想工作，要求他拒收这个徒弟，结果却是双双碰壁。

胡运开自老伴去世后，一人独居。他的家在镇子东边的姜公巷，与江文泉租住的东亭巷相邻。他几十年如一日，早出晚归，多数时间都在面店的烧饼房里。随着年事渐高，这样的生活已开始让他感到吃力了。做了一辈子的烧饼，他从未收过徒弟。不是他不愿意教，而是少有年轻人愿意在这方面下功夫。他为此常感慨，一门好手艺要带进土里去了。直到六十八岁这年，意外地等来了小外孙女丁晓颜，他的这门好手艺终于有了传人。但对这位固执的老人来说，比手艺得以传承更令他感到慰藉的，是亲情的回归。

丁晓颜和姐姐丁晓虹不同，对家中长辈们的是非恩怨，既不关心也不敏感。虽然自小就被母亲刻意阻止，与外公接触少，但对外公并无成见。当她去面店找外公胡运开，提出跟他学艺的要求时,她表现得像是昨天还在与老人一起吃饭似的。这是笨拙带来的不多的几个好处之一。胡运开这颗被女儿冰封多年的心,就这样被外孙女融化开了。

绝望之下的胡美兰,拿出了最后的杀手锏:与丁晓颜断绝母女关系,并限令她在一周之内搬离,不许住在家里!

母女间的这场战争发展到现在,一家之主的丁远鹏作壁上观,并未介入进来。直到这时,眼看要闹到难以收场的地步,他才出面加以制止,劝胡美兰就此罢手。

丁远鹏对小女儿早已放弃。在他看来,如此蠢笨的孩子,有门手艺可傍身就谢天谢地了。他根本不指望丁晓颜能继承他的牙科诊所。这方面,他比妻子胡美兰宽心得多,也理智得多。

经过多天吵闹,胡美兰已折腾得筋疲力尽,却改变不了分毫。最终她不得不接受现实,允许女儿进面店当临时工,继续住在家中(将十五岁的女儿赶出家门明显是气话)。这场家庭风波,真正改变的是母女俩的关系,再也回不到从前了。

丁晓颜明白这一点。拂了母亲的意,伤了母亲的心,她很难受,却苦于口舌笨拙,不知该如何在言语上换取谅解。于是,天刚蒙蒙亮,她就起床做早饭,顺便准备好午饭的菜,以节省中午的时间。傍晚下班后,她以最快的速度从面店赶回家做晚饭，饭后洗衣服，打扫房间，等等。全套下来，得忙到晚上八点多钟，其间尽量不劳烦母亲动手。

女儿所做的这些努力，胡美兰看在眼里，对于弥合母女间的隔阂，却起不了任何作用。在家务琐事上女儿表现得越是趁手，胡美兰越是沮丧。

这种消沉情绪像病毒一样，在她体内扩散蔓延，吞噬了她自己的生活。

刚满四十三岁的人，头上已出现白发，原先白皙紧致的皮肤，显得粗糙松弛了。穿衣打扮也不像以前那般讲究。天凉时，经常穿一身棉布睡衣走来走去，甚至就这样上街购物。她的脾气变得急躁、易怒，在学校里，在家里，不分场合动辄发火。工作之余，她不再作诗谱曲。晚饭后，坐在沙发上看电视，看到当天节目全部播完，电视台收工为止（那个年代的电视节目，不是一天二十四小时都有的）。她很少和丈夫丁远鹏说话，对小女儿丁晓颜则采取视而不见的态度。

她现在最大的安慰，是读大女儿丁晓虹的来信。母女俩时常通信，女儿会主动向母亲汇报在大学里的学习、生活情况。丁晓虹已经念大二，胡美兰还在跟人谈论大女儿当初高考时的丰功伟绩，"要不是发挥失常，晓虹本来可以进复旦的。"她说。事实当然不是这样。

但说多了，她自己也信以为真。因此，每当谈论起丁晓虹，她的心情就混杂着自豪与遗憾，颇为复杂。交谈者如不小心问起她的小女儿，便会遭遇一阵令人难堪的沉默。大女儿的优秀，更比对出小女儿的不堪。大女儿给她带来的满足越大，小女儿给她造成的痛苦就越深。

丁远鹏以医生的专业眼光断定，妻子已提前进入更年期。他与之相处时，尽量小心翼翼，保持着一个安全距离。

除吃饭、睡觉外，其余时间，丁远鹏几乎都消磨在诊所里。诊所的生意很稳定，虽发不了大财，但足以保证一家人过上比较优裕的生活。他从未想过要扩大经营。由于在体制内受挫，加之没有儿子可继承家业，丁远鹏在事业上已无追求，得过且过，维持住现状即可。他对越剧的兴趣在逐渐升级，不再满足于听，还开始了唱。闲暇时，他把自己关在诊所里，跟着录音机里的越剧磁带学着唱，咿咿呀呀，怪腔怪调，要多难听有多难听。

每当听见丁远鹏唱越剧，胡美兰就眉头紧锁，本就黯淡的心情，变得更加不见天日，恨不得当天就离婚。但也仅仅是想想而已。日子总归还是要过下去的。

1990年秋天，丁晓颜满十八岁了。她已经在面店做了三年的临时工，给烧饼师傅胡运开当了三年的学徒。她决定搬出仙居巷的家，住到姜公巷外公家去。之所以做出该决定，是因为外公胡运开老了，身体越来越差，需要有人就近照顾。

丁晓颜搬走那天，胡美兰哭了。整整三年，她几乎没跟小女儿说过一句完整的话。她觉得小女儿是铁石心肠，抛弃了她和整个家庭——这种受伤害的感觉是如此真实、强烈，让她深陷于自怜自哀之中，无法原谅女儿。

5

这年秋天，丁晓颜搬进姜公巷时，张咏已经就读于杭州大学生物系本科。他给丁晓颜写信，一学期下来，总共写了七封，内容五花八门。

刚入学时，信里主要讲的是校园环境。从学校大门，到教学楼，图书馆，食堂，宿舍楼，校园北门外那条充斥着小餐馆和录像厅的老街道，早晨浩浩荡荡拥向各个教学楼的自行车队伍，食堂里的各色菜肴，等等。到了秋天，笔触开始走出校园，写到黄龙洞、保俶山、保俶塔、西湖等著名景点。学校离保俶山很近。课余时，他喜欢去爬保俶山。山不高，站在山顶可俯瞰西湖。从黄龙洞这边上山，翻到对面就是西湖。半山腰有家小卖店，卖的藕粉很好吃。他不厌其烦地进行描述，不掺杂个人情感，像撰写一份旅游导览。

入冬后,他的笔触忽然转向个人。进入大学将近一学期了,他有很多想法和看法,针对学校和专业的,关于老师和同学的。他谈论专业的态度很认真,使用了一些术语,也不管收信者是否能读懂(肯定读不懂)。随着寒假的迫近,他的信越写越短,似乎在努力克制着表达。

丁晓颜回过两封信,内容简短。她本就是个不擅表达之人。第一封信中,她告诉张咏,她喜欢读他的来信,一封信会读好几遍。第二封信中,她告诉张咏,她搬到姜公巷住了,等他寒假回扬兮镇,她要给他做藕粉吃。她现在不但会做烧饼,还会做很多好吃的。她给张咏寄过一次烧饼,长途运输之后,味道远不如刚出炉的。张咏让她别再寄了,放假回来到她那里吃新鲜的。

他们是不是在谈恋爱,彼此都未有过明确的表达,但也不能算是普通朋友。自从一年多以前,他的指尖拂过她的鼻尖之后,两人的关系就产生了很大变化,迅速亲密起来。

高中最后一年,周末回家,张咏常去面店看望丁晓颜。他逗留的时间不长,通常十分钟左右。主要原因是两人都不大会聊天,经常是东一句西一句,词不达意。多数时候则是处于沉默状态。

丁晓颜总是在忙活。张咏喜欢看她忙活的样子,尤其是看她揉面团。她挽起袖子,露出两只白皙有力的手臂,左手腕上戴着一个红丝线缠裹着的橡皮筋，很显眼。她的头发很短，不需要用橡皮筋扎起来。他没问过她，这红色的橡皮筋到底作何用途。

在张咏眼里，她身上有许多未解之谜。比如，专心揉面团时，她总是抿着嘴唇，脸上带着笑容。从侧面看，该场景颇为怪异，丁晓颜像是一个拿到糖果的小孩，一直偷着乐。揉面团这么枯燥乏味的事，却能让她日复一日地面带笑容，张咏觉得费解。

再比如，每次张咏去看她，离开前，丁晓颜都要从烤炉里取出一只烧饼，送给张咏。这只烧饼形状不规整，怪模怪样，但味道很好。起初，张咏以为是一炉里的次品，不在意地收下了。次数多了后，不免诧异，问丁晓颜是怎么回事。她不说话，露出两只虎牙，开心地笑着。

凡此种种，不一而足。

张咏想，丁晓颜或许真的由于智力低下，行为举止难免异于常人。两人幼儿园即是同班，直至小学毕业，虽然熟悉，却谈不上是两小无猜，青梅竹马。张咏是优等生，丁晓颜则是受尽嘲笑的笨孩子，一头一尾，彼此少有交集。张咏努力回想以前的种种细节，记忆却很模糊，难以准确还原出丁晓颜年幼时的表现。

镇上关于他们两人正在"处对象"的传闻，也逐渐地传开了。一个是江文泉、张瑛家的刺头儿子,一个是丁远鹏、胡美兰家的傻瓜女儿,茶余饭后议论起来,倒是别有一番谐趣。

受此传闻影响最大的,并非两位当事人,而是张咏的母亲张瑛。儿子正在念高三,即将高考,突然出现这样的传闻,实在令人担心。更令她担心的是,传闻的主角之一居然是丁晓颜。这是张瑛万万没想到的。

江文泉和丁远鹏曾是医院同事,两家相熟,但无来往。丁远鹏夫妇向来瞧不起江文泉和张瑛。然而,丁家虽然自高,小女儿丁晓颜却是他们的败笔。由于丁晓颜的存在,镇上一些人对丁远鹏夫妇宽容了许多,张瑛即是其中之一。张瑛看不惯丁远鹏夫妇,尤其讨厌才女胡美兰。对他们的小女儿丁晓颜,印象却很好,认为这孩子长相漂亮,性格好,除了书读不通,其他方面一点不比别人差,之所以有个全镇皆知的笨名声,相当程度上是拜她父母所赐。丁远鹏夫妇太自以为聪明,遭人反感,导致女儿的愚笨被人恶意夸大。总之,张瑛对丁晓颜一点也不排斥。可是,如果儿子张咏喜欢这女孩,那就该另当别论了。

张瑛是个急性子,儿子与丁晓颜的传闻刚一传入她的耳朵,就急不可耐地质问儿子:

"你和晓颜是怎么回事?"

"妈,别听人瞎讲。"张咏当即否认。

"无风不起浪,"张瑛沉下脸来,"跟妈讲实话!"

这事可不是闹着玩的,张瑛绝不容许含糊。一个烧饼姑娘,怎么配未来的状元郎?

"我还要考大学呢。"张咏振振有词地说道。

这句话击中了要害。张瑛做梦都盼着儿子考上大学,将来可出人头地。张咏了解母亲的心思,把该话题给掩盖过去了。

"你还知道考大学就好!"听儿子说出这样一句颇有大局观的话来,张瑛脸色缓和下来,但还是不放心,"妈以后不吃烧饼了,你不许再往面店里跑!"张瑛心下自责贪嘴,不时地差儿子去面店买烧饼,给传闻的产生创造了条件。

张咏根本不在乎这些传闻。镇上的任何传闻,他都不在乎。但母亲张瑛的态度,他还是要顾及的。他仍然每个周末去一趟面店,风雨无阻,只是尽可能地避开母亲的视线。他已是个颇有主见的小伙子,体内每天都在增长新的力量,欲望蓬蓬勃勃,没有什么能够阻挡住他。

张咏去找丁晓颜,有一个人的视线是躲不过的,就是胡运开。可以说,胡运开是看着张咏长大的,对这小子比对自己的外孙女还熟悉。张咏从记事起,脑袋还够不着柜台时,就在胡运开手中买烧饼了。胡运开看着张咏一年年长大,张咏则看着胡运开一年年老去。

这年，胡运开七十岁了，满头白发。由于常年伏在案板和烤炉旁工作，他的背已经佝偻，身形更显干瘪瘦小，外孙女丁晓颜都比他高出小半个头，原先洪亮的嗓音开始变得沙哑。每次见到张咏，他那张布满褶子的脸就笑开了花，嘱咐道：

"阿咏，等下记得拿那只歪脸烧饼！"

胡运开看得出，两个年轻人互相吸引，彼此喜欢。对此他是乐见的，也有担忧。担忧的原因和镇上其他人一样，胡运开也认为这两人不大般配。要承认这一点很困难，尤其当你是处于弱势一方。胡运开饱经沧桑，历尽忧患，看问题自然比两个小年轻要深刻、全面且长远一些，当然也更悲观。

两位年轻人尚处于情窦初开的年纪，考虑不到诸多社会因素，仅凭一种本能的吸引力，在相互靠近。他们行走在一条幽暗狭长的隧道之中，前后左右没有别人，唯有彼此，说出的每一句话都是耳语。但无论多长的隧道，终有一天会走至尽头。到那时，他们将泯然众人，被外部的喧嚣淹没，再也听不见彼此的声音。

6

胡运开的担忧和悲观，源于二十多年前的一桩旧案。

胡运开没念过书，基本上是个文盲。以那个年代小镇的标准来看，他对子女的培养却很成功。儿子胡旭阳在县财税局工作，夫妇俩都是铁饭碗。女儿胡美兰，扬兮镇小学教师，当地有名的才女，嫁的是镇人民医院的牙科名医丁远鹏。丁家还是扬兮镇屈指可数的书香门第，相当体面。

总之，在这方面，烧饼师傅胡运开是他那一辈人当中的典范，不仅富有远见，而且具备很强的操作能力，使得下一代新桃换旧符，彻底摆脱了卖烧饼做豆腐（胡运开的妻子在扬兮镇豆腐店工作了一辈子）的命运。

底层人的成功注定是要付出代价的，有些代价甚至惨烈。胡运开自然也逃不脱这一社会规律。实话实说，他的成功不算大，不过是卖烧饼变成了收税，做豆腐变成了教孩子。一子一女仍是普通人，拿薪水吃饭，并未当官发财，成为"人上人"。可为此付出的代价却不小。女儿胡美兰终其一生，对父母及兄长心怀芥蒂，不愿与他们多来往。

当年烧饼师傅胡运开家的这桩旧案，曾在扬兮镇闹得广为人知，许多上了岁数的人都能说出个大概，却鲜有人真正了解其中的是非曲直，以及该事件对当事人造成的后续影响。

胡美兰在镇一中念书时，与班上的一位男生暗生情愫。那位男生，就是后来扬兮镇照相馆的照相师傅赵国良。

赵国良出身农村，祖上世代务农。到他这一辈，家族里终于出了两个会读书的。前面我们已介绍过，一个是银峰初级中学的校长赵国华，另一个即赵国良。两位堂兄弟之中，弟弟赵国良更出色，不仅书读得好，长相也俊秀，完全不像个农村子弟。他会画画，能作诗，写得一手好字，在学校里享有才子之名。不夸张地说，当年镇一中的宣传黑板报，基本是由他包办的。

当年的胡美兰呢，值得我们更详细地描述一番。

我们现在看胡美兰的两个女儿，丁晓虹与丁晓颜，其容貌姿色在扬兮镇享有盛名。尤其是姐姐丁晓虹，才貌俱佳，更是出挑。不过，老一辈的人普遍认为，丁晓虹的成就比起乃母胡美兰，还是差一点点。那一点点差在哪儿呢？根据人们长期认真的观察研究，认为二者差在性情与笑脸。

丁晓虹身材高挑（比母亲胡美兰足足高出七八公分），皮肤白皙，水蛇腰，大长腿，鹅蛋脸，杏眉桃眼，标准的大美女，却很难给人留下特别好的印象。问题出在她的性情，以及因性情带来的面部表情。丁晓虹的脾气性格很像父亲丁远鹏，清高，乖戾，得理不饶人，出语刻薄，不留余地。她的嘴角边，时常挂着一丝似有若无的冷笑，让人感到难以亲近。她的傲慢也承继乃父，平时难得主动与人打招呼。你主动招呼她，得到的经常是目光的一瞥，随之牵动嘴角的一撇，算是回应你了。实事求是地说，如果不是因为她的聪明才智与美貌，丁晓虹可说是个相当不讨人喜欢的人。

而年轻时的胡美兰，呈现出的是另一番截然不同的风貌。

她身高不足一米六，属于小巧玲珑型的，活泼灵动。其容貌自然是出众的，不在话下。更值得一说的是她的笑脸，借一句用滥的比喻，明媚如春光，足以融冰释雪，化解纷争。据扬兮镇老一辈人讲，这是事实，绝非夸张演绎。

据说多年前的一个傍晚，镇上有两拨年轻人在姜公巷口打群架，打得鸡飞狗跳，晚饭都顾不上吃了。胡美兰刚巧放学回家，走到巷子口时吓坏了，进退不得。两拨年轻人中，有几位是胡美兰认识的，发现胡美兰款款而来，立刻不自觉地住了手，开始整理起头发，拍打起身上的尘土来。战斗就此偃旗息鼓。胡美兰望着他们嫣然一笑，低着头含羞带怯地穿过两军阵地，回了家。两拨年轻人被这倾城一笑唤醒了体内的柔情，刹那间忘记了仇恨，想起了家中苦命的爹娘，遂作鸟兽散，各回各家各找各妈了。

这个化解纷争的传闻未必真实。但有一点是真实的，那就是胡美兰的笑容，的确是扬兮镇老一辈人的美好记忆之一。另有一点也是真实的，胡美兰和赵国良的确相恋过。

当时，两人不过十六七岁，青春洋溢，有才有貌有激情，看似天造地设的一对。但在这天造地设之中，胡美兰的父亲胡运开却找到一个可怕的漏洞，就像在一只香喷喷的烧饼上，找到一粒烂芝麻。他发现女儿在"谈对象"，这不可怕。真正让他感到可怕的是，那个对象居然是"农业户口"。

说起居民户口、农业户口等名词，如今的年轻人恐怕了解不深了。在很长一段历史时期，我们这个社会，城乡差别极为触目惊心。居民户口与农村户口，对胡运开来说，就是人间与地狱。试想一下，他作为父亲，怎么舍得让如花似玉的女儿堕入地狱呢。

胡运开的恐惧并非夸大其词。他是个孤儿，十五岁离开徽州农村老家，来到扬兮镇，折腾几年后，幸运地开了家烧饼店，成为小业主，有了一份薄产。解放后公私合营，烧饼店被并入扬兮镇面店，他顺理成章地成为面店的正式员工，开始拿国家薪水。虽然烧饼店消失了，但他的农民身份也随之消失了。这无疑是他一生中最为重要的转折点。此后很多年里，他还常做噩梦，梦见十五岁之前当农民时的悲惨生活。这种刻骨铭心的恐惧，女儿胡美兰是无从体会的。

当胡运开得知女儿胡美兰在谈对象时，他的最初反应不是急于阻止女儿，而是立刻调查"对象"的出身。待调查结果出来后，他才采取相应的行动。

赵国良的家庭严格来说，属于那个年代农村的"特权阶层"。他的父亲是生产队大队长，母亲在村子里做裁缝，家中人口不多，负担较轻，只有一子二女，两个女儿已分别嫁给邻村门当户对的人家，家境均不错，时常还可贴补娘家。与绝大多数农村家庭不同，赵家不仅有能力供小儿子读圣贤书，还有余裕供他读闲书，画画，作诗，练大字，等等。但这个"特权阶层"无法摆脱农民身份，因而在胡运开眼里仍然一文不值。

胡运开采取的第一个行动，是苦口婆心地劝女儿回头。不仅他来劝，还鼓动全家人劝。父亲，母亲，哥哥，每个人从不同角度，向胡美兰陈述利害关系。从粮票、油票、肉票、糖票（这些是居民户的特权象征），一直说到生产队、工分、虱子、跳蚤（这些是农业户的日常生活），诸如此类，等等等等，相当于把人间生活与地狱生活，做了一番细致入微的排列对比，以补足胡美兰浅薄的人生阅历。

但天可怜见，一个十六七岁的少女，熟读唐诗宋词，衣食无忧，在家有父母的宠爱，在学校有老师的器重，做的梦

都是粉红色的,你让她去思考居民户口和农业户口之间的差别,未免强人所难了。因此,胡美兰的回应很任性:

"别管我!"

胡运开了解女儿倔强的脾气,于是当机立断,开始采取强硬措施。首先,他直接去学校,向校领导反映这一情况,希望校方重视此事,对两个年轻人施加压力。其次,他找到赵国良的父母,软硬兼施,好话歹话各说一箩筐,希望他们要有自知之明,癞蛤蟆别想吃天鹅肉,管好自家儿子。镇上的人都知道,烧饼师傅胡运开为人诚实厚道(胡运开做的烧饼,是连一粒芝麻都不会少的),但为女儿一事,他却说尽难听的话,用尽难看的手段,一点脸面都不要了。

即便如此,这两个措施仍然无济于事。这对年轻人继续偷偷见面,外部压力反而增进了他们的感情。诗歌创作也因此进入了高峰期,彼此互赠的情诗,如雪片般在扬兮镇的天空飘扬。有一片很不幸地落在了胡运开手里。当晚,胡美兰就失去了自由。

胡运开把女儿锁在家里后,去学校为她办理了休学手续。胡美兰逃跑过一次,但没能跑远。被抓回来后,遭到父亲的一顿痛打。这是胡运开平生第一次动手打女儿,把他半生的恐惧都打在了女儿身上。为防女儿再次逃跑,他不仅严加看管,而且每天只给她吃一顿饭(没有体力就跑不动了）。镇上的人议论纷纷，虽抱着瞧热闹的心情，但对胡运开的极端做法还是颇有微词。胡运开充耳不闻。他铁了心要将这份孽缘斩断。

两个月之后，胡运开得到消息，赵国良退学参军去了。胡美兰由此得以走出遭囚禁的家，重见天日。她放弃高中学业，报考了初级师范。往后的日子里，她仍然活泼、爱笑，仿佛此前什么事情也没发生过。

但细心的人们发现，胡美兰曾经名扬街巷的那种笑容，已成为扬兮镇的记忆。

7

从杭州到扬兮镇，需要坐两趟大巴车。先从杭州到县城，约六个小时，再从县城到扬兮镇，约三个小时。总共耗时九小时左右，相当于一个工作日。多数情况下，到县城后，很难买到当天去往扬兮镇的车票，必须留在县城过夜，第二天再动身。

1990年时，扬兮镇与县城之间的公路，仍以机耕路为主，水泥路很少，更不用说沥青路了。道路弯曲蛇行，盘绕于一座又一座山岭之间。晴天时，一路尘土飞扬，遮天蔽日。遇暴雨天气，沿途则有可能出现山体塌方，阻塞交通。

如果是风雪天，大巴车的行驶就更为险峻：天色晦暗，路面湿滑，山岭被皑皑白雪覆盖，群山间雾气氤氲，能见度很低——即便是常年奔波于这条路上的老司机，面对这样的恶劣天气和路况，也需要打起十二分精神，放慢车速，小心翼翼地前行。

外地人初次来扬兮镇，常会产生一种强烈感受：车子往扬兮镇方向行驶时，道路崎岖，山重水复，绕过一弯又一弯，看似无穷无尽，像是在往一个越来越窄的山洞里摸索前行，让人有透不过气来的压抑感。反之，则如走出山洞，眼前越来越敞亮，呼吸越来越顺畅，心境也随之豁然。

因而，当地人无论去哪里，只要是离开扬兮镇，都习惯称之为"出去"。无论从哪里回来，只要是回到扬兮镇，则一概称之为"来家"（即回家之意）。即便是个令人窒息的山洞，对扬兮镇人而言，这里终究是家，是一个需要归来的地方。

早在放寒假前一周，张咏就买好了回家的车票（从杭州到县城的。县城到扬兮镇的车票无法预订，必须临时在车站窗口买）。他的行程是这样安排的：早晨七点十五分，乘坐开往县城的大巴车，这是杭州出发最早的一班车次。正常情况下，到县城下午一点多钟，然后换乘下午二点三十分，开往扬兮镇的最后一班次。县城到扬兮镇的班次不多，一天四趟，上下午各两趟。按照张咏的打算，顺利的话，到家应是傍晚六点左右。

但人算不如天算。一大早，他在杭州坐上开往县城的班车时，天空就飘起了雪花。随着车子的行进，雪越下越大。张咏的心情也随着纷飞的大雪，变得黯淡起来。

一周前，他给丁晓颜写了这学期最后一封信，内容简短，主要是告知对方他回家的具体日期和车次。丁晓颜没回信。上大学后，张咏和母亲定期会通个电话。但在电话里，他并未告知母亲具体什么时候回家，只说放假后尽快回来。张瑛也不多问，嘱咐了句"早些来家"，便挂断了电话（长途电话费很贵，张瑛舍不得多聊）。她对儿子的独立生活能力很放心，这方面不再过多操心了。

坐在行驶缓慢的长途大巴里，望着窗外纷纷扬扬的雪花，张咏一路在想：为什么要把回家的日期和车次，提前告知丁晓颜？其实写信时，他还未确定，只是个想法而已。信寄出后才跑去买了车票，相当于是丁晓颜帮他确定了。他是希望丁晓颜来车站接他吗？他自认为并没有这份期盼。按照他的判断，两人的关系还未走到这一层，或许永远不会走到这一层。

那究竟是出于何种心理，促使他写下这样一封信？

张咏至今仍不愿相信，他爱上了丁晓颜。仿佛爱上这样一个女孩，是件错误可笑的事情。在扬兮镇他被人视为刺头，我行我素，从不在乎他人的眼光和闲言碎语，简直不像是本地人——必须承认，在一定程度上，他很享受这种不合群的孤立感。但离开扬兮镇，到杭州念大学后，他却在不知不觉间，重新变回了扬兮镇人。镇上居民对于丁晓颜的看法与评价，隔着遥远的距离，反而对他产生了直接有力的影响。他还没意识到，他已开始变得瞻前顾后，疑虑重重，害怕爱上一个家乡小镇仅有初中学历的做烧饼的笨女孩。当看到身边的同学在大学校园里出双入对，他却形单影孤，只能借助于书信思念着丁晓颜时，那种害怕的感觉就更甚了。

但思念比害怕更强烈，更真实。他此刻就能清晰地体验到。大巴车驶过一道道山岭，仿佛穿行在一个狭长的记忆通道之中。雪花飞舞，阴霾的天空如巨大而倾斜的幕布，朝着远处扬兮镇的方向，越垂越低。他黯淡的心情又变得明朗起来。

他想起高考前一天的晚上，他悄悄从晚自习的教室里溜出来，跨上自行车，飞一般地往镇上而去。他想去见丁晓颜。从镇一中到扬兮镇有两公里路程，机耕路的路面坑坑洼洼。他离开车座，站直身体，双脚快速地蹬着踏脚，自行车颠簸跳跃着前行。沿途散布着几个小村庄，暮色四合，风中飘荡着浓郁的炊烟味。时值盛夏，村民们收工晚，晚饭吃得也晚。

不知道她下班没有？张咏焦躁地想道。

到达面店时，小伙子已满头大汗。大堂里没有顾客，灯已熄灭。胡运开的烧饼房里，还亮着一盏光线晕黄的白炽灯。老人家佝偻着背，拿着火钳，将烤炉的风门合上，正准备收工。张咏像往常一样走到柜台前。老人抬头看见他，露出吃惊的表情，随即就笑了。这天不是周末，他没料到张咏突然出现在店里。

"晓颜，阿咏来了。"老人转身叫道。

丁晓颜从里间跑出来。她已摘掉围裙，脱掉工作帽，手中提着一只浅灰色的牛仔布背包。她每天上下班，背的都是这个包，像个中学生。包里除日用细软外，还有一台单放机，一盒磁带。午间在店里用餐、休息时，她常戴上耳机听歌。天气热，她的脸红彤彤的，一绺头发被汗濡湿了，粘覆在额前。白色的短袖T恤有点皱巴巴，下身是一条长及膝盖的宽松的亚麻短裤，一双中跟凉鞋，加一头干净利落的短发，看起来十分清凉。她脚步轻盈地走到柜台外。

"外公，我先回去了。"

"明天盘点，不要来了。"

"哎。"

她走到张咏跟前，咧嘴笑笑。每次见到张咏，她总是这样笑。她的笑容一定是继承了早年的胡美兰，可瞬间点亮晦暗的空间。张咏忽然想起六年前，在镇小操场看榜那天，她看见他时，也是这样笑的。那天的笑容他一直记得，印象极深，因为他说了句不该说的话，遭到了母亲的指责。那时两人刚小学毕业，还是小孩。

丁晓颜撩起额前那一绺濡湿的头发，探身靠近张咏，悄声问道：

"脸上没面粉吧？"

"没有。"

张咏略觉尴尬地将目光投向别处。他刚才一直专注地盯着她的脸看。他喜欢看她笑。从学校冒冒失失地跑来，或许就是为了在大考前看一眼她的笑脸。

丁晓颜从背包里掏出一块白色小方巾，递给张咏。

"你脸上都是汗！"她说。

张咏接过方巾，擦掉汗；迟疑片刻，将湿漉漉的方巾递还给她。丁晓颜收下捏在手里，又悄声说：

"洗干净留着，给你下回擦汗用。"

张咏笑起来。两人走出面店。张咏去取自行车。每次来，他都将自行车停放在店门口那棵高大的梧桐树旁，已成习惯。丁晓颜站在路灯下等他。张咏推着车过来。

"路上我还在担心你可能下班了。"张咏说。

"担心什么？"丁晓颜笑着瞥他一眼。

张咏自觉失言，脸一热，不再回话。

"明天店里盘点，今天下班就比平时晚了。"丁晓颜认真地解释道，"晚饭在店里吃的。"

"我送你回家吧。"张咏说。

两人边聊边往仙居巷的方向走去。他们没有走大街，而是从面店旁的一条小巷里穿行过去。

"外公下半年要退休了，他身体吃不消了。"

"你还留在店里做？"

"嗯……我想以后自己开店。"

走到仙居巷口时，两人停下脚步。

"明天就大考了，你这样跑出来没事的？"

"没事，都准备好了。"

张咏掉转车头，准备返回学校。丁晓颜忽然伸手抓住他的车把手，目光定定地看着他。她的脸略往上仰着。巷子里灯光昏暗，看不清她的表情。墙角响着孤寂的虫鸣声。墙根处的一排鸡冠花亭亭玉立，已结出暗红的花蕾，快要绽放了。巷顶的天空，被两旁的房屋分割成长长的一窄条。在这窄条之上群星闪烁，像条通往未知的路。丁晓颜的眼睛里闪着光。

"考上大学后,还理我吗?"

她的声音轻得近似耳语。张咏一时语塞,不知该如何回答好。谁会问出这种奇怪的问题呢。于是出于礼貌,"嗯"了一声。

"我姐考上大学后,就不大理我了。"

"你姐考上小学后就不理人了。"

两人轻声笑起来。丁晓颜忽然松开车把手,靠近过来搂住张咏。她的脸贴着他的脸。张咏顿时浑身僵硬,一只手扶着自行车,另一只手停放在丁晓颜身后的背包上。

"说话算话。"丁晓颜说。这回是真的耳语了。

她的声音和呼出的气息,萦绕在他的耳旁。未待张咏反应过来,她便松开双臂,面带笑容,快步往巷子深处走去。

这幕发生在夏夜的场景,让张咏回味并思考了整整一学期。他写给丁晓颜的七封信,都是对这一场景的回应。

他当时没说话,只是"嗯"了一声。她为什么要他"说话算话"呢?难道她能听见他内心的声音?在两人的相处中,丁晓颜比他更主动,更简单。而他总是思虑过度,以致迟疑不决,越想越糊涂。

和大多数读书人一样,张咏爱思考。这是好事。但也有不好的一面,思考常带来迟疑。人生苦短,生命每时每刻都在消耗。有些事情,行动与体验远比思考来得重要,比如恋爱，远行，或返乡。张咏不过是个大一学生，此前未曾恋爱过。去杭州念书，是他初次离家远游（虽然不够远，但这是相对而言，我们不能太挑字眼）。这个寒假，则是他第一次远游归来。他所接受的平庸教育，注定了他还有很长的弯路要走，就如这趟返家之旅。

车子到达县城时，由于天气恶劣，比往常晚了近四十分钟。但运气还算不错，张咏买到了票，赶上了当天最后一班开往扬兮镇的车。

越往山里走，风雪越大，越猛，路况也更糟糕。大巴车行驶的速度，慢得令人焦躁不安。窗户紧闭的车厢里，充斥着汽油味和香烟味。一车人饥肠辘辘，牢骚满腹。平安抵达扬兮镇车站时，已是晚上八点多。

扬兮镇车站位于小镇的最东边，设施简陋。一栋老旧的二层楼房，加一个四面漏风的简易车棚，晚上非常冷清（那些年尚未开通夜班车），几盏忽明忽暗的白炽灯跟鬼火似的。大巴车到站后，旅客们抢着匆匆离站。

天气很冷。雪还在下，寒风刺骨。张咏是最后一个出站的。灯光昏暗，出站口旁的屋檐下，他瞥见一个熟悉的身影。丁晓颜站在那里，戴着一顶红色线帽，穿着长及膝盖的白色羽绒服，跺着脚，哈着气，手中提着一只纸袋，两眼紧盯着已空荡无人的出站口。目光瞬间相遇时，丁晓颜笑了。张咏的期盼没有落空。他不再多想,走上前一把搂住她。

丁晓颜唇间呼出的热气,在他被冻得冰凉的耳旁萦绕。

"烧饼都凉了。"她说。

第四章　石板桥

1

20世纪90年代，改革开放十多年后，扬兮镇看起来有了些变化。几栋旧房子拆除，几栋新房子建成，水泥铺就的街道延长了百多米。个体经济蓬勃兴起，街道旁多了几家装修一新的私人小店铺。在老居民区里，也出现了个体小卖店。一些国营、集体商店准备在内部进行改革（如面店和理发店），开始尝试承包给街道或个人。

这些变化关乎个人命运，给居民们的生活带来了种种震荡与冲击。但总体来看，整个镇子的基础设施和街景，基本还是保持老样子（大建设时期尚未到来）。人们的观念也是如此，为因应时事，边边角角地做些修正、调整，并无实质性的改变。

扬兮镇最大的变化，与千百年来一样，仍然是居民们的生老病死，婚丧嫁娶。一些人出生，一些人长大，一些人死去。

这年秋天,在面店改制之前,本镇及方圆五十里之内最著名的烧饼师傅胡运开,终于退休了。

刚入秋,他就病倒了。他已七十一岁,早过了法定退休年龄。在烧饼炉前忙碌了一辈子,他的身体终于拉响警报。一天中午,他突然晕倒在地,被送往医院,诊断结果是中暑。这对胡运开是个沉重打击。几十年与烧饼炉打交道,在高温环境下工作,他可从未得过这种可笑的病。他不得不承认老了,谢幕的时候到了。出院后,他办理了离职手续,离开了扬兮镇面店。

其实早在六十岁时,胡运开就已正式办理了退休手续。往后十年,他是以返聘的身份在面店工作。从编制上来说,与外孙女丁晓颜一样,都是临时工。但老人不这么认为,因而绝口不提实际已退休之事,也不喜欢别人当他面提起。在他眼里,这家面店与他早年开办的烧饼店是一体的,他是面店的主人之一,是烧饼房的师傅兼掌柜(法律上来说当然不是)。大家敬重他的手艺,顺便也迁就其虚幻的主人翁意识。

如今胡运开离开,烧饼房缺人手,仅靠丁晓颜一人,顶不下来。于是,面店很快招入一名新员工,是一位二十三岁的年轻人,名叫郑宏兴,郁川镇人氏,刚出师的烧饼师傅,据说是在县城学的手艺，还曾到金华等地游学过一阵子，手艺颇为了得。他以合同工的身份被聘入扬兮镇面店。与此同时，面店方面希望与丁晓颜也签订一份长期合同，解除她的临时工身份。但没想到，这份美意遭到了丁晓颜的拒绝。

胡运开对此大为失望。他认为外孙女已得其真传，足可独当一面，继承他的烧饼房乃天经地义之事。于是，他给外孙女做思想工作，盼她回心转意。

丁晓颜至此才向外公道出自己的打算。三年多来，她在面店做临时工，虽然薪水微薄，但每月都在攒钱（吃住全在家里，家中经济条件好，无须她缴纳钱粮），盼着有一天能够独立开一家小店。老人听完外孙女的设想，一时百感交集，不禁回忆起几十年前那个十五岁的徽州少年，孤苦无依地来到扬兮镇，学手艺摆摊开店的奋斗历程，一幕幕清晰如昨。看着外孙女充满渴望的眼神，时光仿佛在轮回，公私合营几十年后，又要回到起点了。

自此，老人不再对外孙女提合同工一事，也不再踏足守了大半辈子的烧饼房。

丁晓颜暂时还留在店里。面店方面再物色一名合适的人手需要时间，因而希望她至少留任半年或一年，以作过渡；同时给她涨了点薪水。丁晓颜答应了。

现在，她的薪水略有增加，工作却比以前轻松多了。

由于胡运开的离去，面店的烧饼生意顿时冷清了下来。新晋烧饼师傅郑宏兴需要尽快建立起他自己的品牌和口碑，因而工作极为卖力，事无繁简，面面俱到，留给丁晓颜的不过是些无关紧要的零碎小活。这一来，丁晓颜不仅工作量大幅减少，还有了周末。她乐得如此。自跟随外公学艺以来，她几乎没有休息日。如今外公一离职，她的心思便不在店里，刚好可借此安排一下个人生活。

首要之事，便是搬到姜公巷。

胡运开对外孙女这一决定，起初是反对的。主要是考虑到女儿胡美兰的态度，他不得不反对。他担心母女俩的关系因此而变得更糟。

胡美兰和小女儿丁晓颜打冷战已长达三年。从女儿十五岁打到十八岁，至今仍看不到和解的曙光。她的这份韧劲令人叹为观止。镇上与丁家相熟之人，普遍开始同情丁晓颜了，认为这女孩很不幸，长于书香门第之家，书却偏偏读不好，念完初中后不得不去做烧饼，白长了一副好相貌，惹人笑话，难道是她的错吗？

丁晓颜本人对此倒不太在意，也从不抱怨。这又是笨拙带来的好处之一。

她不觉得自己做错了，也不觉得母亲做错了。胡运开心疼外孙女，常为她们母女关系失和感到自责、伤心。丁晓颜却总是说:"就是这样的啊。"

由于头脑简单,看待生活的态度自然也简单。她力所能及地做事,做好了是本分;做不好,也不认为天就要塌下来。在这方面,她的心态和母亲胡美兰截然不同。胡美兰经常发现天快塌下来了,令她担忧、愤怒,乃至绝望。可是,天却一直高悬着,就是塌不下来。她的心也因此惶惑不安地悬在其目力所及之处,放不下来。

丁晓颜打定主意从仙居巷搬出去,不是认为与父母相处不好,而是外公胡运开真的老了,需要有人就近照顾。除了她,还有谁更适合照顾这位老人呢。那天老人在烧饼房突然晕倒在地,把丁晓颜吓着了。她不顾外公的反对,坚持搬了过去。

胡运开独居多年,平日大部分时间都在面店的烧饼房里,工作之余过得相当潦草。退休后,才算是回归正常生活。他在厨房后的一小片空地里种了菜,盘算着哪个季节要种哪几种菜,对种子精挑细选,像侍弄花草般地打理着这片菜地。晚饭后,他常去找附近的几位退休老头下象棋。虽说外孙女是打算来照顾他的,但一日三餐,老人仍坚持由他来做,理由是他做得更好。他的烧饼制作手艺,丁晓颜已基本学到手。可是不要忘了,老人来自徽菜的故乡,还留有一手过硬的徽菜烹饪手艺,趁着还能下厨,有必要让外孙女多见识见识。他对丁晓颜说:"读书的事交给你姐。你把烧饼做好,把菜烧好,这两样都是有福气的事,不比考状元差呢。"

胡运开看似很享受退休后的生活,身体却在迅速衰老。深夜,住在隔壁房间的丁晓颜经常被老人剧烈的咳嗽声惊醒。丁晓颜要陪他去医院做检查,老人拒绝了,认为自己好得很,用不着大夫们操心。他的烟瘾极大,抽了几十年,戒不掉。在丁晓颜的看管敦促下,勉强控制在一天一盒。

他保持着老习惯,每天清晨四点半起床,摸黑进厨房做早饭。做完后才发现,这么早的早饭没有人吃。丁晓颜七点半上班,六点多起来已足够早。待她洗漱完毕,饭菜早凉了。但老人还是坚持四点半起床,多睡一分钟都做不到。起床后他不再急着进厨房,而是泡上一杯茶,点上一支香烟,搬一条小竹椅坐在门前,望着黑漆漆的巷子。天凉了,他就坐在屋子里喝茶抽烟,也不开灯,等着晨曦初现,窗户慢慢亮起来。

搬到姜公巷之后,丁晓颜的行事风格开始成年化,越来越像个当家做主的。

她积极主动地介入外公的日常生活,缴水费、电费,买煤气,买米,买菜,洗衣服,找工人整修房屋,每天监督老人定时服用控制血压的药物,等等。

而外公胡运开呢，则挖空心思地想着如何补偿常年受父母家人冷遇的小外孙女。如今有闲暇了，因而一日三餐，他变着花样地烧制各种菜肴。与此同时，本着艺多不压身的古训，老人希望丁晓颜工作之余，多跟他学学做徽菜的本领。这些年，徽菜在扬兮镇、郁川镇一带逐渐流行起来，先后出现了几家打着徽菜招牌的小饭馆。胡运开品尝过镇上最知名的两家，评价只有三个字："没良心！"他对外孙女千叮咛万嘱咐，民以食为天，做吃的要讲手艺，更要讲良心，不讲良心要遭天罚的。

这是丁晓颜自懂事以来，最快乐的一段时光。

面店的工作极为轻松，让她得以有大量的空闲时间，在家陪着外公做菜。老人列出食材清单，由丁晓颜负责去市场采购。之后，祖孙俩在厨房里，像是在化学实验室里一样，由外公主讲并演示，怎样切菜、配菜，加什么样的调料，如何掌握咸淡，控制火候，柴火与煤气的区别，铁锅与铝锅的优劣，蒸饭与煮饭的差异，等等。

做菜过程中，老人絮絮叨叨地聊起往事，关于家族的，徽州的，扬兮镇的……并不时地提醒外孙女，不要对母亲胡美兰有怨恨："天底下哪有爹妈不为子女好的！"——既是说给丁晓颜听，也是在为自己感慨。

到暮年，胡运开想明白了很多事，可惜时光如扬兮河水，无法倒流。

老人讲述的那些陈年旧事，丁晓颜默默听着，并不往心里去。她已长大成人，要有自己的故事了。

2

从这年九月底到冬天，丁晓颜收到张咏写来的七封信。每一封信，她都要认真读好几遍。读信时间多安排在晚上入睡前，戴上耳机，听着歌，然后一字一句地读。有些内容她看不懂，比如张咏在信里谈论所学的专业；有些内容她看了觉得陌生，比如张咏谈到大学校园里的氛围，老师和同学，等等。

她特别喜欢张咏信里描述校园及杭州城各处风景的文字，读来栩栩如生，仿佛身临其境。从小到大，她只去过一趟上海（母亲胡美兰带她去检查智力），待了三天，留下的全是医院的印象。她在一封回信中问张咏，那年母亲带她去上海，中途在杭州转车，前后逗留不足两小时，就在火车站里待着，哪儿也没去，这种情况算不算到过杭州了？张咏肯定地回复说：算的。她很开心，感觉和张咏一起在杭州待过似的。

她给张咏的回信只有两封，都很简短。她有许多话想说，可是拿起笔来，那些话瞬间就跑得无影无踪。放下笔，熄灭灯躺在床上时，那些话又回来了，在脑子里嗡嗡嗡地响着，有时一直响到午夜过后。这让她颇感苦恼。不像张咏，平时看着话不多，却能把心里想的，清清楚楚地写在纸上，写得还那么好，读着像当面和她聊天一样。

最让她感到亲近的，是张咏在信中流露出的态度：他根本不考虑她是否能读懂，或她爱不爱看，只管写他想写的。有时一句话似乎才说了一半，突然就中断了，再不见下文。她喜欢他这样。她认识的张咏，从小就是这样的，念大学后也没变。

收到张咏第七封来信时，扬分镇已下起了雪。山区下雪总是比别处早。有时刚入冬，就会下一场雪，或雨夹雪。那样的雪积不起来，只在周边的山上，零零星星地残留一小片，隐约可见。今年这场雪下得很大，漫天彻地，下了一整晚。

次日清晨，丁晓颜起床后，推开房门，眼前雪花飞舞，巷子里，低矮的厨房屋顶上，屋旁的菜地里，都积起了厚厚的一层。她抬眼望向远处，连绵的山峰已被积雪白皑皑地包裹住，山峰之间雾气缭绕。厨房门敞开着，往外飘散着热气。外公正在做早饭。

"外公，下雪了！"她高兴地说道。她喜欢下雪天。

"上班记得换雨鞋,路滑。"外公嘱咐道。

丁晓颜的心往下一沉。她想起张咏在信里说的日期。再过三天,他就要放寒假回来了。这场大雪极有可能阻绝交通。

"雪这么大,长途车会不会停开?"

"你要出远门哪?"

"嗯,没有……"

"你放心,那小子走路也赶得回来。"老人以洞悉一切的口吻说道,"外公打包票,下刀子都拦不住他!"

丁晓颜抿着嘴,脸红红的,开心地笑着。

下午三点过后,忙完面店的工作,她打个招呼提前离开,去理发店剪头发。

雪暂时停了。天空阴沉沉的,风很大。街道上的积雪已没至脚踝。这么大的雪在扬兮镇也是少见的。丁晓颜的记忆里,只经历过两三回。

小学一年级那年的寒假,雪下得特别大,医院大院门口的积雪几乎把大门也给堵住了。一群医院职工的孩子,在门前空地上打雪仗,堆雪人。姐姐丁晓虹的雪人堆得最好,个头大,有鼻子有眼睛,活灵活现。鼻子是一根干红辣椒,眼睛是两颗小山核桃。可是等丁晓虹一不留神,雪人的两只眼睛不见了,成了瞎子。她一转身,发现张咏站在院墙边的银杏树下，已把一颗山核桃咬碎，摊在手掌心里，正准备吃呢。丁晓虹气得满脸通红，抓起一颗雪球朝他扔过去。张咏一溜烟跑远了。另一颗山核桃紧攥在丁晓颜的手心里，怕被姐姐看见，不敢吃，一直攥着。这颗山核桃是张咏偷塞给她的。两颗山核桃，一人一颗。这是年幼时，张咏对她做过的最亲密的举动了。

丁晓颜仍清晰地记得那天的大雪，记得那颗从雪人脸上取下来的冰凉的山核桃。

理发店是国营的，在照相馆旁边。一栋50年代建的二层楼，敦敦实实的，很旧了。二楼用来堆放杂物兼办公室，一楼是理发店和钟表修理店。理发店里并排放着五张椅子，本应有五位理发师。但这些年，镇上相继出现了几家个体发廊，国营老店的生意便清淡了许多，难以维持住早先的规模。如今只剩一位哑巴老师傅，带着两名学徒。钟表修理店一直都很小，严格说来不过是个摊位，只有一张修理台，一条木椅，搁放在屋子靠窗的一处角落里。

修钟表的老师傅，是疯女人姚迎春的父亲姚查理，年近七十了，还守着这张钟表修理台。他的真实姓名已很少有人记得。年轻时，他在上海的一所教会学校念过两年书，能讲一口流利的英文。姚查理这个名字，应该是那时取的英文名。老一辈人都叫他老姚或姚师傅。年轻人则习惯叫他的外号："药渣"（"姚查"的本地方言谐音）师傅。有种说法，该外号是"文革"初期，批斗他的红卫兵先叫出来的，因朗朗上口，遂迅速流传开。不管是谁先叫出来的，久而久之，年轻一辈的（包括小孩）都叫习惯了。凡事一成习惯，就日常化了，不会有人再去探究该外号是否带有恶意。

药渣师傅自己也不以为意。他一辈子最在意的，唯有两件与准头有关的事情：钟表走得准不准，英文发音准不准。早年他说话时，习惯在一句扬兮镇方言里夹带一两个英文单词。后来经历一系列政治运动，被整得鼻青脸肿，这种容易激怒贫下中农的讲话习惯便改掉了。但改革开放后，药渣师傅方言配英文的说话风格，又逐渐呈现死灰复燃的态势。

丁晓颜每次进理发店剪发，第一件事就是和药渣师傅打招呼。她的姐姐丁晓虹念初中时，曾在母亲胡美兰的请托下，跟着药渣师傅补习过一个暑假的英语，大有长进。药渣师傅的英文水平，远高于镇一中的英语老师（比他女儿姚迎春还要好）。他年轻时在教会学校念书，站在讲台上给他授课的多是外国人，其英文底子之扎实，发音之纯正，与那些讲着一口结结巴巴扬兮镇英语的土包子老师，岂可同日而语。这是药渣师傅一生引以为傲的。

由于这层关系，丁晓颜与药渣师傅颇熟稔。这也是那次在面店门口，她挺身而出，帮疯女人姚迎春解围，并护送她回家的原因之一。她走进理发店，径直来到药渣师傅的钟表修理台前。

台子上方立着一个玻璃罩，里面摆满了各式待修的旧手表。角落地板上，立着两台老掉牙的大座钟。药渣师傅埋头在玻璃罩后，戴着一片寸镜（眼夹式放大镜），正在摆弄一块手表。如果你拿得出一块老旧的瑞士手表给他看，他能这样摆弄上一星期，帮你洗油、校准，分文不取。

丁晓颜不声不响地站在玻璃罩对面看着。药渣师傅拿着镊子，慢慢地将手表指针往后拨了一圈。他的这个动作，丁晓颜见过不止一次了。

"药渣师傅，干吗总把指针往后拨呀？"

药渣师傅抬起头来，这才发现丁晓颜站在跟前。

"晓颜啊，阿福特愣（Afternoon，下午好），帮我去买两只烧饼！"

丁晓颜笑吟吟地举起手来，手中捏着个小纸袋，纸袋里是两只热乎乎的烧饼。药渣师傅有个多年养成的习惯，在午后两三点钟，去面店买两只烧饼当点心，就着一杯热茶吃。自从胡运开退休后，这一习惯恐怕很难再保持下去了。他吃惯了胡运开师傅做的烧饼，对新来的年轻师傅的手艺颇不以为然。

药渣师傅取下寸镜，接过丁晓颜递过来的纸袋，拉开抽屈,准备付钱。

"不用给钱,这两只我请客。"

"唉,晓颜啊,你外公不做了,你也不做了。这镇上的烧饼啊,你讲讲看,还有什么吃头?"

丁晓颜笑着不说话。

"你刚才讲什么,指针往后拨?"药渣师傅故意问道。他最喜欢别人问他钟表和英文。丁晓颜当然知道这一点。全镇的人都知道。

丁晓颜点点头,用手指着桌面上拆开的手表。

"嗯,往后拨呢,是让你不要急着嫁人,可以多帮我买几回烧饼哪。"老人一本正经地解释道。

药渣师傅是个心胸旷达之人,喜欢开玩笑,讲谑语。他出身不好,几十年来,没有一次政治运动能安然躲过,一直是遭人欺侮的靶子。被欺侮得多了,久了,时代悲剧就变成了个人习惯。他对此已安之若素,还时不时地拿自己这一生的境遇调侃、说笑,常逗得年轻的听者忍俊不禁。但几年前独女姚迎春精神失常一事,给了他最为沉重的一击,很快便头发全白,身形更趋佝偻,连夹杂在方言里的英文单词,吐字发音也不似以前那般准确了。

丁晓颜把带来的烧饼送给药渣师傅后,算是打完了招呼。她来到屋子另一头的理发店。屋外又飘起了雪。天气恶劣，店里更显冷清。那位手艺最好的哑巴老师傅不在，两名学徒无所事事地坐着闲聊。丁晓颜剪发向来不挑师傅，谁剪都一样，只要剪短就行。今天她却颇为迟疑，担心学徒手艺差，剪得不好看。

她坐在理发椅上，对着镜子，就发型问题向理发师征询意见。她想起有一次，她额前的一绺头发被汗濡湿了，贴在脑门上，张咏看着她的表情，好像有些特别。她对此不敢十分确定。

"这样留着，是不是好看点？"她抓住额前的一绺头发，望着镜中的自己，信心不足地问理发师。

3

张咏从杭州回到家的第二天，天就放晴了。连着下了几天大雪，整个镇子已被雪覆盖，很多活动被迫停止。这场大雪是扬兮镇多年以来罕见的。镇政府下发通知，发动群众，组织人手，在大街小巷除雪，加固维修一些被大雪压得不堪重负的老房子。通知规定，每家单位、社区，要负责自扫门前雪。

张瑛的服装摊位已于三个月前，搬进新落成的小商品市场大楼。她是扬兮镇的资深个体户，又是本镇居民，比起那些从附近农村来镇上摆摊做买卖的人，她的人头熟，关系多，得以占了个好位置。她得意地告诉儿子张咏，她的摊位在市场内可是"黄金地段"。张咏对此颇不以为然。

上大学后，他旧话重提，劝母亲租间店面房，再雇个小工坐店。该提议主要是为母亲的健康着想。张瑛对此不置可否。她早出晚归地摆了多年服装摊，过于辛劳，加之饮食草率，三餐无规律，导致胃病越来越严重，这一年来服药不断，却不见有大的改善。她的身体日渐消瘦，头发白了近一半。张咏曾在电话里劝母亲来一趟杭州，陪她去大医院做一次全面彻底的检查。张瑛也听不进去。

"别看我这副样子，筋骨好着呢。"

早饭后，张咏要去看看新摊位。张瑛很开心。她喜欢儿子陪着她抛头露面，出现在公开场合。念大学的儿子给她挣了不少脸面。离婚时，她曾抱怨老天爷不长眼。如今看着身边一表人才的大学生儿子，想着前夫江文泉和贱货苏冬丽，至今也没个孩子，她又觉得老天爷至少还是长了一只眼的。

摊位入驻小商品市场大楼后，摊主们不必再跟以前摆露天摊一样，早晚踩着三轮车拉货品了——仅此一项，便省去不少心力。在此基础上，张瑛又将工作时间适度减少。现在一周工作六天，休息一天（周一）。夜市基本放弃了，只在顾客最多的节假日，坚持一两晚。虽然当着儿子的面，她嘴上还是逞强，但心里清楚，身体已吃不消以前那种高强度的劳作。况且，目前手头已有颇为可观的积蓄，过个小日子，供儿子念完大学，是相当充裕了。张瑛的心境比起以往，自是大为不同。

雪后初晴，街道上阳光明亮。空气虽潮湿寒冷，但清澈柔和，闻起来有股甜味。环卫所的工人，各单位派出的青壮人员，都在街头除雪。大家拿着铁锹、扫把，将积雪铲拢起来，像稻草垛一样堆放在路旁。除雪的人彼此打着招呼，开着玩笑，忙得热火朝天。镇政府下发的通知里，将这场大雪定性为"轻度雪灾"。所谓的灾，主要是针对周边一带的农事而言。对于镇上的居民，不仅不是灾，反而是一场意外之喜。小镇的生活本就沉闷，蒙天庇佑，多少年来总算降下一场有资格被称为灾的大雪，就像常年加班的晚上突然停电，人们为此感到既轻松又兴奋。

此刻，张瑛偕儿子走在晴朗的大街上，心情是格外的舒畅，待人接物是格外的热情，一路不停地和人打招呼，生怕他人忙着干活，没看见她念大学的儿子放寒假从省城来家了。

照相馆门口，照相师傅赵国良穿着一件烟灰色高领毛衣，脚上套着双高筒雨鞋，握着铁锹，独自在门前铲雪。方圆十平米之内，见不着其他活物。众所周知，赵国良不仅孤癖，还有洁癖。其洁癖涵盖的范围，不限于照相馆内部空间，也包括照相馆门前的这十平米空地。

"哎哟，赵师傅，毛衣不挡风哪，当心受凉！"张瑛大咧咧地说道。她一路跟人招呼过来，嘴巴跟抹了油似的，说溜了，没及时刹住车。

附近几个扫雪的人，停下手头的活，悄悄望向这边。

赵国良抬起头来，将铁锹搁在雪堆旁，舒展一下双臂。他朝张瑛点头微笑致意，然后看着张咏。苍白的脸因为干了一通体力活，明亮开朗起来了。

"阿咏放假回家了？"他主动开口问道。他的语气向来如此，不温不火，但仍能让人明显察觉出，他想与张咏攀谈一番。这已是打破惯例的事了。

"昨天回的，赵师傅。"张咏礼貌地回复道。他和赵国良不太熟，两家素无来往。母亲如此热情地与之打招呼，让张咏颇感讶异。

"哎哟，下那么大雪，非要赶回来！这一路多危险哪。大学放假了，在外多待一天也不肯！到家都快半夜啦。"张瑛连珠炮似的嚷嚷道，半条街上都响着她的大嗓门，"赵师傅，你这照相馆里也没个小伙子能给你搭把手的。阿咏，帮赵师傅把雪铲铲！"

听见张瑛这番话，附近的人以为自己的耳朵出了问题，个个充满期盼地瞪大眼睛,等着看张瑛如何碰一鼻子灰。

令人出乎意料的是,赵国良微笑着往后退两步,将领地让出来,对着张咏亲切地点点头,以示感谢。张咏心想老妈真是吃饱了撑的,不嫌事多!但她的话已说出口,他只好遵命行事。于是二话不说,上前一把抓起铁锹,埋头铲起雪来。

这幕张咏帮赵国良铲雪的场景,作为新闻在镇上迅速传播开了。赵国良的孤僻、冷漠,人所皆知。他在镇上广受尊敬,这是毫无疑问的。但其领地,常人绝不敢随意进入,以免自讨无趣。谁也没想到,他对张瑛的儿子张咏,竟然宽容至此。人们不禁浮想联翩,做出各种猜测。有好成人之美者,甚至言之凿凿地断定,赵国良是看上张瑛了(两人年岁相仿,都是单身),该找人帮他们赶紧撮合撮合,都这岁数了,铲什么雪啊,别把好事给耽误了云云,说得是煞有介事。

张瑛当时让儿子帮忙铲雪,其实是句说溜嘴的客套话,不必当真。赵国良偏就当了真,令张瑛也猝不及防。事后,张瑛回想起来不免大感得意。赵国良是多难搞的人,眼睛长脑门上的,却被儿子张咏轻松搞定。她这当妈的,无意间可是挣足了面子。

张咏是听不到这类传闻的,或者说,是听而不闻。他如今是大学生，有学问的人，不该关心镇上这等无聊琐事。他帮赵国良铲完雪，接着去小商品市场大楼，"视察"（张瑛语）了母亲的新摊位，逗留半小时后，就离开了。

他没回家，径自去镇医院找苏冬丽。他曾听苏冬丽说起过，她认识郁川镇一位退休多年的老中医，是老县城移民，德艺双馨，比县中医院的那些医生强很多，在当地久负盛名。但老先生年事已高，轻易不愿接诊了。他想请苏冬丽帮忙联系一下。母亲的胃病多年来吃过不少药，西药中药都吃，一直不见好，近来更有恶化趋势。张咏的担心也在与日俱增。

镇医院里熟人多，张咏倒不在意被他们看见。他唯一想避开的人是江文泉。近两年，他对父亲的信任度呈直线下降之势。江文泉的为人处世风格，某些所作所为，让他越来越看不入眼了。父子关系日趋冷淡。

苏冬丽上班的地方，在医院大楼北边一处犄角旮旯。简陋的办公室外，是医院的后围墙，墙外挨着一座山，墙角是医院的垃圾处理点。这是医院最偏僻，环境最恶劣的场所。走廊狭窄，常年不见光，湿气很重，走进去能闻到一股霉味，混合着浓重的消毒水气味。走廊尽头就是太平间，距办公室十几米。

苏冬丽是戴罪之身，发配至此，一干就是七年，仍看不到解放的曙光。办公室里有两名正式职工，外加两名临时工（负责搬运、清理病患遗体）。苏冬丽的顶头上司，是位走后门进来的乡下妇女，家住附近农村，四十来岁，医院某领导的亲戚，没有任何与医疗护理有关的学历，上班三天打鱼，两天晒网；平时除了忙着贪点小便宜，剩下的主要工作，就是差使苏冬丽干这干那，顺便对她进行道德劝诫。苏冬丽是个善于忍让之人，日子久了，彼此倒也相安无事。

比起以前在妇产科当护士，这里的工作其实相对清闲。虽是发配充军的苦寒之地，苏冬丽却早已适应。尤其是近几年，放弃了生育孩子的想法之后，她的心境变得更为平和，常在工作间歇，坐在办公室里研读佛经。佛经是一位死者家属送给她的。人近距离地见多了死亡，会导致两种极端。一种是那位顶头上司，贪起小便宜来，一针一线都不放过，其孜孜以求的贪婪，近乎病态。另一种则是苏冬丽，看着那些死者，三天两头换着不同的姓名、性别、年龄及身份地位，其死亡的姿势却一模一样，便觉人生如梦幻泡影，对世事看淡了。这两种极端的人在一起，最易相处。总之，苏冬丽在这个阴暗潮湿的角落里，因逐渐遭人遗忘，反而活得比前些年自在。

张咏在敞开的门上轻敲两下：

"冬丽阿姨。"

苏冬丽穿着工作服,正埋头在桌前写着什么。办公室里就她一人。

"阿咏?什么时候回来的?"她起身问道,略感惊讶。张咏还是头一回来医院找她。

"昨晚。"

"下那么大雪还赶回来!"

"不打扰吧?"张咏走进来,忍不住扭头朝太平间的方向瞥一眼。

"这里都是死人,不受打扰了。"苏冬丽说。她难得说句玩笑话。张咏能不避嫌(医院里熟人多,消息很容易传到张瑛耳朵里),也不避讳(旁边就是太平间),跑这鬼地方来找她,让她很高兴。

这些年来,她和张咏日渐亲近。张咏有些话不愿对父母说的,却愿意跟苏冬丽说。对于这种奇怪的状况,苏冬丽有时会感到茫然,但更多的是感到慰藉。两人相处得越来越放松自在。

张咏在她对面的椅子上落座。苏冬丽提起桌旁的开水壶,用自己的杯子,给他倒了杯热水。

"这地方平时没人来,待客的杯子也没有。用我的吧。"

张咏接过水杯。

"有什么事呀?"苏冬丽问道。她知道,没要紧事张咏不会特意跑到医院来。

张咏说起母亲张瑛的胃病,希望她能帮忙联系郁川镇的那位老中医。苏冬丽答应了,只要张瑛有意愿去,其他的事她会安排妥当。

"昨晚几点到的?"谈完正事,苏冬丽问道。

"八点多了。"张咏说,又针对帮母亲求医问药一事叮嘱道,"别跟我爸讲。"

苏冬丽点点头,压低声音问道:

"你爸讲你和丁医师的小女儿在谈对象,是不是真的?"

"乱讲。别听他的。"

张咏的脸热起来,试图否认,嘴角却不自觉地露出笑容。苏冬丽看在眼里,霎时就明白了。显然镇上的传言是确凿的。她双目含笑,出神般地看着张咏。

她想起最初见到张咏时的情景。眼前这位朝气蓬勃的小伙子,当时还是个读小学五年级的孩子,沉默寡语,晃荡着双脚,坐在他父亲的自行车后座上。在东亭巷昏暗的路灯光下,腼腆生硬地叫了她一声"冬丽阿姨"……她将目光转向窗外。医院围墙外的山坡上,阳光照耀着厚厚的积雪。一些灌木丛被压垮了,消失在积雪之下。另有一些灌木丛挺立着,在覆雪之上露出干枯的枝条,等待着来年春暖花开。远处,传来孩子们打雪仗追逐奔跑的嬉闹声。她忽然感到一阵落寞。

"唉,又快过年了。"苏冬丽说,"过几天煮米羹给你吃。"

从医院出来后,张咏抬头看看天,阳光明媚,离天黑估计还有半辈子的时间。他想起丁晓颜。昨晚两人冒着风雪离开车站,他送她到姜公巷,约定今晚八点再见面。这个白天会很煎熬。

4

昨天晚上,张咏吻了丁晓颜,但不是在车站。今天一早他回想起来,感觉很模糊,不像是真的。当时他提着旅行包,和丁晓颜一起从车站走出来。风雪交加,夜晚的街道阒寂无人。张咏坚持要送丁晓颜回家。

丁晓颜傍晚五点多就来到了车站。正常情况下,张咏乘坐的班车应该六点左右到站。结果丁晓颜在车站,一等就是三个小时。出站后,张咏搂着丁晓颜时,察觉到她的身体在轻微地颤抖。刹那间,张咏感到了心疼。

漫长的等待与短暂的心疼感,往后几年里,一直在他们俩之间持续。

路面上污泥混杂着积雪,湿滑不堪。两人顶风冒雪,走得很慢。张咏一手提着旅行包，一手还拿着烧饼大口啃着。丁晓颜抱着装烧饼的纸袋，张咏啃完一只，她再取出一只递过去。张咏坐了一天的车，早饭后就没吃过东西，饿坏了，狼吞虎咽地一口气吃完三只烧饼，才缓过劲来。

"上车前干吗不买点吃的？"

"来不及了，差点没赶上车。"

丁晓颜从外套兜里掏出一颗大白兔奶糖，塞到张咏手里："给。等你时被我吃掉了，剩一颗。"奶糖带着她的体温，有些软了。

她有种劫后余生之感，到现在心还突突跳着，脸颊滚烫——但也许是刚才被张咏紧紧搂过后，留下的后遗症。她想起几天前外公说，下刀子也拦不住张咏。果然如他老人家所言。不过，在三个小时的等待中，她一直希望外公的话是错的，希望张咏今天没有动身，平平安安地留在杭州或县城。她宁可空等一场。

傍晚五点多，扬兮镇车站已没有往外发的车。冰冷的候车室里，丁晓颜孤零零地坐着。车站工作人员告诉她，从县城过来的最后一班车已经发车了。由于天气恶劣，路况差，肯定会晚点，具体什么时候到站很难说。工作人员也很焦躁，盼着班车早点安全到站，可下班回家钻热被窝。

丁晓颜坐立不安，不时地跑出来看看天色。雪下得一阵紧似一阵。每跑出来一次，担忧就增加一分。她眺望着通往县城方向的那条公路，试图望至路的尽头。漫天纷飞的大雪，如一道幕帘遮挡着视线，能见度很低。公路上除了雪还是雪，既没有行人，也没有车辆，甚至连道路两旁的树木似乎也被大雪掩盖起来了，剩下白茫茫的一片，与周边覆满积雪的田野融为一体。

三个小时，足够让她胡思乱想一通。她想，他坐的这辆车会不会中途抛锚了，或陷在积雪里，或倾翻在山崖下……她多么盼望他不在这辆车上啊。

随着夜幕降临，公路、田野在眼前消失了，只有无边的黑暗与寂静。可她还是不停地跑出来，朝着一片虚空眺望。

八点多时，远处，车前灯的灯光如两团暗火，影影绰绰地于前方出现了。马达的轰鸣声随之渐渐迫近。

她的心狂跳起来，忍不住掉下了眼泪，紧跟着又露出笑容。在长时间的胡思乱想之中，她丝毫也不怀疑，他是否真在这辆车上。他一定在的。

此刻走在街上，张咏伸出手来，拉住丁晓颜的手。两人都不说话。街边亮着的路灯，在密集的雪花中显得更加朦胧、暗淡。今夜的扬兮镇，或许只有他们俩走在街上。丁晓颜意识到这一点后，咬住嘴唇，不出声地笑起来。她低着头，生怕被张咏发现她在笑。一开始，她的手被张咏抓住，握在他的手掌之中。走了几步之后,她悄悄挣脱开,摸索着分开他的手指,与他十指相扣,握在一起。

姜公巷口有一棵高大的栗子树,枝条被积雪压弯了,不堪重负地低垂着。两人走到栗子树下,停下脚步。四周黑魆魆的,很安静。

"你快回家吧……坐了一天车,累坏了。"丁晓颜说。两人的手指仍然紧扣着。

张咏放下旅行包,腾出这只手,绕到丁晓颜身后,猛地将她搂过来。丁晓颜猝不及防,脚下一滑,一个趔趄扑入他怀里。张咏一时立足不稳,往后退了一步,蹭到栗子树,枝条上的积雪纷然洒落。

丁晓颜双手环抱着张咏,头埋在他胸前。张咏抬手拂去她帽子上、肩上的雪片。丁晓颜仰起脸,伸手摘掉线帽,瞪大眼睛看着张咏。

"我这发型好看吗?前两天刚剪的。"

"看不清楚。"张咏说。光线暗,确实看不太清楚。

"骗人!"丁晓颜悄声说道。

她伸出手,冰凉的手指在张咏的嘴唇边慢慢摸索着。张咏不明白她要干什么,浑身绷紧,保持静止状态。她的手指轻抚过他的嘴唇,忽然撤开,高举在他眼前。

"芝麻!"丁晓颜说。她在张咏嘴边找到一粒残存的芝麻，以此证明光线虽暗，但绝对能看清楚彼此。

两人都笑起来，身体紧贴着，感受着彼此胸口的起伏。丁晓颜仰着脸，笑靥如花，鲜红的双唇和两颗洁白的虎牙，就在张咏的眼皮底下，如剥开糖纸的奶糖。张咏亲吻上去。他的嘴唇蜻蜓点水般地在她唇间轻轻一触，立即就分开了。笑意并未完全收住，接着又爆发出更大的笑意。丁晓颜再次把脸埋在张咏胸口，像是要躲藏起来似的，笑得浑身乱颤。

他们认识太久了。在彼此的视线里，他和她从未真正消失过。他们互相看着对方，从蒙稚幼童长成现在的模样。在爱情的初始阶段，这是个障碍。他们紧搂在一起，忍不住笑。在此刻混乱模糊激情涌动的意识里，他和她，还是那个曾经在扬兮镇街道上撒腿奔跑的小男孩小女孩，背后传来母亲的斥责声。

关于张咏和丁晓颜谈对象的传言，从起始至今，在镇上一直未消停过。等到张咏去杭州念大学后，镇上大多数的人，已不再相信该传言，仅当作一则无伤大雅的笑话来对待。一个前途无量的大学生，怎么可能和一个做烧饼的临时工姑娘好上呢？这完全背离了扬兮镇的主流价值观。况且，一在杭州，一在扬兮镇，距离如此遥远，完全不具备合理的客观条件。

张咏的母亲张瑛也持这一看法。虽时有耳闻，但该传言不再困扰她了。近来,她与旁人聊起儿子时,总不忘来一句:要不是有我这妈在,臭小子才不肯回来呢。这句话里含有两层意思,一是张咏跟父亲江文泉没有感情,父子之间了无牵挂;二是张咏考上大学后翅膀硬了,要飞走了,区区一个扬兮镇,岂能留住他。

这两层意思也是张瑛对儿子的期许。她盼着儿子远走高飞,有一个远大前程。她对张咏说,读大学了更不能放松,一定要好好念书,争取毕业后留在大城市,县里都别回。以后儿子在外娶妻生子,她去帮小两口带孩子,洗衣做饭。

张瑛的期许,与儿子张咏的想法,实际上不谋而合。张咏厌恶扬兮镇,渴望远离。但这个略显沉重的话题,暂时还不会干扰到他。

眼下,谈情说爱才是他最为关切之事。

5

扬兮河位于扬兮镇的南边。河上有一座长约三十米的钢筋混凝土桥梁,修建于20世纪50年代。之前有座古老的石桥,年久失修,在一次山洪暴发中被冲垮了。新桥建成后,政府将其命名为"扬兮桥"。但扬兮镇人仍照着老习惯,沿袭旧称,呼之为"石板桥"。

石板桥一带，可算是扬兮镇的风景名胜，是镇上年轻人谈恋爱的好去处。严格说来，扬兮河其实是一条大溪，大部分区域水比较浅。站在桥两侧的护栏边往下看，清澈见底，石斑鱼在水底的岩石间灵巧迅捷地游动着。春天，河岸边垂柳依依，纤柔的枝条飘拂于水面随风摇曳。河滩上遍布光滑圆润的鹅卵石。天气晴朗时，每到黄昏，这一带就会出现三三两两的情侣。也有一些镇上的居民，晚饭后来此散步。河对面是个小盆地，视野开阔，阡陌纵横。村庄、小型茶叶加工厂、锯木厂等等错落其间，人烟繁茂。

如前所述，回到扬兮镇后的第二天，张咏先去了趟医院，然后就无所事事了。他和丁晓颜约在晚上八点见面。可一整个白天，如何打发呢？母亲张瑛的生意，现在已无须他帮忙。在镇上，他也没有特别想看望的朋友、同学。

午后，他去逛了新华书店，店里的内容乏善可陈，与杭州城里的大书店没法比。小学时，他经常拿着父母给的零花钱，去新华书店买连环画。《三国演义》的连环画，一个章回一册，他买齐了一整套，现在还装在一个纸板箱里，塞在床底下积灰尘。他想起那些日子，仿如隔世。离家半年，回头再看扬兮镇，以为多少会有些变化，结果却一点也没变。只是他的感受和原先大不相同了。

离开新华书店，他双手插在裤兜里，一路闲逛着走到电影院门口。街道积雪已被清扫干净。冬日午后的阳光斜照在湿漉漉的街面上，弥漫着一股清冷之气。途经面店门口时，他迟疑了，想着是否进去看看丁晓颜。门口站了会儿，还是走掉了。昨晚吻过她之后，现在他既渴望见到她，又有点害怕见到她。昨晚入睡前，她的手指和她的嘴唇，一直如幻灯片似的，在他脑海里回放。想一个人想得太用力，太细腻，会产生陌生感。曾经的熟悉度仿佛一夜间消失了。

扬兮镇电影院是80年代初建造的，设施简陋。影院里的椅子是活动木椅，落座、起身时会发出刺耳的声响。冬天，影院里冷如冰窖，散场后观众的脚常常被冻麻了。影院并非每天有影片上映，通常一周放映二至三场（节假日会加场），其余时间多被政府部门征用，或企业租借，用作召开大型会议的场所。售票窗口上方，挂着一块正方形的小黑板，用粉笔写着待映片名。昨晚下过雪，黑板上的字迹受了潮，影影绰绰的看不太清楚。他盯着仔细看，才辨认出日期是前天的。

周边寂然无人。积雪残留的梧桐树枝浸沐在柔和的阳光里，其上是碧蓝如洗的天空。时光仿佛在此静止一般。

张咏穿街过巷，闲逛了一个多小时。记忆中，他似乎从未这样全方位地在扬兮镇行走过，其行状像个初来乍到的外地游客，游移的目光也与眼前的事物保持着距离。偶尔路遇熟人，打招呼致意时，方才让人察觉到他是地道的本地人。从西到东，从北向南，几乎每家商店门口或里边，他都逗留片刻。他对扬兮镇的角角落落并不十分熟悉（小时候，他不是个喜欢瞎跑乱窜的孩子），当然也不陌生。一圈逛下来后，他想：这鬼地方怎么谈恋爱啊？他那颗充满逻辑的心，不禁苦恼起来。

从表面看，扬兮镇确实缺乏合适的户外场所（连一家小公园也没有），能够给恋爱中人提供庇护。整个镇子像一个敞开的舞台，无隐私与秘密可言。观众们在一间间陈旧的屋子里，像是坐在包厢里一样，透过狭小的窗口，看着你表演恩爱情仇，悲欢离合。一代代人都是如此。张咏想起父母离婚前后那两年，他遭遇到的嘲笑讥讽，以及各种不怀好意的指指点点。他真是烦透了这个舞台，烦透了这出戏。

他离开镇子，往南来到扬兮河上的石板桥。

河边的浅滩上，田野里，仍覆盖着厚厚的积雪。举目四望，周边全是凝固的白色，浑然一片。河水流淌着从桥下欢腾而过。水底的砂石折射出斑驳的阳光，随着水波的流动闪耀着，仿佛满天星斗。

这里是扬兮镇视野最为开阔之处。

循着河水的流向，张咏抬眼望向远处。初中一年级的地理课上，曾听老师说过，扬兮河发端于邻近的徽州，从一座山脚下起步，涓涓细流悄无声息地绕过群山，如细线穿过针眼，寻找着它自己的路径。沿途与其他溪流汇聚、扩张，到达扬兮镇后，河面渐趋宽阔，河水日夜奔流，水流声哗哗作响。河流在三百米开外处，又遇到一座横突出来的山峰，绕个大弯，继续向前，消失在远方。

丁晓颜算是半个徽州人呢，他想道，也许扬兮河就是从她外公家那边发源而来的。

一阵清冽的风从桥上吹过。他的心境渐渐疏朗起来。

傍晚，张咏在厨房里陪着母亲烧菜。

张瑛四点不到就收工了，赶着去菜市场采购。儿子昨晚到家后，害得张瑛今天一整天没顾得上好好做生意，尽忙着和其他摊主闲聊了，聊的当然都是儿子张咏。在小商品市场众多摊主之中，唯有张瑛的儿子考上了大学本科，还是省重点大学，其成就令人称羡。但这份羡慕早在半年前就已表达过。这回，摊主们表达的是另一份羡慕：才貌双全的大学生儿子，冒着风雪深夜赶回家，第二天一大早就来到母亲的摊位前，帮着整理货品，问东问西，没有半点嫌弃之意——这年头，还有谁家有本事养出这样的儿子？农村来的一些摊主，忍不住抱怨起自家孩子来：还在念中学呢，书读得乱七八糟，却学会嫌弃爹妈了！当爹当妈的跑学校去送菜送米，都不让进校园，怕丢人，拿了东西转身就没影了。

"跟电影里地下党员接头一模一样呢,活活被气死呀!"

张瑛眉开眼笑地听着众人的奉承和抱怨,心想这算什么呀,我这儿子打小帮我摆摊收摊,做饭送饭,还帮着推三轮车呢。那么小的孩子,使劲推着三轮车,车上的纸板箱堆成山一样,从车前往后望去,人影都见不着……一想起往事,张瑛的眼圈就红了,再无心思与伙伴们闲聊了,赶紧买菜回家,给儿子做顿好吃的。

母子俩在厨房里忙着。张瑛细细问起儿子在大学念书的情况,张咏有一搭没一搭地回应着。张瑛想起小商品市场里有人开玩笑,说要给她儿子做媒,说一门好亲事,介绍个门当户对的好姑娘。当时她颇为矜持地没有接这话茬。此时想起来,于是很认真地问儿子:

"学校里有没有女同学喜欢你?"

"没有。"

"不许瞒着妈!要有了,先寄张照片来,妈得给你把把关!"

张瑛心情大好,气色却欠佳,满脸憔悴。张咏担心母亲的健康状况,考虑着要不要趁着她现在心情好,提前跟她说说去郁川镇看中医的事。转念一想,还是先等苏冬丽与对方联系妥了再说。这事他还有一层忧虑,因为需要苏冬丽帮忙，怕母亲接受不了。母亲偶尔说起苏冬丽，至今仍是一口一个"贱货"。他听了着实难受，又没办法劝阻。

其实张咏不了解，母亲张瑛自打他考上大学后，心态已经平和了许多。对于前夫江文泉和苏冬丽，并不像前些年那般愤愤然了。至于叫苏冬丽"贱货"，起初是真骂。叫到现在，则属于习惯成自然，叫顺口了，倒不见得还有多大的仇，多大的恨。

反倒是张咏，父母离婚一事给他造成的阴影，在逐年扩大。像一粒埋入深土的种子，开始生根发芽，长出了枝叶。童年时期遭遇到的某些伤害，会伴随着人一起成长。

张咏模模糊糊地认识到，在父母这场失败的婚姻当中，双方的表现都非常糟糕，甚至恶劣。回头细想父母的种种作为，他对这两人都产生了某种程度的厌恶感。尤其是父亲江文泉，如今几已沦落为玩世不恭之人。

江文泉三年处分期结束后，基本工资是恢复了（处分期间仅拿最低工资，相当于生活费，其他福利待遇及调涨工资的机会统统失去），但在医院的地位早就一落千丈，只能在目前的岗位上混日子，夹着尾巴做人。他变得愤世嫉俗，上班时间常跑出去打牌、喝酒、钓鱼。休息日更不用说，家里整天见不到人影。他发现自己在麻将桌上颇有天分，时常能赢点小钱，酒量也不错，以前简直是遭埋没了。待人接物也像是换了个人，说话冷嘲热讽，夹枪带棒的，攻击性极强。一旦被人反击回来，又没胆量招架了，觍着脸道："人活着没意思的，何必太认真呢。"——这句话已成了他的口头禅。

更令张咏不齿的，是江文泉近年来对待苏冬丽的态度。在单位遭排挤，抬不起头来，一肚子怨气不敢出，回到家全撒在苏冬丽身上。常借着酒劲指桑骂槐，摔杯扔碗，话里话外都是责怪苏冬丽拖累了他。甚至很不得体地在外对牌友们推心置腹："又不是大家闺秀国色天香，为她搞成这个样子，不值！"说得好像苏冬丽不是他的妻子，倒像是某个与己无关之人的姘妇似的。此话一经传开，在镇上又被引为笑谈。苏冬丽唯有忍受着，每天默念佛经，以渡此劫。

在张咏看来，父亲江文泉已成废人。

晚饭后洗完澡，七点刚过，张咏就找个借口出门了。张瑛盼咐一句"早些来家"，便不再多话。她现在对儿子的看管，远不如以前那般事无巨细。儿子考上大学，解开了她内心的许多结。多年来的恐惧、担忧、愤懑，似乎已被儿子的一张大学录取通知书，轻巧地覆盖住了。

她坐在沙发上心满意足地看电视。儿子到杭州念大学后，她把早先常看中央台的习惯改了，现在以看浙江台为主。除雷打不动的戏曲节目外，还增加了新闻类节目——只为看杭州的消息。电视里，但凡杭州城里发生的事，无论大事小事好事坏事，张瑛都觉得是跟她家有关的事。

6

冻雪天的夜晚特别冷，张咏穿了件新的厚羽绒服，银灰色的，款式、质量都很好。这是母亲特意给他留的，让他寒假回家时穿。扬兮镇的冬天比杭州更为潮湿阴冷。

外套兜里揣着两盒新磁带，还未拆封，是在杭州西湖边一家音像店买的。昨夜一路风雪，忘了将磁带交给丁晓颜。他知道她最爱听徐小凤。镇上新华书店货品少，进货间隔时间长，不容易买到新近出版的书籍和磁带。

他来到姜公巷口，远远地望见丁晓颜在厨房边的水池子里洗衣服。天寒地冻的，整条巷子就她一个人在户外。水池挨着一堵矮墙，旁边没法装灯。巷子里光线昏暗，仅有的两盏简陋的路灯，都装在住户屋檐下。丁晓颜这间没有路灯，光线照不到水池边。于是她把卧室房门打开，让里边的灯光蔓延过来，借此勉强可看清这一小片区域。

张咏走过去，目光停留在丁晓颜身上。她搓洗衣服的专注神态，很像她在面店工作间里揉面团时的样子。那是他初次见到她的工作状态，很震撼，也很恍惚。他还在念高中，她已经在劳作了。就像现在这样,他想着的是带来的这两盒徐小凤的磁带,其中有几首歌重复了。她却在埋头洗衣服。

水龙头的水哗哗响着。她穿着件紧身的米色粗线中领毛衣,身体曲线毕现。袖口挽至肘弯处,裸露着两只手臂。左手腕上还戴着那根红丝线缠裹的橡皮筋。一头短发刚洗过不久,有点湿漉漉的。昨天晚上她问他,她新剪的发型好不好看。该发型偏短了,像个假小子,谈不上有多好看。不过,让她的脸更显得线条分明,柔和饱满。他记得读小学时,她留的是长发,扎成简单的马尾辫。后来不知什么时候剪短了。

他希望从今往后,能够记住她的发型的每一次变化,不再错过。

张咏走近时,丁晓颜刚好拧上水龙头,抬头看见了他,瞬间绽开笑容。每次见面,她的笑容总是快他半秒一秒。张咏为之怦然心动,觉得不可思议:她是怎么做到的?

扬兮镇的人描述一个人,尤其是女人,有个评价很高的说法:"笑脸特别好。"这五个字形容的不仅是外貌长相,更是对某种性情的夸赞。笑脸特别好的女人极少见。这是一种优质天赋,很难通过后天努力得来。

笑脸特别好的女人,她的笑不是谄媚的,也不是诱惑的,更不是虚假或讥刺刻薄的。她的笑并无特定内容,仅仅只是笑，因为看见你而感到喜悦而已。我们的祖先很早就发现了这种笑容，称之为"悦颜"（两个极其美好的汉字）。可以说，张咏最初就是被丁晓颜的"悦颜"给彻底捕获了。

这份悦颜出现在冬夜昏暗清寂的巷子里，尤为动人。

张咏站在她面前，一时竟不知如何是好。像你我所能想到的一样，冒出一句：

"不冷啊？"

"快好了。"

丁晓颜拧干水池里的衣物。几件贴身小玩意儿，应是刚洗完澡换下的。她对张咏说：

"进房间坐吧，里面暖和。"

张咏环顾四周。这里的居住条件不如丁晓颜父母家。虽说二者都是老居民区，但早先的社会阶层有别。厨房与柴房的门楣很矮，个高一些的人，进出得略微低一下头。主房总共两间，靠里的一间由于在巷底，往前突出一块，面积稍大，被隔成套间，里边作卧室，外间当餐厅。套间是外公胡运开住的。丁晓颜的房间在隔壁，约二十平米大小，此刻亮着灯，房门半掩半开着。

"你外公呢？"张咏问道。老人的房间暗着灯。

丁晓颜朝另一条巷子的方向努努嘴，说：

"跟人下象棋。他的棋下得可臭了，十盘里赢不了三盘，还老吹牛。"说罢笑起来。

她收拾好衣物，一手端着脸盆，一手忽然伸过来抓住张咏的手臂，"进来吧。"张咏只好跟着她走进房间。两人虽然同龄，但丁晓颜三年前就已进入社会，开始工作挣薪水了。在某些方面，她比张咏显得更为老练。张咏一直未脱离学校，难免带点拘谨的学生气。

房间里非常整洁，各类物品归置得井井有条。这是母亲胡美兰施与女儿的恩泽。胡美兰有轻度洁癖，这方面特别讲究，对两个女儿也要求严格，从小就给她们养成了良好的个人卫生习惯。但过于干净有序且相对局促的环境，会让访客感到不自在。张咏现在就遇到这个问题。他打小在母亲张瑛摆摊做买卖的杂物堆里过活，习惯了那种乱糟糟的居住状态。初来乍到，突然走进一间近似军营般的屋子，主人还是个女孩，那个女孩还是丁晓颜，他立刻又恍惚起来。

丁晓颜在屋角放下脸盆，见张咏失魂落魄地站在灯光下，于是轻推他一下："你坐呀。"张咏"哦"一声，如梦初醒，掏出兜里的两盒磁带，递给丁晓颜。

"新出的。"

丁晓颜接过磁带。她曾在一封信里提到她爱听徐小凤的歌，张咏记住了，让她感到极为开心。

"要吃藕粉吗？外公徽州老家寄来的，特别好吃。"

张咏摇摇头，问："衣服不晒掉？"

丁晓颜脸一红："睡觉前再晒。"

她把两盒未拆封的磁带放到单放机旁边，走到床前，从枕边取出一顶米色线帽，然后盯着看张咏的脑袋，双手抓住线帽左右两边微微地一抻。

"戴上试试，可能织小了。"

没等张咏有所反应，她径自将帽子戴在张咏头上，稍稍有点紧。她双手轻扯着帽子边沿，又往下抻一抻。

"真的织小了……"她咬着嘴唇，脸泛红晕，露出赧然的笑容。

张咏略微低着头，任她摆布。丁晓颜呼出的气息拂在他脸上。他的眼睛离她饱满的胸部很近。他伸手揽住她的腰，将她搂入怀里，吻了上去。

这次的吻和昨晚不一样。丁晓颜双臂环抱着张咏的脖颈，柔软的胸部紧贴在他胸前，眼睛闭着，脸庞微微仰起，潮湿温暖的嘴唇和舌头，承受着张咏略显粗暴的搜寻、吮吸。两人越搂越紧，呼吸渐渐变得短促、急迫，被体内迅速升腾起的情欲所控制，所折磨。对此他们还很陌生。张咏离开丁晓颜的嘴唇，嗅闻着她耳旁的发丝。

"出去走走？"

丁晓颜的脸深埋在他怀里，轻轻"嗯"了一声。

两人走在巷子里,一开始都不说话,似乎被刚才那阵汹涌而至的激情吓着了。丁晓颜偶尔侧过脸来,瞥一眼张咏戴着的帽子。她依然是昨晚的装扮,长及膝盖的白色羽绒服,红色线帽,深灰色牛仔裤,棕色高帮皮鞋。张咏没有戴帽子的习惯,不过一旦戴上了,倒也觉得舒适。帽子上还残留有她枕边的清香。

"从没戴过帽子。"张咏摸摸脑袋,说道。

丁晓颜抿嘴笑着:"挺好看的。"

"颜色和你的毛衣一样。"

"嗯,毛线也一样的。"

出巷子口,旁边就是那棵栗子树。经过一个晴朗的白天,日晒风吹,昨晚枝条上覆压着的积雪已散落殆尽,又挺拔起来。丁晓颜悄悄拉住张咏的手。张咏身体上的激情还未退去,忽然触到丁晓颜温暖的手,不禁一震。两人站在栗子树下的阴影处,又紧紧地吻在一起。

这个寒冷的夜晚,这对甜蜜的小情人一路走走停停,沿途亲吻了多少次?恐怕他们自己也记不清。

那个年代扬兮镇的冬夜,其实是很适合谈恋爱的。

全镇路灯不多,能点亮的更少。即便是亮着的路灯,瓦数也偏低,晕黄的光线覆盖不了太大面积。大街小巷弯弯曲曲,房屋错落纷杂,形成众多黑暗隐秘的角落。主街道上,这些年来刚刚兴起的夜生活，因寒冷的天气，变得十分萧条（小街或巷子里，全无夜生活可言）。国营商店早在晚饭前就已打烊关门。私营店家也撑不过六七点钟。唯有沿街的一两家录像厅，深夜时分仍在坚持营业，但看客稀少。门口小音箱里传出的影片对白声、歌曲声，反而加深了小镇的清冷寂寥。居民们蜷在屋子里，或看电视，或打麻将，或心无旁骛地上床睡觉。极少有人跑到街上来，更不会有人在这样的夜晚，在石板桥一带游荡。

张咏和丁晓颜则属例外。他们俩恋爱的活动空间，目前来说，明显小于镇上其他年轻人。原因在于张咏的母亲张瑛。张咏知道母亲不会接受丁晓颜，为此不得不谨慎行事。

从姜公巷走到石板桥时，这对小情人由于在短时间内亲吻得太过频繁、热烈，嘴唇已有轻微的灼烧感。

石板桥上是没有灯的，夜间黢黑一片。在天朗气清的晚上，清澈的河水倒映着满天繁星，水波流动，闪闪烁烁，如飞舞的萤火虫一般。微光朦朦胧胧地点亮了河的两岸。

两人牵着手，不知不觉间，丁晓颜又悄悄地转换手型，从掌心相握变成十指紧扣。丁晓颜总是以一种让张咏几乎察觉不到的方式，悄然无声地拉近彼此的距离。像在深夜，她独自一人，从一地行走至另一地。

石板桥的两端，各有一条朝着下方，往河岸边延伸的小路。路面由不规整的青石板铺就。这些青石板是旧时代的遗留物,其年岁,远高于这座钢筋混凝土的现代桥梁。青石板的边沿积有残雪,容易打滑。两人一前一后,手拉手,小心翼翼地踩着青石板,走到浅滩上。

浅滩上有一些大石头,在积雪的覆盖下仍然凸出在外。张咏找到一块相对平整,足够他们并排而坐的,清理掉覆雪。丁晓颜想出一个办法,她摘下两人羽绒服后的活动帽兜,摊平后铺在石头上当坐垫。这样坐着就不冷了。

河边空气清冽,风不大。河水在眼前潺潺流淌,喧哗不已。河对岸,越过一排垂柳,前方最近处是一个不足二十余户人家的小村子。橘黄的灯火透过农舍窗口,给河边送来一丝暖意。四周白皑皑的,空寂无人。夜空与河底繁星密布。

他们俩挤坐在一起。张咏的手臂绕至丁晓颜身后,揽着她的腰。她抓住他的手,藏入自己身体一侧的外套口袋里取暖。他们一会儿亲吻,一会儿聊天,交替进行。他们回忆起童年时的许多事,说至有趣处,笑声轻扬,在清冷的夜风中传递。此时情欲已隐去。他们诉说着彼此,倾听着扬兮镇的孤单,仿佛啜饮一眼不竭的甘泉。

7

过年的热闹气氛，总体而言，扬兮镇是比不上周边农村的。但在某些方面，也不遑多让。比如年节期间的特色饮食，农村有的，扬兮镇可说一样不缺，甚至还多几个花样。

扬兮镇地处山区，有河有湖（东南方向三公里外接邻一个水产丰饶的大湖）。以自然条件论，百姓的灶台上，理应不缺山货水鲜。但相比周边其他地区，这一带还是穷。早些年，每逢春节前后，偏远山沟里就会跑出来一些人，以孤寡老人居多，背着打满补丁的青布包袱，拿着大碗，到镇上穿街走巷地要饭。张咏、丁晓颜这代人的童年记忆里，仍存有要饭老人的悲苦形象。改革开放后，过年时村民外出要饭的现象，方才逐年减少，直至消失。镇上居民们的生活，历来都还过得去。以前受恶劣的交通条件所限，与外部富裕地区接触少，相对而言也更易知足。

在饮食口味方面，扬兮镇、郁川镇一带的人普遍爱吃辣，甚至到了无辣不欢的程度。以下要介绍的一种扬兮镇年节食品，与辣就有着密不可分的关系。

前面提到过，张咏爱吃苏冬丽煮的米羹。米羹是这一带最为著名的地方特色食品。当地人习惯在过年时制作米羹，因而米羹也象征着年节气氛。当然了，如果你不嫌麻烦，一年四季都是可以煮米羹吃的，无须等到过年。

关于米羹的起源，有两种说法。

一说是朱熹发明的。朱熹是大学问家，喜欢四处讲学，足迹遍布江南，曾到过扬歹镇，在当地书院开讲圣人之道。周边一带的读书人风闻云集，一窝蜂跑来听朱老师吹大牛。到饭点了，学生们大老远跑来给您捧场，老师好歹管顿饭嘛。可一时半会儿，上哪儿找那么多米煮饭？朱老师灵机一动，想出个好办法，教人把米磨成米浆，放入各种干菜、调料，煮成一大锅。于是，世上诞生了第一碗米羹。

另一说大同小异。传闻古时候，扬歹镇一带遭遇灾年，闹饥荒，米不够吃，百姓饿肚子。当地一位秀才，又是灵机一动，想出个好办法：详见上文朱熹段落。

以上两种米羹起源说，流传甚广，有一相同点：都是读书人急中生智，搞出来这么个名堂。可惜均无从考证。

对此我是持有异议的。我从小就认定，米羹是我奶奶发明的。依据是她老人家不识字，一辈子就知道围着灶台转。而且，她煮的米羹实在是不怎么好吃，比左邻右舍都要逊色，很像是初创者的手法（一样东西刚发明时，总是比较粗糙的）。当然，我的这个米羹起源说同样不可考。小说家言，诸君姑妄听之。

不管相信哪种起源说，有一点大家的意见是完全一致的，那就是米羹确实是美味。其制作方法如下：

第一步，将大米、红辣椒、茴香、橘皮、大蒜、生姜等，一起放入清水里浸泡三小时以上。第二步，将这些浸泡过的大米及配料，加水，用石磨磨成米浆。也可用现代机器磨，但口感稍逊，不推荐。有条件的请继续坚持用石磨。第三步，加热大半锅水，然后把米浆倒入锅中，同时加入一系列配菜，蕨菜干，四季豆干，白豆腐，猪肠，等等。待八九分熟时，加入盐等调料，即大功告成。

做法并不复杂。对扬兮镇居民来说，麻烦在于第二步。镇上居民不比农村人家，家中不可能有石磨（当年的小镇居民家，还没有磨浆机或豆浆机之类的现代辅助工具），只能倚赖镇上唯一的一家石磨房。每逢腊月，人们提着沉甸甸的木桶、塑料桶（桶里是清水浸泡着的米羹原料），在石磨房门前排起长龙，场面蔚为壮观。

扬兮镇和郁川镇相距不过二十公里，在米羹的制作上，却略有差异。前面介绍过，郁川镇是一座移民小镇，历史短，其居民多来自以前的老县城，还包括为数不少的徽州生意人及其后代。因而，郁川镇的米羹，被这些挑剔的"城里人"做了小幅度的改良。相比扬兮镇，口味稍淡，辣度也明显偏弱。

两镇米羹口味的差异,在张瑛与苏冬丽之间,表现得非常明显。

张瑛自摆摊后,多年没做过米羹。今年不同于往岁。儿子已考上大学,她心里一块石头落了地。摊位也搬入小商品市场大楼,拿了个好位置,生意相比以前省心很多,可谓诸事皆顺。因此,她决定好好过个年,过一个缓慢有致的年。别人家有的,自家一样不能少。于是不嫌麻烦,提前几天就开始精挑细选地采买原料,兴致勃勃地要给儿子做一顿米羹。

腊月廿四,是扬兮镇的小年。这一带有几个不同的小年日,有的人家过廿四,有的过廿六,还有的过廿八。甚至同一座村子里,不同的姓氏,也是各过各的小年。扬兮镇的居民,则是统一过廿四。

当地人对过小年很重视。其情状,可视作对大年的彩排、预演,实打实地来,不糊弄掺假。这是对年节习俗的敬畏,即便最穷困的人家,也会尽其所能。小年夜晚餐桌上的菜色,除了数目不如大年夜丰富繁杂,几道传统大菜一样不缺,如炖蹄髈、炖鸡、红烧整鱼等等。当然还有米羹、米粿、粽子、年糕、麻糍等特色食品。

腊月廿四清晨,东边青灰色的天空才刚现出一抹红光,张瑛便拎着一只装满米羹原料的红色小塑料桶出门了。

融雪天很冷，寒气侵骨。屋顶的积雪正在融化，檐角滴滴答答地淌着雪水。张瑛穿一件厚实的大红羽绒服，裹着一条又长又宽的靛青色羊毛围巾，虽然面容瘦削，两颊皮肤松弛，眼角起了细密的鱼尾纹，一头粗硬的齐耳短发也有些斑白了——完全失去了年轻时那种圆嘟嘟的机敏活泼的气质，显得衰老憔悴，但眼睛里、嘴角边仍带着她一贯的爽朗笑意，浑身喜气洋洋的，很像个过年的样子。走在街上，遇见几位相熟的女人，和她一样提着桶，正匆匆忙忙地赶往石磨房。可以预料得到，这个寒冷的早晨又要排一次磨人耐性的长队。张瑛向来没什么好耐性，她还记得有一年，在石磨房为抢占位置，甚至跟人发生了口角。但今年不一样了，今年她落落大方，不争也不抢，一点也不着急。那几位女人和张瑛打过招呼后，迅速消失在面店后的巷子里，由于走得过于急促，桶里的水汁晃荡着溅了出来。张瑛望着她们争先恐后离去的背影，内心忽然有所触动，不觉生出一种说不清道不明的怜悯感和优越感来。

石磨房所在的巷子里，早已排起长龙。张瑛大致目测一下，有五六十号人，多是负责家中灶台的主妇（也有帮家里来干活的半大孩子）——就此一瞥，却发现了一个熟悉又刺眼的身影。

苏冬丽身着米色羽绒服，脚边放着一只蓝色小塑料桶，排在队伍前十名左右的位置；双手插在外套兜里，轻跺着脚，看样子已站了好一会儿，感觉冷了。她的身材比前后站着的女人高出小半个头，从队伍后方望去颇为显眼。

张瑛心想：晦气！平日里，她和苏冬丽偶尔也会遇到，彼此尽量绕开对方走，避免打照面。在一个活动范围有限的小镇上，实在是件麻烦又痛苦的事。这些年两人居然就这样熬过来了，谁也无力改变现状。

在这支等待磨米浆的队伍里，看见苏冬丽的可不止张瑛一人。更多的人看见的是苏冬丽和张瑛两人，于是窃议声纷起。

这是一支最易搬弄是非的队伍，恰好又处在一个最易搬弄是非的场合。天时地利人和俱在，众人显得无所顾忌。苏冬丽并未察觉队伍后起了骚动。张瑛起初的念头是掉头回家算了，可转念一想，那样未免太过示弱，当着众人的面，怎么下得了台？她郁闷地站在队伍后方，尽量保持着镇定、超然的姿态。但越是不想听那些窃笑声、议论声，听得却越是清晰。重点内容跟画了红线似的，一句不落。

"天没亮就来了，人家要上班的！听我老公讲呀，江文泉讲他儿子最喜欢吃苏冬丽煮的米羹，人是郁川镇的城里口味。不像那一个，辣死人的！……看样子倒像是亲生的呢，合得来。"——千言万语，不及这寥寥数语。其杀伤力之大，如同在张瑛脑中引爆了炸弹，把她的理智及这个早晨舒展自得的心态，顷刻间炸得灰飞烟灭。

别的议论声张瑛再也听不见了，她扔下塑料桶，脱离队伍，失了魂一般朝前方走去。苏冬丽身后的一长溜队伍，心照不宣极为配合地往一边稍作挪动，以腾出舞台空间，准备看戏。

张瑛走到苏冬丽身旁，先拎起她脚边的塑料桶，往墙边一扔。一桶米羹原料，五颜六色地泼洒了一地。接着，咬牙切齿地开骂：

"贱货！抢人老公还不知足！还要抢儿子哪！不要脸的东西！"

也许是来得太早，身体被冻麻木了，苏冬丽直到塑料桶被张瑛扔到一边后，才反应过来。她愣怔片刻，随即低着头，空着手一言不发地快步走出巷子。

"郁川镇的贱货！"巷子里继续回荡着张瑛的叫骂声。

这回，张瑛在"贱货"之前，现场临时发挥，加上了郁川镇的定语，显然是与米羹有关。她被郁川镇的米羹伤了心。

张瑛也是空着手，一路哭着回家的。

儿子张咏正在家中忙着大扫除。今天过小年，母子俩头天就约定好，一个负责磨米浆，一个负责打扫卫生。张瑛推门进来。张咏见母亲空着双手，满脸怒容涕泪横流，惊诧不已。

不待儿子开口，张瑛便嘶哑着嗓子质问道：

"人家讲郁川镇的米羹比我们扬兮镇的好吃！你跟妈讲实话，是不是真的？"

张咏瞬间就明白了，大致可推想出那个不堪场面。他取来毛巾，递给母亲。

"妈，别听人挑弄。"

张瑛拿毛巾捂住脸，呜呜地哭出声来。一时间，羞愧、愤怒、失落、委屈一股脑地涌上来，像是打翻在地的米羹原料，酸甜苦辣咸，五味杂陈。

张咏懒得再劝解母亲，径自开门出去了。他要去现场看看。

石磨房前，许多人还沉浸在好戏散场之后的热烈谈论之中，有眼尖之人瞥见张瑛的刺头儿子出现在巷口，赶紧努嘴使眼色，相互提醒收住嘴。整条巷子顷刻间变得鸦雀无声。张咏阴沉着脸，一言不发，找到母亲留在原地的红色塑料桶，提起来，从队伍后方开始，将桶里的米羹原料沿着巷子，一路往前倾倒过去。汤汁浇淋四溅，众人纷纷抬脚避让，但仍然鸦雀无声，仿佛是老天下了几滴毛毛雨而已，无关痛痒，任张咏胡为。

不要以为众人害怕张咏，以致连抗议或斥责一声的胆量都丧失了。他们是这个早晨的赢家,已心满意足,此时没必要再横生枝节,造成另一场有可能连累自身的冲突。这是扬兮镇人的生活智慧。张咏还年轻,不明白这一点,以为靠着耍蛮使横,就可以羞辱、遏制甚至击败他们。

张咏将桶里的内容倒空后,队伍前方有人打破沉默,小声地、好意地提醒他,墙角边那只倾翻在地的蓝色塑料桶是苏冬丽的。张咏捡起来,走进石磨房,将两只空桶清洗干净,之后便离开了。

他此行的目的,当然不是为找回两只廉价塑料桶。他从小就想知道,那个常被母亲和扬兮镇人挂在嘴边的"人家"到底是谁?这个早晨,他试图看清楚"人家"的面目,以便与其面对面,却一无所获。"人家"是无脸的,是你是我是他,又非你非我非他,无法面对。

张咏提着一红一蓝两只空桶,来到东亭巷父亲家门前。他敲门,里面无回应。他不知道苏冬丽今天要煮米羹。如果她提前打声招呼,他想道,他就可以让她和母亲避开冲突了。但立刻就对自己的这一想法心生憎恶。他凭年轻人的本能意识到,人不应该这样避来避去地活着。他将那只蓝色塑料桶搁放在门边,径自回家了。

隔壁巷子里就是丁晓颜的住处。此刻,他居然一点也没有想起她。

8

米羹事件后,张咏原本打算寒假陪母亲去郁川镇看中医的设想,随之泡汤。张咏这个年过得怎样,可想而知了,不必细说。

相比张咏,丁晓颜的家庭生活正常多了,因而年节过得也正常(张咏多年来都是母子俩吃年夜饭,正月里不走亲戚,跟平常人家不大一样)。丁晓颜住进姜公巷外公家之后,通常一周回一趟仙居巷看望父母,帮着做些家务,陪父母吃顿饭。终究是自家女儿,事过境迁,胡美兰虽然仍郁结在心,从不过问丁晓颜在面店的工作情况,但待女儿已不像原先那般冷漠、苛刻,只是抱着撒手不管的态度,任其自便。

腊月廿四这天,在上海读研的大女儿丁晓虹,带着男朋友回家过年了。这是丁家的一件大事。

丁晓虹这年夏天本科毕业后,考取了复旦大学中文系研究生,无疑是扬兮镇丁家的又一份荣耀。胡美兰对复旦心心念念,如今女儿成全了母亲的心愿,她却未大加宣扬,反而极为低调地处理,不像是她为人处世的一贯风格。其缘由,下面我们会谈到。

丁晓虹的求学之路走得颇为顺利，在个人感情方面却遭遇了一场波折。大三时谈了场短暂的不该谈的恋爱，爱上了本校一位年轻的副教授。师生恋在大学里是正常的，并无出格之处。此事不妥的是，该副教授已有家室。师徒俩一度出双入对，爱得死去活来。等到师母闹到学校去以后，师父便消失了，打死不敢再见徒弟一面。丁晓虹由此变得郁郁寡欢，茶饭不思，整天琢磨着从哪栋楼往下跳比较合适。胡美兰得知此事后又惊又怒，请假跑了一趟上海，一住半个月，软磨硬泡，总算把女儿从悬崖边拽了回来。

扬兮镇是不允许秘密存在的。张家床头的事，李家灶头的事，都是大家的事。像丁家这样的知名家庭，更是藏不住事。当时镇上传言纷纷，说胡美兰到上海是陪女儿去做堕胎手术云云，甚至在哪家医院都说得具体入微，有板有眼。

那阵子胡美兰压力极大，头发一把一把地掉，人显老了许多。夜夜做噩梦，梦见女儿不是上吊，就是跳楼，要不就是像镇上的疯婆子姚迎春一样，沦为遭人耻笑的"花癫"。胡美兰午夜梦回，细思前半生，禁不住潸然泪下，自叹命苦。生了一双如花似玉的女儿，从小捧为掌上明珠，教她们知文达礼，诵唐诗念宋词……哪承想到头来，一个要做小三，一个要做烧饼，没一个省心的。难道读那么多篇的唐诗宋词，竟没有一点熏染和提高吗？

胡美兰对自己采取的教育方式，不免产生了深刻的怀疑。

处于这种背景之下，丁晓虹考取复旦研究生一事，胡美兰对外做冷处理，自然是情理之中的事。这两年，她恨不得镇上的人彻底忘掉她家的两个女儿，永远不要再谈论。

这回，丁晓虹是第一次带男朋友回家，显然关系已经明确，可以面见双方父母谈婚论嫁了。小伙子是丁晓虹的同学，高她一届，在华东师大读研。两人已相处了一年。小伙子出身江苏农村，家境贫寒，但品貌端正，学业优秀。

由于女儿曾闹出过那档子风流事，胡美兰未免心虚气怯，心气上先弱了一大截，没法再以女儿的才学美貌自矜，挑肥拣瘦了，故而对于这位准女婿的到来，超乎寻常地重视。一大早就把小女儿丁晓颜叫回来，让她帮着准备小年夜的晚饭。

丁晓虹乘坐的班车不晚点的话，应于下午三点左右到达扬兮镇。丁远鹏的诊所上午还开着门，今天是小年，镇上的人都在忙着过节，无人前来就诊。但丁远鹏不愿掺和家中琐事，宁愿躲在诊所里图个清净。直到将近下午两点，他才关上诊所门，脱下白大褂，换一身得体的休闲装，里面是白衬衣，鸡心领的灰色羊毛衫，外面套一件新的藏青色卡其布夹克，在楼前空地上踱来踱去，冻得缩手缩脚的。胡美兰找他商量，要不要去接站？夫妇俩斟酌片刻，一时拿不定主意。最后还是丁远鹏拍板定案，认为来的是年轻后辈，行李也不会太多，不去接站更为妥当，免得在镇上招摇，又惹闲话。

家中没什么需要丁远鹏插手的。他无所事事，一会儿上楼看看，一会儿进厨房看看。胡美兰在楼上整理房间，擦桌子，拖地板，摆设水果、糕点。清早，她特意上街买回一束鲜花，插放在茶几上的花瓶里。丁晓颜在厨房做菜，身旁两只砂锅里，已用炭火炖着蹄髈和整鸡，香气扑鼻。她的厨艺这两年大有精进，已远超母亲。这顿晚饭，她既是主厨又是伙夫，一肩担了。胡美兰提前备下了多种菜色。丁晓颜早晨过来时，顺路又去市场买了两条一斤多点的鳜鱼，这般大小的鳜鱼肉质最佳。扬兮镇一带，鳜鱼是最上品的水产之一，做成红烧鱼，味道极为鲜美，价格自然也高。逢年过节，新鲜鳜鱼极为抢手，稍稍去晚了就买不着。由于菜品丰富，仅洗菜、配菜等前期工作，就让丁晓颜忙了一上午。

家中好久未如此热闹了。丁远鹏在主房与厨房之间来回巡视，看着在厨房忙碌的小女儿，不觉有些伤感。他已到了知天命之年，近来老得快，两鬓斑白，瘦高的身材开始显得佝偻，夜间常常失眠，白天则精力不济，一到下午就感倦怠。他是学医的，自己清楚身体并无大碍，主要是缺少运动所致，常年待在诊所里，不愿出门，形同自囚。两个女儿，一个已找到托付终身之人，眼前这一个也长大了，亭亭玉立，不出几年也将嫁为人妇。美兰牙科诊所开办十年来，挣了不少钱，但所做的一切，不过是为夫妇俩提前到来的孤独的老年生活做预备而已。回想起早年的雄心壮志，好高骛远，恍如南柯一梦。

他背着手踱进厨房，揭开砂锅盖，舀起一小勺鸡汤尝了尝。该举动在他实属罕见。

"爸，还没煮烂呢。"丁晓颜说。

"比你奶奶做得不差了。"丁远鹏赞道。

"真的？"女儿停下手里的活，笑容灿烂地望着父亲。

丁远鹏严肃地点点头，心想，这孩子确实与常人不同，在乎的东西，尽是人所不经意的。

但丁晓颜此刻的灿烂笑容，不仅仅是因为得到父亲的一句夸奖。从前天晚上到现在，即使在睡梦里，她的嘴角也带着笑，伴随着唇边的那抹灼烧感，一直未退呢。

前天晚上分手时，她和张咏约定好，接下来两天各忙各的家务事，待过完小年后再见面。年底了，家中琐事多，父母这边的，外公这边的，她都得帮着张罗一下。面店的工作虽不忙，但要到腊月廿八才正式放假。今天姐姐回家，母亲找她来做菜，还是请了假的。与姐姐丁晓虹也近一年没见过面了。丁晓虹大三、大四时，连着两个暑假都留在学校里。

寒假返乡过年，前后也住不了几天。她不喜欢回来。

将近三点半时，丁晓虹终于带着男朋友到家了。

胡美兰等得很是焦急，三点不到，就已伫立在家这边的巷子口，朝巷子那头张望。她穿一件中长款的碎花薄棉衣，围着绛色羊绒围巾，围巾在胸前打了个随意而精巧的结，一头披肩长发两天前刚烫过，脸上化了淡妆，既不失为人母的端庄，又显出几分中年女人难得的温婉秀丽。

刚瞥见女儿的身影步入巷子，她便笑容满面地迎上去，帮女儿提行李，问东问西。顺便抢先一步，近距离观察一番未来的女婿。

小伙子比照片上看起来清俊些，戴着近视眼镜，穿着中规中矩，总体气质不大像是农村出来的。他年长丁晓虹两岁，身材也略高一点，在胡美兰看来，衣着稍显土气。但这种土气，自带有一种读书人的清寒，和农村人的土气还是有本质区别的。小伙子腼腆地叫了声"伯母"。胡美兰心头一喜，第一关就算是过了。

丁远鹏站在诊所门前，没有跟着妻子过去。三人步出巷子时，他矜持地望着他们。待丁晓虹叫了声"爸"，小伙子叫了声"伯父"后，他才露出微笑，开始嘘寒问暖，也不管这是户外还是室内，只顾慢条斯理地问话。丁远鹏瘦高的身材，犀利的眼神，以及偏于冷峻的面部表情，让小伙子变得越发拘谨，诺诺连声，提着两只大包站在那里，放下也不是，提着似也不妥，一时间竟手足无措起来。

胡美兰见状，赶紧提醒丈夫："进屋再聊。"又吩咐女儿道，"别站着呀，上楼去。外面冷。"

丁晓颜在厨房里听见屋外的说话声，当时正在忙活，满手油腥，心想干脆收拾完手头这点活之后，再去楼上和姐姐打招呼。

没想到片刻后，丁晓虹下楼来到了厨房。

"姐！"丁晓颜开心地叫道。

"真香！"丁晓虹说，抓住妹妹的手臂摇了摇。这个举动显得亲昵。

姐妹俩从小就不亲昵。一来年龄相差较大，幼时玩不到一块儿。二来姐妹之间从未有过冲突，不吵也不闹。丁家的聚光灯始终照着姐姐丁晓虹，不曾有半点照到妹妹丁晓颜。姐姐像大小姐，妹妹如小丫鬟。大小姐和小丫鬟怎么可能会吵闹呢，老戏文里是见不到这一出的。

丁晓虹在厨房里东闻西嗅。经历过一次恋爱波折之后，她的性情有了变化，看起来随和平易些了。最大的变化是眼神，经常发愣出神，若有所思的，不似以前那般犀利灵光。

"姐，饿不饿？想吃什么，先给你做点。"

"想吃你做的烧饼！"

这可把丁晓颜给难住了。胡美兰是绝不允许丁家厨房里、餐桌上出现烧饼的。

"说着玩呢，不饿。哎，你真打算以后做烧饼？"

丁晓颜认真地点点头。她在切菜，手中的菜刀快速运行着，发出均匀密集的砰砰声。

"姐，你先喝碗鸡汤，暖和暖和。"

她给姐姐盛出一小碗香喷喷的鸡汤。丁晓虹看着在这一小片空间里游刃有余的妹妹，表情复杂。厨房里的事，她是一点也不会。多年来一直在读书、考学，忽然间让她生出了一种乏力感、空虚感。妹妹的身高快追上她了。

"真羡慕你。"她由衷地说道，"哎，谈男朋友了吗？"

丁晓颜抿嘴笑着，低头继续切菜，不说话。

"看你笑的！肯定谈了，是不是？"丁晓虹挨在妹妹身边，吹着气，小口地喝着鸡汤。

丁晓颜与张咏恋爱一事，她忍着没告诉任何人。外公胡运开自然是清楚的，但丁晓颜未明确跟老人提起过。此刻被姐姐一追问，她终于把持不住了。

"嗯！"她两腮飞红，笑得更妩媚了。

"啊，果然让我猜着了！"丁晓虹放下碗，"谁这么有福气？跟姐老实交代！"

"张咏。"

"那个……医院那个江文泉的儿子？"

"嗯！"

"那可是个有名的坏小子！"丁晓虹笑着从身后搂住妹妹，咬着耳朵悄声说道，"不过呀，配得上你！"

晚饭前这段时光，炊烟弥漫于扬兮镇布满晚霞的天空。仙居巷丁家厨房里，不时地传出姐妹俩的笑语声。

9

正月初二一早，丁晓虹和男朋友乘坐长途大巴，离开扬兮镇，千里迢迢赶往江苏扬州乡下男方家拜年。丁家这个春节相较往年，过得热闹些。但胡美兰并不开心。

女儿带男友到家后，陆陆续续地，胡美兰探问出了更多关于男方家庭的信息。有三个兄弟姐妹，他是长子，还有一个弟弟（念初中），一个妹妹（念小学）。父亲在外打工，母亲身体不好，长期吃药，留在农村老家照看孩子。这些连毛带刺的事实，给胡美兰泼了瓢冷水。她担心，女儿嫁过去后，经济上负担会比较重。小伙子忠厚老实，问一句答一句，坦坦荡荡，并无隐瞒。不像女儿丁晓虹，对父母支支吾吾的，隐瞒了不少实际情况。从小伙子的角度想，父母辛辛苦苦打工种地，供他读书读到这么高，他怎么可能弃家庭于不顾？但为自家女儿考虑，丁晓虹从小娇生惯养，养尊处优，难道以后要过这种扶老携幼的苦日子？

胡美兰私下找女儿谈话，劝她想清楚，三思而后行。

丁晓虹认为男方的家庭条件与婚姻无关，不必考虑这些。胡美兰觉得，女儿虽已读到研究生（而且是复旦的研究生），也算是高级知识分子了，可还是天真幼稚，不谙世事，不知柴米油盐贵。母女俩各持己见，谈不拢，闹得各有心结，颇不愉快。但女儿心意已定，胡美兰徒唤奈何，只得听之任之。

那些天，胡美兰为大女儿的婚姻大事思前想后，忧心忡忡，看待准女婿的眼光也起了微妙的变化，看这小伙子是越看越土气，而且是地道的农村式土气。

丁晓虹临行前，拉住妹妹丁晓颜的手，低声说：

"晓颜，一定要找一个爱你的，不要找你爱的。记住姐的话。"

姐姐丁晓虹说话时的表情，很像父亲丁远鹏，严肃，犀利。姐姐人聪明，有学问，说出的话也深奥难解。丁晓颜听得云里雾里，不知其所谓。看到姐姐眼圈红红的，她也跟着鼻子一酸，眼泪滚了出来。

其实，丁晓颜这个年过得也是心神不宁。

小年夜后第二天，她去面店上班，听闻了"张瑛母子大闹石磨房"的本镇快讯。这无疑是年关腊月，扬兮镇最激动人心的新闻。本来约好这天见面的，出了米羹事件后，张咏一整天未现身。丁晓颜一度想去狮石巷找他，最后还是忍住了。张咏曾跟她提示过，他们俩的事目前最好瞒着母亲张瑛，等以后找个合适的时机再说。丁晓颜对于镇上的种种传闻或新闻，历来不闻不问，或者说反应迟钝。但那两天，她主动找机会向人打听小年日的早晨，石磨房那里到底发生了什么，确认张咏没跟人吵架，更没有动手之后，才稍稍安下心来。

年前大部分时间，她都在父母家烧菜做饭，忙得一身油烟气。胡美兰忙着考察准女婿，和丁远鹏商议大女儿的婚姻前景，根本没心思下厨。直至除夕那天下午，丁晓颜备妥一家的年夜饭食材后，才得以脱身返回姜公巷，陪外公胡运开吃年夜饭。胡运开的身体每况愈下，近来下厨做顿饭已稍感吃力。年迈之人，独自生活难免有惨淡之相。丁晓颜看在眼里，想着无论如何，年夜饭要和外公一起吃。

自老伴过世后，逢年过节，胡运开大多是一个人冷冷清清地过。虽然镇上有女儿女婿一家子在，正月里会来拜个年，应应节，但如前所述，两家平日里少有走动。外孙女丁晓颜决意进面店，跟外公学做烧饼后，胡美兰迁怒于老父亲，更是疏于走动了。老人对此习以为常，只要有烧饼房在，就不觉得日子难熬。其间有两个春节，老人是去县城儿子家过的，住上一周左右，时间久了待不住，儿媳也嫌弃他。今年不同，烧饼房已彻底交出去，他一下子感觉空茫茫的，心里没了着落，这个年就恢复了一个独居老人日常生活的本来面目，现出了几分凄凉景况。多亏有外孙女丁晓颜陪着，年夜饭吃得很舒心。祖孙俩斟一小杯自酿的米酒，品菜论艺，互不相让，倒也其乐陶陶。

正月初二，胡旭阳带着小儿子来扬兮镇看望父亲，顺便给母亲上坟。扬兮镇人祭拜祖先，除了清明、冬至，就是春节。其中以清明、春节最为重要。胡旭阳是孝子，为人规矩知礼，但怕老婆，在家中做不了主，导致孝心打了折扣。他有两个儿子，大儿子在县城一家信用社工作，去年刚结婚成家，小儿子还在念高三。胡旭阳平时很少来扬兮镇，但无论怎么忙，一年总要跑个一两趟。这趟是带着老婆大人交代的任务而来。

去年秋天，丁晓颜搬入姜公巷之后，胡旭阳的老婆深谋远虑，看出了此事潜在的危险性，催促丈夫设法把老父亲接到县城来，做好相应的防护工作，避免老人犯糊涂，把不该给的给了外人。他们了解胡运开对女儿胡美兰的歉疚心理。后者自然也会利用这一点，为自己和女儿谋取利益。在他们看来，胡美兰虽清高自许，要起好处来可一点不含糊，从来不肯吃半点亏。以前对老父亲不管不问，如今却突然让小女儿跟着老人学做烧饼，下半年更是趁老人退休之际，索性让小女儿入住姜公巷，将她安顿在老人身边，打得一手什么好算盘？

胡旭阳夫妇俩商议来商议去，设想出各种状况，想得心急如焚，夜不成寐，认为事不宜迟，应该立刻行动，不能再拖延了。

于是，胡旭阳带着小儿子，初二下午就到了扬兮镇。

上午送走姐姐丁晓虹，下午又要接待舅舅胡旭阳，丁晓颜忙得团团转。她与舅舅胡旭阳见面的次数极少，彼此很生疏。来的这位表弟，更是多年未见了。儿子孙子来拜年，胡运开极为高兴，吩咐丁晓颜多做几个菜，他要和儿子好好喝两杯。

但胡旭阳不是来陪老父亲喝酒的。他面色凝重，与外甥女丁晓颜打招呼时也不见笑容。他的小儿子是个读书人，进门不多会儿，便抱着本书躲角落里埋头看起来了。一家人并不亲近。

晚上睡觉时，丁晓颜隐约听见隔壁房间里，外公和舅舅在聊天，一直聊到深夜。

第二天早饭后，胡旭阳带着儿子去上坟。丁晓颜被外公叫进房间。胡运开笑眯眯的，看起来心情很好。他让丁晓颜坐下，然后进里屋拿出一本存折，递给外孙女。折子上写的是丁晓颜的名字。

"外公？"丁晓颜不明所以，不敢接。

"你不是要开店吗，外公搭个伙。"

"外公，这个我不能要。"

"傻丫头，这是我的那份。你的那份你自己出。开春后你就离职，把烧饼店开起来！"

还在过年呢，外公突然来这一出，丁晓颜感到既不安又不解，不知发生了什么严重的事。开店确实是她的想法，但没迫切到需要立即实施的地步。

"外公？"

"唉，外公老了，你再不抓紧把店开起来，我就见不着了。"

丁晓颜眼圈红了，低着头不说话。胡运开把存折塞到外孙女手里。

"这个收好。不要跟人讲，跟你爸妈也不要讲。"

丁晓颜抬起头，眼泪汪汪地看着外公。胡运开板着脸摆摆手，示意外孙女不可推辞。

"我做东家，你当掌柜。师父还是师父，徒弟还是徒弟。"

晚饭时，丁晓颜才得知外公明天要和舅舅一起去县城。

胡旭阳好说歹说，总算劝动了老父亲，让他上县医院做个检查。他担忧父亲的身体状况。县医院的条件好一些，由他陪着去更稳妥。

正月初五早晨，丁晓颜送外公一行三人，在扬兮镇车站坐上了开往县城的大巴车。

胡运开有好几年没去县城儿子家了。虽说这次是应儿子的请求，到县医院做体检，但在他看来，身体不要紧，要紧的是正月里被请到儿子家做客，那才是特别重大特别让人高兴的事。因而出门时，老人家精神抖擞，容光焕发，身穿一件半新不旧的老式黑色毛呢中山装，戴着外孙女丁晓颜给他织的棕色毛线帽，提着个用了多年的灰色皮革旅行包，包的侧面印着一条褪色的白色小帆船，旁有一行斑驳小字：乘风破浪。到车上坐定了，老人还不忘透过车窗大声提醒外孙女，菜地里的青菜记得割，别烂在地里。

待外公乘坐的大巴车驶离后，丁晓颜才走出车站，途中遇见了一支舞竹马的小队伍。

总共八个人，五个演员（三女二男），三个乐手。演员们很年轻，脸上涂脂抹粉地化着戏装，戏服有点脏了，花花绿绿的，骑着竹马（所谓竹马，即两个状似马身的竹制道具，系在演员腰部，马头在前，马尾在后，上覆红白纸或彩布）。年龄最大的二十三四，最小的不过十五六岁的样子。

队伍里，一身穿藏青色中山装的中年男人，挑着一副担子，一头是木箱，另一头是一只大箩筐，上面都蒙着一块污渍斑斑的青色花布。一中年女人穿着暗红色的厚棉袄，背着个鼓鼓囊囊的碎花布包袱。

他们一路有说有笑，往镇上走去。丁晓颜尾随在后，好奇地观察着他们的戏服、道具。小时候，她曾在街道上看过舞竹马。这些年镇上难得见到了，农村仍然很流行。每到正月，附近一带会有几支由村民们组织起来的舞竹马戏班子，走街串巷，到各个村子表演。

舞竹马是当地的一种传统舞蹈，也叫跳竹马。演员们表演时，边跳边唱。唱词通俗活泼，内容与其他传统戏曲类似，以神话传说、帝王将相的故事为主。表演场地多在村子里的晒谷场，或小镇街道边。表演风格简单、欢快，很有年节的喜庆气氛，颇受当地人喜爱。

这支舞竹马的队伍穿过街道，走下镇子南边的坡道，朝石板桥方向而去。丁晓颜一路跟随着，来到坡道上方，一直望着他们过了桥，消失在远处的一座村子里。

连着多天放晴，阳光明亮，镇子里的积雪已融化殆尽。街旁的树木开始焕发出新机，枝条上长出了细小的鹅黄色嫩芽。一些私营店铺为求来年生意兴隆，在店门前燃放过大量鞭炮，地上铺满厚厚一层红色的鞭炮屑，大概要到正月十五元宵节过后，才会被清扫干净。附近仍零星地响着鞭炮声。空气里弥漫着残余的硝烟味和糕点香味。正月初五，人们还在忙着走亲访友。虽是早晨，街上已出现不少行人。多是周边的村民，穿着新衣裳，提着一两盒礼品，去别村做客走亲戚，路过镇上顺便逛逛商店，采买点东西。

反身经过百货大楼时，丁晓颜忽然想起，节前她本打算买一条漂亮的羊绒围巾送给姐姐的。姐姐在穿衣打扮上比较挑剔，手织的围巾她看不上。没想到在厨房一连忙了好几天，逛街的时间也没有，就把这事给忘了。

她怏怏地回到姜公巷，觉得这个年过得真是冷清。

上午，她在住处打扫卫生，洗澡，洗衣服。从腊月廿四至今，总算得以空闲下来。张咏没来找她，也无半点音讯，其间已跨过一个春节。她心想：这样算是一年没见了吧。回忆起那天晚上，不免恍惚。真的发生过吗？在冰冷的夜晚，搂得那么紧，吻得那么热烈，难舍难分。可是这些天放晴了，变暖了，那晚的热烈就如节前的积雪一样消融不见了。她感到委屈，不知道该怎么做才好。

午后，阳光慵懒地照在巷子里。她打开房门，搬条小板凳坐在门边。在外公的房间门与厨房门之间，她临时拉了条尼龙绳，用来晒被子。卧室里的小音箱连接着单放机，播放着歌曲。音量调得很小，歌声蔓延至门边，门外几乎就听不见了。厨房外墙后的那一大片菜地里，住户们种植的冬令蔬菜郁郁葱葱。巷子里微风轻拂。

由于天气渐渐转暖，她穿得很休闲，浅灰色的敞领粗线衫，露出白皙的脖颈，外面套了件米色厚棉马甲。几缕没干透的短发紧贴住耳朵上部。下穿一条宽松的白色运动裤，一双深蓝色的敞口布鞋，鞋带是老式的，横搭过来扣在另一侧。这双布鞋还是母亲胡美兰亲手做的，样式比当地常见的布鞋精致得多。胡美兰心灵手巧，以前喜欢做些小手工，如布鞋、针织帽、手套、围巾、毛袜等等。随着两个女儿都长大了，她也变懒了，嫌麻烦，这几年不爱动手做了。半年前，丁晓虹考取研究生时，胡美兰一时高兴，给自己和两个女儿各做了一双漂亮的布鞋。母亲做的布鞋穿在脚上很舒服，丁晓颜经常洗完澡之后，光着脚穿。

她低头坐在阳光下，咬着嘴唇发呆。她不爱读书，也不爱看电视。平常空闲时间，最大的爱好是听歌，任凭音乐在耳旁盘旋，脑子里什么也不想。但最近她变得多愁善感起来，会无缘无故地想起以前的事，然后，又会突然想到以后的事。二者都是模糊的，如扬兮镇冬天的晨雾。她在雾中茫然失措地来回走动，身边见不着一个人。

脚前的阳光忽然被遮挡住了。丁晓颜仰起脸，看见张咏站在面前，戴着那顶她手织的米色线帽，露出赧然的笑容，像是在为这些天的消失表示歉意。

"不冷啊?"他低头看着她布鞋敞口处露出的光洁脚背,轻声问道。

"你去哪儿了?"

她忍了大半天的眼泪终于流了出来。

两人亲吻着。她的泪水濡湿了他的脸。他吻着她的嘴唇,眼睛,脸颊,脖颈,最后停留在她裸露的锁骨处。他渴望埋身于这一温暖迷人的漩涡,犹如渴望逃离这个令他窒息的小镇,却因为她,又一次次地返回。

傍晚时分,夕阳斜照着拉紧的窗帘布。光线透进来,房间里充满了柔和的橘红色。这是他们初次做爱,还很生涩。热情与爱弥补了彼此的笨拙。

夕阳落山后,丁晓颜去厨房烧开水。卧室里弥漫着的歌声被调高了,一路跟随着她:

> 歌声轻轻耳边哼,
> 歌声紧紧记于心。
> 陪伴你轻拂花枝带笑慢慢行,
> 默默伴着春风过花荫……

她从一个玻璃罐里舀出两汤匙藕粉,放入一小碗,用凉白开调匀,接着冲入煮沸的水,慢慢搅拌,然后撒上白糖和桂花。她吹着气,尝了一小口,绯红的脸颊荡漾起笑容,仿佛落满晚霞余晖。

墙壁上爬山虎的红叶已渐渐掉落,长出了新叶子,在青灰色的暮霭中翠绿欲滴。

春天到了。

第五章　无名巷

1

扬兮镇的店铺并不都集中于街道，有一些散落于盘根错节的巷子里。主街两旁以国营商店为主。坐落于小街和巷子里的，多为私家店铺（有少数归属集体所有，如石磨房）。扬兮镇的街道在90年代之前，是没有名字的（之后政府有关部门给取了名，设立街名牌），人们统称为"街上"。需要具体指称某条街道时，通常习惯以某家老店或某栋老建筑来描述："豆腐店那条街上""杀猪场那条街上"，诸如此类。巷子则大多有个属于自己的名字，如故事里提到的狮石巷、仙居巷、姜公巷、东亭巷等等。

诸多巷子中，有一条原本没有名字的巷子，位于镇子东北角。该巷子之所以没个像样的名字，因其形成的历史短，相比一些老巷子，太过年轻。近年来，人们开始叫它"无名巷"——也不知最初是哪位懒汉先叫出来的，慢慢地就叫开了。

改革开放后，扬兮镇居民给事物命名的欲望重新被唤醒了，但衰退已久的命名能力尚未跟上，于是出现了这种尴尬状。但扬兮镇人还是有信心的，相信总有一天，其命名的欲望和能力会匹配恰当。题外话，不赘。

无名巷南边的主体建筑是镇小，沿其左右，高高低低的建筑分别延伸出去，有单位宿舍楼，老式居民房，犬齿交错。北边则是一片几近破败的老住宅，间杂着多栋近年盖起来的简易平房，显得杂乱无章。新旧相对，形成一条东西走向却并不规整的巷子。

简易平房是出租给小商贩的，卖菜的，卖鲜花的，卖小手工的，卖小吃的，等等，五花八门，纷纷攘攘。至90年代初，逐渐形成一个与镇子规模相匹配的小型自由市场。

无名巷的地理位置其实很不错，离扬兮镇车站不远，背后靠山，冬暖夏凉。但地处镇子边缘，早先是贩夫走卒、引车卖浆者的聚居地，龙蛇混杂。80年代后，陆续入住了一些农村来的小商贩、手艺人，人口逐年稠密起来，环境更显纷乱嘈杂。

背后挨着的那座山，因其远望形似宝塔，当地人习惯称之为塔山。在扬兮镇周边，塔山的海拔算是比较高的，是一条层峦叠嶂的山脉的一部分，但山势和缓，草木茂盛，景致秀丽。

　　山脚处的平地，被附近居民们开辟为菜地，划割成畦，大小不一，一年四季都种满了蔬菜。菜地旁疏疏落落地种着一些果树，有柚子树、金橘树、桃树等等。

　　菜地往上，沿着山势漫布着一大片竹林，幽深静谧。清明前后，很多居民都到山上抽春笋。这一带的春笋是细长型的，最大的也不过成人手指般粗细，做油焖笋，或做菜汤（春笋切成丝，再加雪菜和肉丝），味道极为鲜美。

　　竹林的边缘已临近山腰。再往上，竹子消失了，眼前出现大片齐腰深的荒草、灌木，其间散落着多座坟墓。即将到达山顶处，呈环状生长着松树和杉树。松树枝节横蔓，杉树高大笔直，形成一小片郁郁葱葱的树林，仿佛头巾似的将山峰包裹起来。一条羊肠小道，从山脚的菜地迤逦而上，穿过竹林、灌木和树林，直至山顶。山顶上有一小块平地，矗立着一座电信塔。季节、天气适宜时，有些胆大的情侣，会到此幽会。

　　丁晓颜选择在无名巷里租房开店，是在三月份。其情形实属迫不得已。她对这一片区域不大熟悉，原本不在考虑范围内。但在镇上看了几家店面房，觉得都不合适，要么房租过高，要么地段不好。扬兮镇是个小地方，没有太多可选择的余地。后来，还是面店新来的烧饼师傅郑宏兴，给她提供了一个信息。他有个郁川镇的朋友，在无名巷一处老房子里开馄饨店，因家庭原因，最近打算关掉这边的店铺，回郁川镇了。他把具体地址给了丁晓颜，建议她过去看看。

郑宏兴为人敦厚实诚，与丁晓颜相处得很好。他认为丁晓颜的烧饼店开在镇东北角的无名巷里，有两个好处：一，那一带的店铺以小吃居多，总体环境适合，小本买卖是需要群聚扎堆的。二，该方位距离面店比较远，可避免过度竞争。他对自己的手艺颇为自信，不愿和一个初出茅庐的姑娘抢生意。而且，丁晓颜给他留下的印象极佳，他打心眼里希望她新开的小店能站稳脚跟。

就这样，丁晓颜于仓促之中，租下了无名巷这间老式店面房。原店主在四月初搬走。房子内部需做些简单的整修，添置家具用品，估计最快也要到六月份方能开张。

丁晓颜之所以如此急迫，是因为外公胡运开已经等不及了。

正月初五，胡运开跟随儿子胡旭阳去了县城。他本打算过完元宵节就回扬兮镇，但在县医院查出了肺癌，已是三期，必须住院观察治疗。胡旭阳没有将此噩耗瞒着父亲。老人很平静，办理完住院手续后，吩咐儿子通知丁晓颜，叫她来一趟县城。

胡运开住院是在正月十二。丁晓颜得知消息，却已是二月中旬。元宵节过后,丁晓颜曾给舅舅单位打了电话,询问外公什么时候回家。胡旭阳在电话里支支吾吾,语焉不详,只说老人还在做体检,归期难定。

接到舅舅的通知后,丁晓颜向面店请了假,在一个下着蒙蒙细雨的清晨,搭乘开往县城的最早一班车。

初春时节,公路旁的田野里,第一批油菜花盛开了。丁晓颜坐在大巴车前部一处靠窗的位置,身旁的座位空着。车厢里只有十多名乘客。由于起得早,乘客们睡眼惺忪,打着瞌睡,或轻声说着话。车子在铁灰色的雨雾中,缓慢地驶过石板桥。

丁晓颜透过车窗,望向桥下的浅滩。去冬厚厚的积雪已了无踪迹。河滩上的鹅卵石被雨淋湿了,闪着青幽的冷光。春天河水上涨了,水流浸漫过来,将一部分浅滩扩张为河道,奔腾得更为活泼喧闹。

车厢内光线昏暗。她戴着那顶红色线帽,侧着脸,目光一动不动地眺望远处的田野。金黄的油菜花摇曳着映射在玻璃窗上,与她的脸部侧影重叠在一起。她咬住嘴唇,眼眶里泪影闪烁。

她瞥见玻璃窗上,迎风而立的油菜花从她的脸部纷然滑过,仿佛被一只手温柔而无欲念地抚摸着(张咏喜欢这样抚摸她的脸),似乎只为制止泪水溢出眼眶,却让她感觉更为难受。她拉开车窗，一阵冷风挟裹着雨丝飘进来，湿漉漉地扑打在脸颊上。眼泪终于痛快地涌了出来。

车子驶离扬兮镇，进入一片陌生地界时，她才止住眼泪，从悲怆情绪的缠绕中挣脱开。

昨天下午，舅舅胡旭阳打了个电话到面店，跟她大致说明了外公目前的状况，并特意叮嘱她，暂时不要将这个消息告知母亲胡美兰。她辗转反侧一夜未眠，自责未照顾好外公，早应该陪他去医院检查的。老人特别固执，可是她也没有特别坚持。如果提前半年，哪怕是三个月，情况或许就不同了。这种懊恼悔恨的心情让她变得沮丧消沉。舅舅的那个奇怪的叮嘱，则使得她更加忐忑不安，不知所措。外公病重，却不告知母亲，合适吗？她无法理解，家人之间的猜疑、怨恨，为什么到了人即将死去时，还是无法化解。

外公快要死了，这个事实却很容易理解，像咒语一样，从昨天下午到现在，一直在她脑子里盘旋。自懂事之后，她仅亲历过一次家人的死亡。奶奶丁老太太临终前那些日子，她每天陪伴着她。老太太最后是在睡梦里，躺在自己的床上平静离世的，没留下一句遗言。父亲丁远鹏曾感慨地说："这是最好的死法了。"

可是，外公的情况完全不同。他患了严重肺癌，很可能要动大手术，或做化疗。从舅舅的语气里可听出，老人的病情怕是凶多吉少。丁晓颜在医师家庭长大，熟悉医院环境，癌症的可怕与化疗的痛苦，她打小就有所耳闻。但她从未想过，有一天这种可怕与痛苦会落在至亲身上。

近在眼前的死亡，是促人思考的催化剂，容易使人从更深的层面观照自身。但我们知道，丁晓颜是个愚笨之人，胸无点墨，不会去思考这些虚无缥缈的问题。眼下最令她揪心困扰的是，外公如果真的要死了，能否有一个"最好的死法"，不必承受太多的折磨和痛苦？

雨丝从窗外飘入，把帽子及露在帽檐外的头发打湿了。她关上车窗，双手捂住冰凉潮湿的脸颊。车子途经一个有站点的村子，停了下来。有一位乘客下车，没有人上车。售票员招呼道，要下车方便的请抓紧时间。停靠站过去约三十米处，有一间低矮的公厕，发黄的石灰外墙上刷着一行计划生育的标语，鲜红的大字已经斑驳了。几位乘客这时才从瞌睡中被唤醒，匆忙下车，在雨中一路小跑，往公厕奔去。

丁晓颜坐着没动，透过车窗望出去。公路旁一片绿油油的菜地里，有个小女孩跟着一位三十岁出头的女人在割菜。像是母女俩，都戴着箬帽，穿着黑胶雨鞋。小女孩六七岁，穿一身簇新的绣花大红底棉衣，在雾蒙蒙的青绿之中非常显眼。她双手交叉提着一只竹篮，跟在女人身后。女人穿一件略显单薄的棕色夹克，牛仔裤的裤腿卷起来。她弯着腰，用割菜刀割下一株青菜后,转身扔进小女孩提着的竹篮里。小女孩很乖巧,亦步亦趋,一直保持在母亲往后一伸手,即可往篮子里放菜的距离之内。篮子里已有五六株青菜,沾着泥巴,挂着水珠。即使隔着车窗玻璃,似乎也闻得到新鲜青菜散发出的沁人心脾的早春气味。

她们家肯定有很多人,丁晓颜望着菜地里的这对母女,出神地想道。十多年前,也是这时节前后,母亲胡美兰经常在周末带着她们姐妹俩,去镇子附近的田野里采摘马兰头。遇到下毛毛细雨的日子,母女三人也都戴着箬帽。箬帽是买来的,做工粗糙,样式普通。母亲在每顶箬帽边缘都绕了一圈红丝线,在类似宝塔一样凸起的顶部,也绕一圈红丝线,然后三条红线分别向三个方向延伸,直至边缘,看起来就像一顶别致的小帐篷。

母亲把采摘马兰头当成是郊游一般,每次去,心情都显得活泼雀跃,脸上笑意盈盈。有时在干活途中,还念唐诗给女儿们听,念完了就问:后一句是什么?当然,能够接上后一句的总是姐姐丁晓虹。有一次,母女三人在扬兮河边的田塍上,微风轻拂,细雨蒙蒙。母亲念道:独怜幽草涧边生,上有黄鹂深树鸣。然后问女儿:

"后边两句怎么念呀?"

这回,聪明过人的姐姐丁晓虹也念不出了。两个女儿扑闪着大眼睛，等着母亲给出答案。母亲却没有念出后两句，而是笑着不作声了。这是她布置下的作业，待女儿们回家翻书查看、记诵。丁晓颜肯定不会去翻书，反正翻了也记不住。但她记住了母亲胡美兰那天的笑容，如春天一般明媚，却又带着春天即将逝去的怅然。

丁晓颜关心的，是采摘来的青翠欲滴的马兰头在厨房里的种种表现。刚采摘来的马兰头有股独特的清香，做菜或做汤，无论怎么做都好吃。不过最好吃的，还是奶奶做的马兰头炒香干（加一些小河虾或虾皮）。非常简单的一道菜，但很久没吃过了。回味起这道菜，她便感觉闻到了那股清香，仿佛置身于童年时的早春，满怀愉悦。

车子启动了。在地里割青菜的母女俩消失在后方。丁晓颜再次拉开车窗。雨即将停了，风吹在脸上，夹杂着零星雨丝。她从背包里取出单放机，戴上耳机，听起了歌。天边仍堆积着乌云，风变大了。她望向窗外的目光明亮起来。春天里微不足道的一草一木，也比死亡更能撩动她的心。

他会不会听售票员的话，在这里急急忙忙跑下车一趟？她耳边环绕着歌声，思绪散漫，忽然想起这事，仿佛看见了他在雨中奔跑的身影，差点笑出来。

2

这是丁晓颜第二次来县城。上一次是小学二年级寒假时，母亲带她去上海，路过县城，停留了一宿，活动范围仅限于车站和旅店。那天母女俩投宿的地方，叫"东风旅馆"，是一家两层楼的国营小店。房子很旧，在城区东边，离车站不远。

丁晓颜还记得，旅馆走廊里有一股二氧化硫气味。气味是从走廊尽头烧开水的锅炉房里透出来的。她对县城的印象，一直停留在那股呛鼻的气味里。

上午十点多，班车到站后，舅舅胡旭阳已在出站口外候着。由于舅甥俩比较陌生，单独见面时不免有点不适和尴尬，不知该如何拿捏分寸。过亲显得不自然，过疏又有违伦常。丁晓颜没想到舅舅会来接站。她有舅舅家的地址，自己找过去就可以。舅舅这一不同寻常的举动，反而让丁晓颜感到事态严重，担心外公已经病危了。故而看见舅舅的那一刻，她的眼圈忍不住就红了。

胡旭阳是个老实懦弱之人，体形、相貌很像父亲胡运开，但性格不如胡运开那般随和、开朗，更有主见。他话不多，说起话来瓮声瓮气、低眉顺眼的，不仔细听，容易让人忽视掉他传递出的信息。由于妻子与妹妹胡美兰早年有龃龉，姑嫂不和，导致兄妹两家多年来几乎断了来往，他也不知该如何处理，只能随之任之，不敢有所作为。近来，如果不是妻子吹枕边风，生怕小外甥女抢了老父亲胡运开的那份薄产，他倒不至于对丁晓颜有恶感。此时在车站见外甥女叫了他一声"舅舅"，且眼圈红红的，他心头一热，血缘的亲近感顿时占了上风。

"你外公能吃能睡的，好着呢。"胡旭阳宽慰外甥女。

丁晓颜本想直接去医院，但胡旭阳坚持让她先去家里认个门，下午再去探视外公。胡旭阳家离车站不远，走过去约十五分钟。

丁晓颜听了舅舅的话，心也放宽些了，沿途打量起街景来。

天色阴沉沉的，街道旁的商店显得萧瑟冷清。早晨下过一场雨，路面还是湿的。丁晓颜东张西望，她依稀记得，东风旅馆离车站并不远，可具体方位想不起来了。

"舅舅，东风旅馆在哪儿？"

"东风旅馆？"

"……走廊一头有个锅炉房，要自己打热水的。"

"哦，那家小旅馆呀，前几年拆掉了。"

丁晓颜觉得一阵失落，仿佛大老远赶到某地，老朋友却已搬走，不知去向了。

胡旭阳的家在一个半新不旧的小区里，单位分的公寓楼，五十多平米的一套小两居，一家三口（大儿子已结婚成家，搬出去住了）住得颇为局促。

快到家门口时，胡旭阳忽然对外甥女说：

"你舅妈要是谈起你爸妈，你听听就好，不要放心上。"

丁晓颜对舅妈也很陌生，以前外婆健在时，在扬兮镇见过两次。舅妈是县城人，在一家国营工厂上班，厂里这几年效益差，已处于半下岗状态。她性格外向、泼辣，见丁晓颜到了，表现得很热情。她刚去医院给胡运开送饭回来，立刻就下厨张罗一家人的午饭。丁晓颜跟着进厨房给舅妈打下手，帮着洗菜。

"你舅舅脾气好，人老实，跟你妈的脾气不一样。这些年哪，都是他在照顾你外公。"舅妈一面切菜，一面和丁晓颜拉家常，"你是越长越好看了，差点认不出啦！"

丁晓颜埋头洗菜，默不作声，听着舅妈絮絮叨叨。舅妈对外公外婆及父母都有不少怨气，具体原因她曾有所耳闻，但不甚了了。上一辈的亲人间不和睦，确实令人伤心，但生活就是这样，家家有本难念的经。丁晓颜听着这些牢骚话，并不觉得尴尬或难受，反而对舅妈这种竹筒倒豆子的脾性产生了一丝好感。舅妈话里话外，都在急着向丁晓颜宣示"领地",其焦点主要集中于胡运开过世后的遗产继承。该话题对丁晓颜而言过于沉重了,她还不满十九岁,从没想过这些事,听得满头雾水。

午后,胡旭阳带着丁晓颜去医院探望胡运开。

在丁晓颜小时候,医院是"爸爸上班的地方",从未给过她强烈的不安感。关于医院的这种特定感觉伴随了她多年。直到这次,来到一家环境陌生的医院,探望一位即将走到生命尽头的癌症患者,而且患者还是令她牵肠挂肚的至亲长辈——她原先对医院的那种虚幻的安定感才被打破。

县医院比扬兮镇医院大得多,仍显得拥挤。丁晓颜跟着舅舅胡旭阳一路走去,闻着走廊里的消毒水气味,中药房飘出的药草气味,两种气味都非常浓郁,她的心情也因此越来越惴惴不安。

来之前,胡旭阳没有告诉外甥女,胡运开已经做了手术,正在接受化疗。进病房后,丁晓颜才发现,外公整个人都脱形了。老人躺在病床上,穿着病号服,形容枯槁,双目失神,一头白发变得稀疏,原本就瘦小的身材缩水了一圈。短短一个来月,丁晓颜几乎已认不出眼前的外公了。她鼻子一酸,强忍住眼泪,叫了声"外公……"后面的话未及说出口,眼泪便扑簌簌地滚落下来。胡旭阳看了不忍,掉头走出病房,留下他们祖孙俩。

胡运开靠坐在床上，看见外孙女来了，眼睛一亮，嘴角抽动着，露出了笑容。他抬手指指床沿，示意丁晓颜坐下。病房里住着四位病人，床位挨得很近，中间隔着布帘，有点像是旅馆里的通铺。胡运开的病床在最外面，靠近房门。

丁晓颜擦掉眼泪，将房门虚掩上，避免走廊里的风吹进来。然后从背包里取出两大两小共四个玻璃罐食品，放在床头柜上。两大罐之一是藕粉，胡运开徽州老家亲戚寄来的，另一罐是胡运开亲手腌制的萝卜条，都是老人平常爱吃的。两小罐是白糖和桂花。床头柜上有几个已快干瘪的橘子。丁晓颜查看床头柜的抽屉，里边除了几样日常用品之外，没别的东西。

"外公，你想吃什么？"

胡运开摇摇头。外孙女的到来给了他莫大的安慰。老人双目含笑，气色似乎都有所好转了。他扭头饶有兴致地盯着那罐藕粉。

"来碗这个。"

床头柜边有一个热水瓶，里边有开水，丁晓颜倒出来喝了一口，发现水温不够。她拎着热水瓶出去打水。

县医院她不熟悉，问了护士，才知道开水房的具体方位。一路上，她又想起早年母亲带着她住东风旅馆的经历。那天晚上，母亲带着她去锅炉房打开水。母亲提着两个蓝色塑料外壳的热水瓶，瓶身上有红漆涂写的东风旅馆的字样。她跟在母亲身后。

　　母女俩穿过灯光昏暗的走廊，快要走到锅炉房时，走廊两旁豁然洞开，左右各出现一个大房间，里边放置着十多张狭窄的单人床，床与床之间隔着一人宽。被褥是统一的灰蓝色，看起来又旧又脏，被套上印有暗红色的"东风"字样。房间里声音嘈杂，空气浑浊，男女老少挤在一起，有吃东西的，有叠被铺床的，有在打听明早去往某地发车时间的，还有小孩在哭闹，大人在呵斥，也有已经裹着被子睡觉的，发出阵阵鼾声……她讶异地看着眼前这一幕。

　　母亲告诉她，这叫"通铺"，价钱便宜，许多出远门的人，旅途中就住在这样的通铺里。

　　关于通铺的印象，极为深刻地留在她的记忆里。这个遥远的印象，此时与外公所住病房的场景奇异地叠加在一起。她忽然意识到，无论如何，外公的病情都应该告诉母亲。

　　回到病房时，舅舅胡旭阳正在和外公轻声谈话。见丁晓颜进来，谈话便中止了。胡旭阳把丁晓颜叫到门外，嘱咐她多陪陪外公，之后就走了。

　　丁晓颜给外公泡了碗桂花藕粉。刚打来的水温度适宜，泡出的藕粉色泽、口感都很好。外公以前教过她，泡藕粉的最佳水温是95度左右。她严格遵守这一水温要求。在这些事情上,她的记性特别好,不会出差错。

藕粉泡好以后,她吹着气,一小勺一小勺地喂给外公吃。胡运开完全可以自己拿着碗吃,但他显然很享受被外孙女无微不至照顾着的感觉。老人一面吃,一面嘟哝着"出师了,出师了"。丁晓颜被外公逗笑了。泡藕粉很容易,谈不上出师什么的。但老人话外有音。他希望外孙女尽快将烧饼店开起来。拥有一家属于自己的小店,现在不仅是丁晓颜的梦想,也是胡运开老人的念想。

接下来的一周,丁晓颜白天在医院照料外公,晚上住在舅舅家,与舅妈挤一床。舅妈极为健谈,躺在床上和外甥女唠叨个不停,说了不少体己话。

舅妈谈起厂里的事,有点权有点路子的都在忙着自己捞钱,普通职工的利益得不到保障,她已经被"放长假"半年多了,几乎没有收入:"你舅舅太老实!外面人讲起来好听,财税局上班的呢,可是吃不开。东西都给他买好了,他还送不进去!你说我嫁了这么个木头块,有什么盼头?"

谈得最多的还是家庭往事,说至伤心处、动情处,一把鼻涕一把眼泪的。舅妈说:"你年纪小,不晓得,不是我要跟你妈作对。以前你外婆在的时候,嫌我脾气坏,贪小便宜,喜欢跟你妈作对!讲句良心话,你妈这人倒不差,有一年还送给我一件呢子外套呢,她托人从上海买来,买大了,自己穿不了,又退不回去。我这人一是一二是二,该记着的都记着!她就是看自己高,嫌我没文化。我嫁给你舅舅这么多年了,又不图他当官发财,儿子也生了两个,你妈当面从来没叫过我一声嫂嫂!我气不气?"

丁晓颜拙于表达,对言辞不敏感,不计较,待人无恶意,很容易让人对她产生某种信任感。有一天深夜,聊着聊着,舅妈忽然觉得这辈子从未倾诉得如此痛快过,一把搂住丁晓颜,感慨地说:

"我要有你这样一个女儿就好咯!"

由于外孙女的陪伴和照顾,病情沉重的胡运开精神状态大为好转。祖孙俩在病房里,对于未来的小店讨论得极为细致,具体投入多少,选取哪个地段,开发几种产品,等等。仅仅是谈论该话题,便足以让病重的老人双目放光,偶尔甚至显出神采奕奕的模样。对一家新店的憧憬,重新激发出了老人的想象力,尤其在开发新产品方面,他还有多个设想需要验证。

比如,徽州有一种香椿饼,他念兹在兹。这种饼也属于烤饼类,大致做法是,将香椿捣成碎末,用猪油加以调拌,做成馅。饼很薄,烤制出来后别有风味,口感极佳。做法比烧饼简单,用家用炒锅即可完成烤制。但在扬兮镇,香椿很少见,拿它作馅有困难。因而胡运开考虑采用别的食材作替代,又要尽量兼顾香椿饼原有的风味。这无疑是一道难题,不容易解决。

诸如此类的琐碎小事,陪伴着他人生最后的时光。

虽有外孙女在身边尽心服侍,老人的病情却日渐恶化,治疗所起的作用已微乎其微。胡运开自知余日无多,催促丁晓颜尽快返回扬兮镇,早日把小店开起来。丁晓颜不忍离开,但老人心意已定,态度坚决。让外孙女抓紧回去开店是一方面。另一方面,出于某种深层的羞耻感(老人认为死亡是不洁且令人难堪的),他不希望弥留之际,外孙女留在他身边。

丁晓颜不得不听从外公的安排。返回扬兮镇的前一天下午,她陪着老人去户外散步。住院部后面有片围墙圈起来的空地,面积不大,种植着几株桃树、梨树,还有零星的花草。这时节,草木已焕发出勃勃生机。

前些日子阴雨绵绵,小雨时断时续地下了近半个月。今天总算放晴了,气温仍然偏低。老人穿得很厚实。他已好多天没到户外活动了,虽然身体虚弱,但兴致颇高。他步履迟缓,不肯让外孙女搀扶,一面走一面抱怨护士管束得紧,不让他出来走动。他是要向外孙女表明,他的身体状况并不像大夫说的那么糟糕。这显然是自欺欺人。他越是逞强,丁晓颜的心情就越是低落。

祖孙俩走到一棵梨树下。老人已有点气喘。树下有一条木椅，椅面上残留着被风雨吹落的花瓣，有粉红色的桃花，白色的梨花。丁晓颜拂去残花，用纸巾将椅面拭净，扶老人落座。阳光穿过满树梨花斑斑点点地照射下来。

胡运开望着这棵梨树，若有所思地说道：

"长得像村里那棵呢。"

他说的"村里"，指的是徽州老家的村子。丁晓颜并未去过，平时也很少听外公具体谈起。她只在照片上见识过徽州那一带的地貌风物，与扬兮镇颇为相像，但房屋建筑样式迥然不同。尤其是村里的民居，极有特色，一栋栋房屋高大、凌峭，白墙青瓦，即使在黑白照片上看起来，也非常的漂亮别致。可惜的是，胡运开在老家村子里已经没有房子了，用他的话说是"断了根"。老伴健在时，他曾回去过几趟，走动得不勤。那边还有些本族及远房亲戚。老伴离世之后，他年岁也高了，就不再去了，亲朋故旧间越发疏淡了。

"外公，村里有几户人家？"

"不到五十户，小村子。"胡运开说，"人不多，倒是种了好多树。桃树、梨树、栗子树、柚子树，一开春啊都是花。山上还有好多洋桃树，到下半年，小鬼们都上山摘洋桃……"

话匣子一打开，老人的思绪便情不自禁地回到了人生最初的那些年。那段孤苦无依的早年岁月，是他平生不愿多提起的，如一个难以痊愈的伤疤，一直痛苦地纠缠着他。他为此躲避了大半生。但此时，他想和外孙女谈论的，不再是贫穷与衰败，不再是过早离世的父母兄弟，不再是农民和居民，而是村子里的老房子，老巷子，清晨的鸡鸣，青石板上的露水，溪边的捣衣声，春天的油菜花、杜鹃花，用松针覆盖着逐日变软的洋桃，过世的族中长辈，年逾古稀的童年玩伴……

"那么多亲眷，你去了糖水蛋都吃不过来呢。"老人向外孙女夸耀道。

3

五月初，过完劳动节后，丁晓颜的小店整修得差不多了。之前她已辞去面店的工作。

以木结构为主的老房子，内部很难再做大整修，也无此必要。这栋房子比较宽敞，原先是馄饨店，厨房与大堂之间仅挡着一根木柱子。丁晓颜在面店时，习惯在近乎密闭的空间里工作。在这个房子里显然是办不到的，于是请人沿着柱子搭修起一个柜台。虽谈不上密闭，但也将就把厨房与大堂隔离开来了。

大堂里放置了两张长方形原木小餐桌，四条原木小长凳（餐桌、长凳是请附近农村木匠打制的），样式厚实、笨拙，土得掉渣，却别有风味。店里除了主打食品烧饼，还提供豆浆、酸梅汤、甜酒酿等饮品（均由附近的店家供货），可供少量顾客堂食。

屋内做了彻底的清洁工作，墙壁也重新粉刷了一遍。其他基本保持原样。

丁晓颜力图用最快的速度将小店开起来，只是为了和外公胡运开的病情抢时间。老人的病情恶化得非常迅猛，到四月下旬，已无法进食了。

小店大致收拾妥当后，丁晓颜请照相馆的赵国良师傅来拍了一组照片，然后带着照片匆匆赶往县城。她希望弥留之际的外公能看见小店的模样。此时的胡运开说话已很费劲，但头脑仍清醒。丁晓颜伏在病床边，拿着照片一张张指给他看。

老人瘦得皮包骨的脸上带着笑意，眼睛盯着照片，流露出欣慰的神情。不过，小店还有一处未完工，就是店名。丁晓颜在纸上写下"运开烧饼店"的字样，给外公过目。该店名并非丁晓颜想出来的，而是公私合营之前，胡运开的老店名。依照丁晓颜的想法，用这个店名最为合适，却遭到老人的否决。他要丁晓颜取一个新店名，不要沿用旧的。

五月下旬，胡运开去世。在意识还清醒时，他再次催促外孙女回去。丁晓颜这次不再听从，坚持留下来照顾临终的老人。

之前，她征得舅舅的同意，将外公病重的消息告知了母亲胡美兰。胡美兰挑个周末，没告诉丁晓颜，独自一人来县城探视老人，次日一早就返回扬兮镇了。那些天，丁晓颜正为小店的内部整修忙得不可开交，没空回家，对母亲这趟短暂的行程竟毫不知情。后来才从舅舅胡旭阳口中得知，母亲来看过外公，还和舅妈起了小小的争执。起因是老人资助给丁晓颜开店的那笔钱。老人病重住院期间，考虑再三，决定把这事跟儿子做个交代。虽然那笔钱数额不大，但为避免自己死后，家庭里出现一些不必要的纠纷，给正要开店创业的外孙女造成困扰，还是跟儿子胡旭阳说清楚为好。胡旭阳夫妇对此并无异议，只是胡旭阳的妻子见到胡美兰时，管不住嘴，忍不住就此事多说了一两句。姑嫂本就不和，一方言辞稍有唐突，便容易引发另一方的过激反应。

丁晓颜无法理解长辈们之间的这些沟沟壑壑。在她看来，他们似乎不把外公的死当回事，甚至外公本人，也没把自己的死当回事。

胡运开的后事操办得很简单。在县城殡仪馆举行了一场遗体告别仪式，参加仪式的仅有儿子胡旭阳一家及外孙女丁晓颜,另有几位与胡旭阳关系较近的单位同事,没有通知老人以前的同事及徽州老家的亲戚。老人去世当天,胡旭阳即通知了胡美兰,但她和丁远鹏没来。

遗体火化后,胡旭阳和丁晓颜将老人的骨灰送回扬兮镇安葬。

当年,扬兮镇尚未设立公墓,逝者都安葬于周边的山上。胡运开的坟墓多年前就已修好,只需将骨灰盒安放进去即可。由于已在县城办过告别仪式,胡旭阳便决定在扬兮镇的葬礼一切从简,除几位直系亲属外,其他人概不通知。老人入土那天,胡美兰、丁远鹏夫妇都来了。此前,胡美兰给大女儿丁晓虹打了电话,告知外公去世的消息,但让她不必赶回来。胡运开除了一子一女,在本地并无亲戚,葬礼因而显得有些冷清。

姜公巷的老房子,胡运开住院期间也跟儿子儿媳做了交代。老人提出一个折中方案,产权自然由儿子胡旭阳继承,但必须先让外孙女丁晓颜住着,待她将来结婚成家后再搬走。胡旭阳在医院目睹了老父亲与外孙女丁晓颜之间情感的深笃,相处的融洽、默契,很难不为之动容。当老人提出这个颇为奇怪的方案时,胡旭阳当即应承了。令他深感意外的是,妻子对这一安排居然也爽快地同意了,只是提醒丈夫,到时抓紧把过户手续先办了。

葬礼完成后，胡旭阳急着回去，没留下来给老人做头七。照当地风俗，头七应由儿子负责做。胡旭阳对此不以为意。

头七这天清晨，丁晓颜去市场买了一条鲈鱼（清蒸鲈鱼是外公最爱吃的主菜），几样时鲜水果和蔬菜（老人早先开垦的两畦菜地已经荒芜），打算烧一顿简单而可口的饭菜，给外公做头七。这顿饭菜俗称"回魂供"，是给今天回家的亡魂准备的。

丁晓颜对这些传统祭祀风俗所知不多。当年奶奶去世后，家里是给她老人家做过头七的。她在记忆里搜寻以前父母给奶奶做头七的场景和细节，但想不起有什么特别之处。当时母亲下厨，烧了几道奶奶平时爱吃的菜，放在餐桌上（配置一副奶奶常用的碗筷，碗里盛满米饭），案桌上竖着逝者遗像，遗像前有三个小托盘，分别盛放着老人生前爱吃的糕点、水果。旁边的一个小香炉里燃着三炷香。她还记得，母亲曾特意吩咐过她，夜里早点睡觉，不要让回家来的奶奶看见，以免见到家人后舍不得走，拖累她转世为人。

于是，丁晓颜打算依样画葫芦，照着母亲那年给奶奶做头七的样式来。

上午，丁晓颜在家打扫卫生，整理外公的遗物。老人的被褥、被套，早在他去县城看病住院期间就已洗好，此时铺叠在床上，原封不动。老人的衣服不多，也已洗得干干净净，整整齐齐地叠放在衣柜里。胡运开一辈子沉迷于做烧饼、做菜，除了烟瘾大，没有其他嗜好，日常生活过得节俭单调。虽不能说家徒四壁，但余物着实不多。在他的房间里，有一台过时的14吋西湖牌黑白电视机，一台便携式收音机，外壳的漆皮都已剥落了。丁晓颜给两件电器盖上布，仍摆放在原先的位置。电视机旁边，竖放着一张胡运开的大幅遗像。丁晓颜整理东西时，总感觉外公还在看着她。

午后，来了几位面店同事。胡运开去世的消息已在镇上传开。老人生前人缘颇佳，但由于儿子胡旭阳过于低调地办理老人的丧事，加之大家都知道胡运开和女儿胡美兰不和，人们即使想来悼念他，也不得其门而入，只能摇头叹息，感慨一番。

唯有面店里那几位胡运开的老同事，因与丁晓颜也共过事，大家相熟，故而前来登门凭吊，以尽人事。来者中，还有年轻的烧饼师傅郑宏兴。同事们凑份子送来一个白包，被丁晓颜婉谢了。丧礼已结束，不宜补收白包。众人见丁晓颜态度坚决，只好作罢；问清楚老人安葬之处的具体地址（还要去坟前敬献花圈），聊聊老人生前的病情，宽慰丁晓颜几句后，便告辞了。

下午来了一位隔壁巷子的老头，是胡运开生前的棋友，用塑料袋装着一副象棋，红子黑子混在一起，如一袋饼干似的，说是老胡留在他那里的，特意拿过来还。棋子他一一清点过，将相士车马炮加卒子，一颗不少。今天是头七，老胡晚上回家查房，发现棋子不在了，找到他家里去，缠着他下棋可怎么办？说着，还从兜里掏出一盒"大重九"牌香烟，让丁晓颜"转交"给她外公，说这盒香烟是下棋时他输给老胡的（也不知真假），赌债可欠不得哟，说完就走了。

丁晓颜和这老头不大熟，却被他说得笑出声来，忽然感觉死亡并非是天人永隔，好像没那么冰冷残酷了。

傍晚，丁晓颜几乎是怀着一种款待远方来客的心情，在厨房外的水池边剖鱼洗菜，准备给外公好好做一顿晚饭。这些日子她忙着租房开店，跑县城照顾外公，日子过得是乱糟糟一团。直到此刻，生活才恢复正常。

做完晚饭，夕阳已落山。她在外间餐桌上摆好碗碟，共四菜一汤：清蒸鲈鱼、油爆辣椒、春笋炖风干肉、蒜蓉青菜，再加一道西红柿蛋花汤，都是外公平日里爱吃的家常菜。家中还剩有老人自酿的小半坛米酒，她斟出一小杯。老人酒量浅，晚饭时习惯喝一小杯米酒。

之后，她回自己房间，拉上窗帘，打开音箱，将音量调小，和衣而卧，躺在床上听歌。暮色渐浓，渗入屋子里。她想起最后陪伴奶奶的那些日子，仿佛有过不完的黑夜，听不完的歌声。要是他在就好了！她心想。

胡运开得病住院的消息，她及时告知了张咏。张咏过完春节返校后，两人经常通电话。胡运开过世时，张咏想请假回来一趟，被她劝住了。她渴望他在身边，不过考虑到这是家事，且做主操办的是舅舅胡旭阳，张咏贸然赶来为老人送别，多有不便。但她非常想他，想得几乎要窒息。

她把脸埋在枕头里，呜呜哭了出来。

七点半左右，屋外响起轻轻的敲门声。天色已黑，丁晓颜迷迷糊糊快睡着了。敲门声惊醒了她。她下床打开灯，关掉单放机，撩起窗帘一角往外看。

苏冬丽站在路灯的余光里，端着一只小钢精锅，手中提着一个布袋。这些年，胡运开与江文泉可说是毗邻而居，两家仅隔一条巷子，但无来往。丁晓颜是医院子弟，熟悉江文泉、张瑛夫妇，对从郁川镇调来的苏冬丽则比较陌生，偶尔路遇，彼此微笑致意一下，未曾交谈过。苏冬丽突然登门造访，让她略感惊讶。

丁晓颜打开门。苏冬丽见她脸带泪痕，瞌睡懵懂的样子，顿感既心疼又冒昧，主动问道：

"晓颜，睡了？"

"没呢。苏阿姨，进来坐。"

虽然不是很熟悉，但苏冬丽是张咏的长辈，陌生感便去掉了一大半。

苏冬丽下午接到张咏的电话，拜托她这两天得空过来看看丁晓颜。一来双方住得近，二来张咏信得过她。今天是胡运开老人的头七，苏冬丽下班后去香烛店买了些纸钱，回家又特意做了饺子，所以来得有点晚了。

丁晓颜的眼泪滚落下来，心里升起一股暖意。这些天紧绷着的弦，突然松开了，终于感觉到饿了。饺子量足，盛出一碟作为祭品，剩下的就给丁晓颜当晚饭。

"真好吃。"丁晓颜说，先前低落的情绪消失了，"苏阿姨，听阿咏讲，你的菜烧得特别好。"

苏冬丽笑了："他老夸你的菜烧得好呢。"

"这人坏，两头夸。"

吃完饺子，两人去门口烧纸钱，做一个简单的祭奠仪式。纸钱放在一只旧脸盆里烧。她们搬条小板凳坐在旁边。丁晓颜一面将纸钱撒入脸盆里的小火堆，一面说：

"我不懂这些的，忘了买。"

说罢，朝着苏冬丽赧然而笑，既是向逝去的长者致歉，也是向苏冬丽致谢。苏冬丽望着丁晓颜在火光映照下，显得沉静专注又生动俏丽的脸庞，心想：难怪阿咏会喜欢这女孩！

火苗映红了她们的脸，也映红了满墙的爬山虎。空气里飘散着烟火味。暮春初夏时节，幽暗的巷子里已响起虫鸣声。苏冬丽即便心如止水，也觉得这样活着很好。

4

很快就到了三七。这些天，丁晓颜开始抓紧置办小店里的家什用具：烤炉、揉面板、锅碗瓢盆等等。由于外公过世不久，且店里五月初整修过，需要一段时间通风散味，至少要等到外公满七之后，方能正式开门营业。

到那时，张咏也放暑假回来了。她想着开业那天，他可以吃到她亲手烤出的第一炉烧饼。

外公去世后，丁晓颜只在葬礼那天，陪舅舅到仙居巷父母家吃了顿饭，其余时间都在忙自己的事。胡美兰对女儿有气，责怪女儿不该背着她收下老人给的那笔钱，害她在胡旭阳夫妇面前听闲话。但老父亲尚未满七，她忍着不发作，也不具体过问女儿开店一事，随她在外折腾。头七过后，丁远鹏来了一趟姜公巷。两口子担心小女儿一个人住着不安全。丁远鹏简单问了问小店的进展情况，然后叮嘱女儿道：

"你妈讲了，要你搬回家住！这房子现在是你舅舅的，住着不像样。"

丁晓颜倒没觉得不像样。既然舅舅诚恳地答应让她住着，那就不必多想。她把外公的房间锁起来，里边的东西不增不减，保持原样，隔几天进去打扫一次。除了少个外公，其他一切照旧。

她目前主要心思都放在即将开业的小店里。她发现，忙于有乐趣的工作，是抵御孤单及人事变迁的好方法。即便如她这般身处热恋之中，该方法也非常奏效。从这一点来看，丁晓颜是个幸运之人，凭借笨拙的天性，不到二十岁就窥探到了生活中的一门真学问。许多聪明人在自哀自怜和人情世故的泥淖里混迹半生，方得以撩起这门学问的面纱，悔之无及。

话虽这么说，一天之中，仍有某些时刻难以阻挡孤寂感的侵袭。比如吃晚饭，以前不是和一大家人一块儿吃，就是和外公一块儿吃。现在得一个人吃了。住到外公家以后，她已养成认真烧菜做饭的习惯，每顿都不马虎，既是对外公的孝顺，也为锻炼厨艺。该习惯遇到单独吃饭，麻烦就来了。在厨房花一个多小时，吃起来却用不了十几二十分钟，简直味同嚼蜡。而且，孤零零地坐在餐桌边，看着精心烹调出的菜肴，很难不细致入微地想起曾经一起围桌而坐的人。

于是，她很快就放弃了这一习惯，开始草草应付一日三餐。直到三七这天中午，她才下厨用心做了几道菜，以作供品之用。照习俗，三七应由女儿负责做，需要到逝者坟前焚香上供。丁晓颜猜想母亲大概和舅舅一样，不会特意为外公做这些事。

下午四点多，丁晓颜收拾好上坟的一应用品。她把菜蔬盛在三个小碟子里，和果点一起放入一个木制食盒。漆成深褐色的木制食盒已经很旧了，是胡运开留下的老物件之一，拎在手中相当方便。多亏了苏冬丽的细心指点，这回丁晓颜没有忘记准备纸钱、燃香等祭奠物。

这类注重仪式的繁琐之举，让丁晓颜显得颇为老旧。她这一代人，普遍轻忽某些传统习俗，既不了解也不关心。丁晓颜自然不例外。她学着这么做，不过是最近外公胡运开去世之后才开始的。很难说是出于迷信，或出于对古老传统的尊重。

实际原因是，丁晓颜察觉到，她身边的人正在远离。奶奶、外公、父母、姐姐、亲朋故旧，甚至恋人，都在朝着各自不同的方向，以不同的方式，渐行渐远。唯有她还待在原地。她渴望拉近与他们的距离，就如她和张咏牵手并肩而行时，总是悄悄地变换手势，与其十指相扣一样。

胡运开安葬在姜公巷往北约两公里处的一座荒山里。此山距离小镇偏远，岩石多，形势陡峭，不算是修坟的好场所。埋骨于此的，多为客死扬兮镇的外乡人。胡运开的墓坐落于半山腰一处相对开阔平坦的斜坡上。从山脚往上，有一条羊肠小道蜿蜒而至。这是他早些年为自己和老伴选定的墓址。

山间杂树丛生,岩石嶙峋,景致奇峭,夏天仍很凉爽。沿途山岩间,流淌着多处山泉,水质甘洌。泉水滴落处,形成小小的洼池。镇上的居民们常提着十升装的塑料大壶,不辞山长水远,来这里取水。水质比镇上的井水还好。丁晓颜也曾来过,取水给外公酿米酒用。

丁晓颜拎着食盒,双肩挎着上班常用的那个牛仔布背包,包里装着纸钱、燃香,沿着山道缓步上行。太阳已经西斜,离落山还有一会儿。六月份了,天气燥热。山林间空气湿润,微风习习。她一路走来,额上沁出了汗珠,被山风一吹,遍体清凉,心情也随之轻快起来。她来到一处山泉边,放下食盒,弯腰掬一捧泉水泼在脸上,然后起身远眺。

整个扬兮镇映入她的视野,由远及近,扬兮河,石板桥,仙居巷,狮石巷,姜公巷……她的目光忍不住跳跃着,往最东边搜寻过去。

一辆远道而来的大巴车状若甲虫,正缓缓驶入车站。再过十多天,张咏就该回来了。她想象着他坐在刚进站的大巴车里的情景,不自禁地又抿起嘴唇笑了。

继续往上走,绕过道旁矗立着的一块大岩石,即可望见一片地势下沉的空旷斜坡。如梯田般,一层层从下往上,不规则地散落着多座坟冢，树木荒草间杂其中。胡运开夫妇的墓修得很简单，旁边有两棵低矮的松树，疏疏朗朗地遮蔽着。

墓旁，胡美兰正在躬身拔草。丁晓颜惊讶地停下脚步，不出声地站在一块岩石旁，凝神看着母亲。墓碑前方已摆放着菜肴、米饭、果品，香烟袅袅。草地上放着一深红色的木制食盒，大小模样与丁晓颜手中的类似，盖子掀开斜搁在一边。丁晓颜认得这个食盒，以前奶奶常用的，也是老物件了。

胡美兰拔掉几丛杂草后，蹲下身，开始烧纸钱。第一根火柴划着后被风吹灭了，第二根才将纸钱点着。夕阳透过松枝，丝丝缕缕地渗漏进来。墓前空地上，火苗噬噬地蹿着。胡美兰蹲在树荫里，将手中的纸钱专注而有节奏地添入小火堆，未察觉到身后不远处站着的女儿。树荫下，纸钱燃起的火光，将她的脸照得透亮，眼角的皱纹清晰可见。

山间阒寂，只有陆续归巢的鸟的鸣声，逐渐变得喧闹起来。胡美兰低着头，一动不动地蹲在那里，凝视着慢慢熄灭的火苗。她消瘦的肩背轻微耸动着，像是在极力压抑着哭。一阵山风吹过，灰烬在地上翻滚。她头上的几缕白发随风拂动。

丁晓颜忽然发现，母亲老得简直就像当年的奶奶。

她转身悄悄地下了山。

第二天傍晚，丁晓颜去菜市场买了一条鲈鱼和几样时鲜蔬菜，到仙居巷看望父母。

她走到家门口，见卧室和厨房门都锁着。诊所里隐隐传出越剧声，知道父亲在里边，母亲还没下班。于是径自打开厨房门，动手做起晚饭来。

片刻后，丁远鹏从诊所出来，看见对面厨房门开着，小女儿正在里边忙活。这是他熟悉的场景，有好一阵子没见着了。他刻板的嘴角边不觉露出笑容。年过五十后，丁远鹏的心态平和了许多，对于以前瞧不上眼的小女儿，似乎渐渐也有了一丝亲情上的依赖。

他背着手走进厨房。丁晓颜叫了声"爸"，继续切姜丝，准备做清蒸鲈鱼。丁远鹏还是老样子，耷拉着脸，不出声地东瞧西看。

"还知道回家？"

撂下这句话后，他便走出去了。

晚饭时，一家三口围坐在餐桌边，吃得冷冷清清。胡美兰看起来很疲倦，神思恍惚，面容憔悴。女儿的菜烧得颇为可口，胡美兰却没胃口，见女儿没事人一样不言不语，她终于按捺不住，搁下碗筷问道：

"你外公给了你多少钱？"

凭女儿这几年在面店做临时工的收入，怎有能力租房开店？那笔钱的来路，胡美兰心里其实是有数的，只不过她一向反对女儿学做烧饼，更不用提开店卖烧饼了，且当时老父亲还健在，因而懒得过问，睁一眼闭一眼，随女儿自己去折腾。现在情况有变，老父亲走了，嫂子居然当她面提起这笔钱，无非是想讨个好卖个乖，可胡美兰的脸往哪儿搁？

丁晓颜不作声。女儿的固执及自作主张激怒了胡美兰。她提高嗓门说道："你不了解情况，这个钱要不得！我们家缺这点钱吗？开店需要多少我给你。那笔钱赶紧还给你舅舅！"

"人都没报具体数目，也是一番好意，又不是跟你要钱，讲什么还不还的？多难听。"丁远鹏冷静地分析道，试图给妻子降降火，帮女儿解解围。

"你又不是没见过她那副嘴脸！"

"好好好……"丁远鹏讪笑着起身看电视去了。《新闻联播》快开始了。

丁晓颜起初也认为这笔钱不能要。随着小店离正式开业越来越近，她常回想起外公递给她那张存折时，以及后来在病榻上盯着看小店照片时的欣慰表情。对于母亲耿耿于怀的这笔钱，现在她有了不同的看法和想法，并且越来越确定。

"真还了，外公要伤心的。"丁晓颜说道，声调柔和，语气却果断决然。

胡美兰满脸疑惑,听不懂丁晓颜到底在说些什么。她无可奈何又带着几分厌恶地瞪着女儿,搞不清楚这孩子是蠢呢,贪呢,还是存心想气她。

饭后,丁晓颜去厨房洗碗。胡美兰跟进来,问起胡运开治疗期间的具体情况。

胡运开得的是肺癌,后期治疗非常痛苦,旁人看着都是折磨。丁晓颜略过这些不谈,只说外公最后的日子里,她陪着老人去医院的小花园散步,坐在木椅上聊天,观花看树,谈论徽州老家的旧事,诸如此类,等等等等。

倒不是丁晓颜刻意隐瞒,大体而言,她说的都是事实,但不尽然。她只是乐意记住这些,其中尤为印象深刻的,是外公胡运开对待死亡的态度,仿佛死是理所当然的事情,不值得悲悲切切,大惊小怪。当初丁老太太也是如此。这跟丁晓颜的认知有很大差异,给她造成了困惑,却也给她带来某种安慰:死亡或许真的只是一趟远游,一次长别离而已。

因此,在给母亲讲述外公最后那些日子时,她的声音是平和明快的。胡美兰安静地听着,没多说什么,心下却想:果真是个硬心肠的孩子!不觉又红了眼圈,自哀自怜起来。

将近八点钟时,丁晓颜要回姜公巷。胡美兰仍不忘提醒固执的女儿,尽快从姜公巷搬出来:

"你舅舅老实,你那舅妈可不是个好商量的人!"

母亲胡美兰愿意主动和她细聊外公的事,让丁晓颜卸下了心理负担,仿佛这是外公临终前托付给她的任务似的。外公过世尚未满七,但丁晓颜觉得从今晚起,他老人家可以无牵无挂地去远行了。

她怀着轻松的心情离开仙居巷,绕道去无名巷自家店铺门前看一眼。她没进去,而是以一个顾客的视角,在门外转了一圈。想着这家小店今后是自己的工作场所,她的内心充满了憧憬。

夏天的夜晚,无名巷很热闹,空气里飘散着各种小吃的香味。再过些天,诸多香味中就有她增添的一份了。从巷子东头走到西头,每家还在营业的店铺前,她都驻足片刻。巷子里灯火茂盛,巷子上空星汉灿烂。人们总爱说扬夛镇是个小地方,可她觉得很大,大得像地理课本上教过的银河系,她置身其间的这条充满烟火味的无名巷,就是那条璀璨的银河,辽阔无垠。

深夜入睡时,她梦见被张咏紧紧地搂抱着,醒来后脸颊是烫的。

5

张咏放暑假回来已是七月初，差不多是一年中最热的时候。说起扬兮镇的夏天，真是一言难尽。一方好山好水，遍地好风景，却是又潮湿又闷热。"六月里"（夏天的当地叫法）十分难熬。

千百年来，扬兮镇人为对付六月里的酷暑，想出种种克敌制胜的妙法。与传统手艺一样，据说有很多妙法已在岁月的长河里失传了。到20世纪90年代初，冰箱、空调等现代电器逐渐进入居民家庭（冰箱比较普及，空调当时在扬兮镇还很少见），祖传消暑法更是遭遇空前的沉重打击，仅留存下鸡零狗碎偷工减料的几招，难登大雅之堂。

比如，饮食方面，人们通常会把西瓜、啤酒或其他瓶装饮料浸泡在井水里。屋子里的降温之法，采用的也是井水。天刚蒙蒙亮，就去井边提一大桶水来。此时的井水最为清爽，很是养人。先将井水泼洒在地板上（平房地板多为水泥地，不怕水），剩下的用来洗漱（体魄强健之人可用井水冲凉），于是攒足了一天的抗暑能量。夜里睡觉时，在电扇前放一盆刚取来的井水，据说可过滤出带水汽的清凉之风。其方法大多类此，科学与否难以确定。但在美学上，与我们想象中懂生活讲情趣的古人比起来，可说是相当粗陋了。

丁晓颜的抗暑方式有别于以上种种。她侧重在自制消暑食品，如甜酒酿、酸梅汤、绿豆汤等等。这与她的成长经历有关。她先后跟随、服侍过家中两位老人。奶奶丁老太太，外公胡运开，都擅长烹调，对此有着很大的热情。丁晓颜得其熏陶，对制作食品也很着迷。她本人不贪嘴，受母亲胡美兰的影响和规束，从小未养成好吃零食的习惯，饮食方面颇为节制。这一优点保证了她做出来的食品，更注重他人的感受与口味。

张咏回扬兮镇的前两天，丁晓颜做了一坛甜酒酿。她选用上好的糯米，淘米、蒸米用的是山泉水。发酵为酒酿后，再将整个坛子浸泡入刚打来的井水中"冷藏"。家中有冰箱，但这坛特意为张咏准备的酒酿，必须采用更原始更高级的冷藏法。完成这套程序，需要准确地算好时间。做得稍早存放不住，天气热，酒酿容易变酸；做得稍晚，张咏到了不能立即吃上，或口感达不到最佳，有遗憾。

这种一根筋似的用心程度，是丁晓颜的个性特征。不仅为所爱之人，也为所爱之事。甚至在情爱方面，也是如此。

这对小情侣自春节后分别，已将近半年。其间，他们时常通电话，不再写信。在那个年代，对于相隔两地的情人来说，电话远不如书信来得舒缓自在。打个长途电话很不方便，且费用贵。两人都是嘴笨之人，通话内容乏善可陈。唯一的好处是可以听见对方的声音。这大概是张咏放弃写信选择电话的原因。他喜欢听她的声音，哪怕是简单的"嗯嗯"声，也足以撩动他的情思。

但电话里的声音虽动听，终究不及见面时的肌肤相亲。

午后，骄阳似火。阳光直射在巷子里及卧室外墙上。满墙的爬山虎被晒得蔫头耷脑。丁晓颜的房间里，地板刚冲过水，陈旧光洁的水泥地面湿漉漉的，锃光发亮。立式电扇调至中挡，扇头左右摇动着，扇出温热的风。窗帘布紧拉着，光线幽暗。

丁晓颜侧躺在床上，俏脸含春，眼波流转，嘟起嘴对着张咏的耳朵轻轻吹气。她的额上，鼻尖上，渗着细密的汗珠。

这是他们第二次做爱。回想起笨手笨脚的初次，感觉十分遥远了。在整整一学期里，要说张咏没想过这事，肯定是假的，但也的确想得不多。究其原因，初次的体验混杂了太多身体之外的感受，情欲留下的印象反而不那么深刻，对两人都是如此。

这一次则完全不同。丁晓颜简直像换了个人，大胆，细腻，其娇媚恣纵之态，甚至令张咏产生了一丝畏缩情绪，心里不禁又起了疑惑，觉得这女孩真是个谜，让人琢磨不透。

对于丁晓颜来说，爱一个人，情之所至，理应如此。用她的话说，"就是这样的啊"，如此快乐单纯的事，用得着过脑子吗？

张咏显然是个用脑过度之人，总是疑虑重重，因而所遇之谜自然比较多一些。这些疑虑给他带来很大的压力。有时为挣脱负担，会走向另一极端，过于简单粗暴地处理事情。

例如，最近在对待母亲张瑛的态度上，他表现得就有失公允。

去年腊月的米羹事件后，张瑛心下懊悔不已，自责过于冲动，给儿子造成了伤害。儿子毕竟已是大学生，要面子的嘛。但这份懊悔又掺杂着焦虑和愤懑，导致她很难为此认错。

暑假刚开始，张咏就回家了，未在外多耽搁一天。张瑛暗自松了口气，心想儿子还是惦记她和这个家的。几天之后，她发现情况不对了。

每天上午张咏都出门，也不说去哪儿。消失一整个白天，直到傍晚才回来做晚饭。张瑛的午饭是在小商品市场里吃的，晚饭则回家吃。张咏一如惯例，假期由他负责做饭。饭菜依然做得尽心尽力，全是母亲爱吃的菜品。母子间却几乎没有交流。家里的气氛冷冰冰的。

有一天张瑛回来晚了，儿子嘱咐道：

"以后记得准点收工，不按时吃饭对胃不好。"

张瑛高兴得一宿没睡踏实。这才是她熟悉的儿子，话不多，但体贴、周到，说起话来带着不容置疑的语气，打小就这样。

狮石巷里有一口百年老井，水质清洌。清晨，张咏拎着一只老旧的大木桶去井边打水，提回家来浸泡西瓜和饮料。扬兮镇老居民们普遍认为，井水一定要盛在木桶里，其水质和温度，方可保持最佳状态，铁皮桶、塑料桶的效果差强人意。从这一细节看，张咏是个地道的老扬兮镇人，遵循的是扬兮镇老居民的传统做法。张咏从一桶井水里舀出两脸盆，用来擦拭凉席。一床是母亲的，一床是自己的。该习惯已保持多年，年年夏天如此。

在家务事上，张咏与往常一样，该做的一件没落下，让张瑛颇感欣慰。不过她明显察觉到，儿子像被勾了魂似的，心根本不在家里。白天难得见到他的人影，有时晚饭后也跑出去，回家已是后半夜。这在以前是未曾有过的事。张瑛忍着不过问。但很快听到了传言，说张咏天天在姜公巷丁晓颜那里鬼混。这是张瑛无法容忍的。

一天深夜，待张咏回家后，张瑛决定问个水落石出。

"你和晓颜是真好上了？"

"妈，这事你不要管了。"张咏说，"你可别去找她。"

对话戛然而止。张瑛听到儿子的答复后沉默了。沉默的原因在于儿子的后半句话，语气温和，却透着股阴狠劲，带有强烈的威胁意味，连当妈的听了也觉得悚然。

张瑛万念俱灰，往事和泪水一齐涌上来。多年前，丈夫江文泉被狐狸精勾走了；眼下，唯一的儿子也被一只小狐狸精拐跑了。她辛劳半生，还剩下什么？当然，张瑛是不愿称丁晓颜为"狐狸精"的，更不会恶语相向。对这女孩，她向来有着网开一面的宽大胸怀。可是，丁晓颜纵有千般好，终究配不上自家儿子啊。

一时间，她想不出扬兮镇还有谁比她更命苦的了。她决定不再过问儿子的事。她发现自己老了，吵不动骂不动，没办法再操心了。长大成人的儿子，仅用一句话，就终结了她多年的统治。

这些日子，张咏早出晚归，一天中的大多数时间都和丁晓颜在一起。丁晓颜已从面店辞职，自家小店还未正式开业，正好处于一段空闲期。张咏通常是上午九点左右到姜公巷，骑着自行车，不招摇，也绝不躲闪。他厌倦了遮遮掩掩。在大城市读了一年书，对于扬兮镇的人与事，他变得更为自信了，态度上表现得更加咄咄逼人，甚至不惜怀着恶意去冒犯、冲撞。——我们很难断定张咏的这种自信是进步还是迷失，但眼下对于他的母亲张瑛而言，显然不是好事。

镇上的观察家们自然将这一切看在眼里。张咏与丁晓颜的恋爱传闻，人们猜测、议论了很久，到这个夏天终于落实了。

最初听到女儿与张咏的恋爱传闻时，丁远鹏、胡美兰夫妇颇不以为然。他们的判断和镇上多数人一样，认为二者差距太大，不过是无聊之人乱嚼舌根罢了。对他们而言，要承认这一点实在是痛苦。身为父母，却是最看轻丁晓颜的人，对其从不抱期待。如今发现传闻居然演变成了事实，可谓喜忧参半，其中忧又大于喜。

尤其是胡美兰，大女儿丁晓虹的个人感情问题让她产生了挫折感，小女儿丁晓颜却给她带来一份意外的期盼。不过，出于强烈的患得患失心理，她的忧虑反而加深了，生怕竹篮打水一场空。根据她的判断，仅张瑛这一关，女儿恐怕就很难闯过去。其引以为傲的大学生儿子，将来娶一个做烧饼的笨姑娘，张瑛有可能接受吗？考虑到张咏是个孝子，对母亲几乎是言听计从，少有忤逆，便觉此事前途堪虞了。

一天傍晚，丁晓颜照例回家来看望父母。晚饭后，胡美兰单独把女儿叫进卧室，向她确认此事。作为母亲，她还有一层忧虑，担心女儿年纪小，不谙世事，在男女之事上"吃亏"。当然，她对张咏总体而言是比较放心的。这孩子虽然在镇上多有非议，但胡美兰是看着他长大的，小时候闷声不响地在医院大院里蹿来蹿去,见面不爱跟人打招呼,经常泥鳅一样从身旁溜过去了,偶尔开口叫她一声,从不叫"胡老师",只叫"晓颜妈"——如今回想起来,倒颇有几分亲近感。现在念大学了,长得一表人才,听说还拿奖学金,应该知书达理了。但世事难料,大女儿的事给了她一个教训,胡美兰的心里仍旧是没把握。

询问的结果不出所料。丁晓颜脸红红地抿着嘴笑,不置一词。

胡美兰心情复杂地看着女儿,发现这孩子真的长大了,越来越漂亮可人,人也变得比以前开朗、灵光了。她的白发却一天天在增加,心上像压着块石头,一些事总是开解不了,不觉轻叹口气,红了眼眶。

6

这个夏天,丁晓颜不光忙着谈恋爱,同时也在做小店开业前最后的准备工作。店内装修早已完工,家什用具也陆续置办齐备了,但还有一件要紧事亟待解决:取一个什么样的店名呢?

这对小情侣为此琢磨了两天,想出一连串店名,写在纸上左看右看,一个个斟酌来斟酌去,都不甚满意。丁晓颜说:"外公以前那家店叫运开烧饼店。我想用他那个老店名,外公不答应,让我用新的。"

"你不早说……那干脆就叫晓颜烧饼店吧,我猜你外公可能是这意思。"

"嗯……"丁晓颜迟疑地看着张咏,"你不在意我的名字写在小店招牌上?"

张咏明白了,这个店名早就是她想要的,但出于某种顾虑,她避而不用。他心里生出愧疚之情,忽然为自己感到丢脸,也为丁晓颜的这份顾虑感到生气。为什么早没有想到这个店名呢?多么简单、美好!

"这名字最合适了!"

定下店名后,丁晓颜想请照相馆的赵国良师傅写招牌。

次日上午,丁晓颜买了一条好烟,两瓶好酒,一网兜时鲜水果,拉着张咏一起去照相馆拜访赵国良师傅。众所皆知,赵国良给人写字作画从不收钱,只象征性地收取一份薄礼。若感觉礼重了,他是决不肯收的。这方面赵国良极为讲究,和他的洁癖一样。人们私下推测,赵国良之所以这么做,一方面是为人大度,扬兮镇是小地方,大家乡里乡亲的,低头不见抬头见,他不想给求字画之人增添负担。另一方面或许更重要,是出于文化人的清高,不愿让人以为他是在卖字画。总之,想请赵国良师傅动笔,须拿捏好请托的分寸。

丁晓颜不懂这些。她对赵国良印象很好。念初中时曾得到过赵叔叔的照应，现又向他求字，自己已经工作挣钱，为此送上一份像样些的礼物理所应当，于是买了好烟好酒，花了笔可观的小钱。张咏看了却有点担心。他听过一些关于赵国良的古怪传闻，知道此人疏于人情，不好打交道。丁晓颜准备的这份礼稍显厚重，有可能碰软钉子，讨个无趣。张咏受母亲张瑛的影响，财务方面颇为敏感，了解金钱在人事交往中的轻重分寸。但令他感到惊讶的是，赵国良表现得极为谦和、爽朗，甚至流露出一丝受宠若惊的样子，不仅当即应承写招牌，还高高兴兴地收下了礼物，毫不客套推托。这与张咏听闻的那个孤僻、怪异的形象可谓大相径庭。

赵国良将两位年轻人请入客厅，为他们煮水泡茶，一一询问丁晓颜新开小店的准备情况，以及张咏的大学学业，毕业后的职业志向，等等。话题散漫，细致入微，并无隔阂、忌讳，倒像是时常走动来往的长辈。

其间有顾客登门取照片，赵国良离开片刻，回来后问丁晓颜：

"晓颜，小学毕业时拍的照片还留着吗？"

"留着呢。"

"底片也在？"

"嗯，都留着。"

"哪天你把底片拿来，再给你洗几张。时间放长了，底片要坏掉了。"赵国良微笑着说道，"本想把你这张照片放大，摆在展示窗里，你妈妈不同意。"

他难得这般开朗健谈，主动聊起多个话题。照相馆外墙上的玻璃展示窗里，上下摆放着两组放大的照片，黑白的、彩色的；风景照、人物照都有，布置得颇有艺术感，均为赵国良师傅多年来的得意之作。

丁晓颜不爱拍照（姐姐丁晓虹很爱拍照，集满了厚厚一相册），私人相册也没有。但那张两寸黑白单人照她特别喜欢，一直存放着，还曾拿给张咏看过。

听赵国良这么说，丁晓颜脸红了。她坐在椅子上低头喝茶，嘴角带着笑意，嘴唇轻触着紫砂茶盅边沿。头顶的吊扇缓慢地旋转着。她的一缕头发被微风吹起来，在额前轻轻晃动。

赵国良爱喝茶，茶几上摆放着的这套紫砂茶具有些年头了，古朴别致。墙上挂着两幅他的手书。宽大的办公桌面上，整整齐齐地搁放着文房四宝和几支画笔、颜料。房间小，设施简单、陈旧，但窗明几净，布置得颇为清雅。

丁晓颜想起七年前，去银峰中学报到入学的那天早晨，母亲带她来照相馆拍照的往事。那天暴雨倾盆，天色黑得像夜晚，豆大的雨点密集地击打在玻璃窗上，发出噼里啪啦的响声，震耳欲聋。当时母亲也是坐在这个位置喝茶。这间充作客厅的小房间保持着原样，没什么变化，仍然充溢着浓郁的茶香和笔墨清香，温煦如春。但相比七年前，赵国良显老了，双鬓斑白，眼角添了不少皱纹。

来之前，张咏听丁晓颜谈起赵国良，给他造成了一个错误印象，以为丁、赵两家交往密切。其实，丁远鹏和赵国良之间向来冷淡，偶尔街上遇见，点个头而已，谈不上有任何交情。两人都是性格偏内向，不喜交际之人。赵国良来扬兮镇照相馆工作后，胡美兰与他仍保持来往，但也谈不上密切，表现得更像是曾经关系良好的老同学。镇上一些老一辈人大致还有点印象，记得胡美兰、赵国良年少时有过一段早恋故事，曾闹得两家兴师动众，鸡飞狗跳。如今时过境迁，胡美兰已嫁作他人妇，有两个漂亮女儿，家庭和睦，生活殷实，在镇子里颇受尊重。那些陈年旧事所留下的痕迹，犹如年少时的激情，在人们短暂的记忆里早已被消磨殆尽了。

丁晓颜虽然打小就叫"赵叔叔"（不像镇上其他孩子，一概呼"赵师傅"），但与赵国良接触很少。后来在银峰中学念书，赵国良在入学一事上帮了忙，还去学校看过她，给她留下了亲切的印象。不过，丁晓颜仍将其看作父母辈的人情交往，并不认为与自己有特别的关系。

此时,坐在赵国良的小客厅里,丁晓颜却感到舒适自在,一点也不拘束。她啜饮着茶,嗅闻着室内沁人心脾的茶香、墨香,不时地瞥一眼坐在身旁的张咏。张咏不像她这般放松,起初有点局促不安,看似急着离开,是赵国良的温和、热情留住了他。两人慢慢地开始谈笑风生。

赵国良年轻时外出当兵,见过世面,退伍后又游历过不少地方。他取出几大本相册给两位年轻人欣赏,并选择一些照片进行介绍、讲解。有青岛、上海、南京、杭州等等,以及其他张咏、丁晓颜未曾听闻过的小地方(多为战友的家乡)。

张咏看着这些老照片(褪色泛黄的黑白照居多),听着赵国良对每一地风土人情的点评趣谈,不觉肃然起敬,心驰神往。想不到这位蛰居于扬兮镇的瘸腿的照相馆师傅,脚下的道路,眼中的世界,曾经如此精彩辽阔。

欣赏照片时,丁晓颜默然坐在一边。赵国良与张咏热烈谈论的那些远方之地,对她并无太多的吸引力。她的嘴唇离开茶盅,抬起头来,侧身凝神望向张咏。扬兮镇和张咏,就是她的全部,已足够广袤,足够遥远。

请赵国良题写招牌一事落实得如此顺利,出乎张咏的预料。但这趟照相馆之行更令他吃惊的是,他与之交谈的赵国良,与传闻中的照相师傅赵国良完全判若两人,给他留下了极其特别的印象。他想不明白，这样的一个人，怎么能够安之若素地自困于扬兮镇一家陈旧落伍的照相馆里？

日复一日地给无趣之人（在张咏看来，扬兮镇人总体上是极其无趣的）拍照，写字（多为吉言吉语，类似楹联），作画（类似年画，因其主题、手法过于流俗，张咏对其评价不高），一日三餐在镇供销社食堂排队打饭，常年走在一条十五分钟即可往返一趟的街道上，黄昏时独自去石板桥一带散步，看山看水，看石头和田野，这些千百年来未曾改变过的事物……最可怕的是，镇子里每一个人的爱恨情仇、生老病死，似乎都在你眼皮底下发生，都在你触手可及之处。而你也袒露在他人眼皮底下，无从遮蔽。人们入睡前嚼着舌根子，装作兴奋而关切的模样，议论着张家长李家短，翻来覆去的话题犹如坛子里腌渍多年的咸菜，梦里还在惦记着隔壁邻居。春花秋月，夏日冬雪，年复一年，不知不觉间鬓发染霜，身躯佝偻，老眼昏花。然后坐在年幼时抓过蛐蛐、踢过毽子的巷子里晒太阳，走象棋，摸麻将，牙齿漏风，絮絮叨叨地讲述着陈年旧事，等着不远的一天，长眠在附近的某座山头，于虚空之中，凝望着扬兮镇另一群人踏着你的足迹缓步走来。

张咏浮想联翩，思考着个人命运，描摹着扬兮镇的生存，不禁对赵国良产生了深刻的悲悯，伴随着更为深刻的鄙视。同时，也对自己的现状和未来，生出一种难以言述的恐惧。

这天晚上，张咏第一次留宿在姜公巷。

与往常不同，和丁晓颜做爱时，张咏心不在焉，表现得粗暴生硬。夜深了，丁晓颜沉沉睡去后，张咏仍然醒着，思绪纷杂，在想象中展开一幅巨大的地图，上面标识着赵国良提及的那些远方的城市、乡镇，那些山脉与河流，那些陌生的面孔与口音。其中没有扬兮镇。扬兮镇在这张地图之外，处于另一时空。

月光透过纱窗照进来，房间里仿佛落下一层薄薄的雾霭。他感到窒息，未留意到已进入梦乡的丁晓颜，侧身紧挨着他，眼角挂着泪水。

7

一周后，赵国良不仅写好了字，还请人把招牌也打制完成，并亲自送到无名巷来。

当时是下午，丁晓颜和张咏在店里打扫卫生。无名巷附近有建筑工地正在施工，空气里尘土多，店内容易落灰。他们隔天便去打扫一次。

每次打扫时，张咏都要顺便再检查一番插座、烤炉等用电用火的小角落。这种老房子的电路容易出问题。张咏从小跟着母亲在街头摆摊,这方面有经验,还有点强迫症倾向,总担心有疏漏,会造成安全事故。多年前,张瑛的服装摊位曾因漏电出过一次小火灾,烧坏了几件衣服,幸好及时扑灭,未酿成大祸。

丁晓颜见到赵国良送来的招牌后,惊喜不已。本想讨几个字,没想到赵国良连带着把招牌都帮她做好了。招牌材质上乘,做工精良,非常漂亮。浅褐色的底,尺寸配小店的门脸正合适。"晓颜"二字是深蓝色的,宛如清晨的天空,笔锋舒展、秀气,细看还有几分妩媚。"烧饼店"三字则是焦黄色的,圆滚笨拙,形与色均似烧饼,上面点缀着几粒芝麻,开口笑一般,活泼泼的富有喜感。丁晓颜觉得这三个沾着芝麻的字,很像是外公胡运开的笑脸。

这份礼送得可不轻。赵国良着实花了心思,下了番功夫。招牌两天前就已完工,他放在照相馆里,一面散油漆味,一面再观察斟酌,感觉十分满意了才送过来。他腿脚不是很方便,本可骑自行车捎来,却担心一路磕碰,于是将招牌包扎妥当,小心翼翼地提在手中步行而来。

招牌靠墙而立,三人站那里欣赏。赵国良如此尽心,让张咏颇为感动,想起自己前几天那些复杂阴沉的思绪,内心颇感歉疚。这份歉疚既是针对赵国良的,也是针对丁晓颜的。张咏的情绪很容易在两极之间来回摆荡,这是他的个性特点。

"赵师傅,旁边最好再签上你的大名。"张咏指着招牌说道。这是一句示好的话,表达了他对赵国良的感激和赞赏。

赵国良给人写字作画,从不签名。那些字画仿佛没有作者,只是统一制作出来的工艺品而已。这是赵国良的个性特点,不张扬,安于孤寂,与周边的一切保持着适当的距离。

张咏的提议获得了丁晓颜的赞同。

"是呀,赵叔叔,你写得这么好,干吗不签上名呢?"

赵国良看看两位年轻人,又看看靠墙立着的招牌,流露出一言难尽的表情。他年近半百,了解世事深浅,知道能为与不能为之界限。

"这样好,这样好。"他嘟哝着说道。

八月十五日,晓颜烧饼店正式开门营业。

此前几天,开业日期确定后,张咏兴致勃勃地起草了一份新店开业宣传单,打印了厚厚一沓,与丁晓颜一起到大街小巷张贴,广而告之。该举动在扬兮镇居民看来,实在是疯狂。以前没人干过这种没皮没脸的事。小广告下方,张咏印上丁晓颜和他的签名笔迹。不明就里的人看了,还以为该店是这对恋人合伙开的。

张咏这么做有其明确目的。张贴小广告当然是为招徕生意，饼香也怕巷子深嘛。单子上印署二人签名，则是为提醒镇上的不良之徒，该小店是他张咏看管的，别来贪小便宜，更不要惹是生非。张咏认为，丁晓颜为人单纯，拙于算计，不擅处理人事纠纷，容易被人欺负。不像他母亲张瑛，街头摆摊多年无人敢惹，谁要欠她钱逾期不还，能被她死缠烂打，骂得狗血淋头、妇孺皆知，直后悔来人世走一遭。丁晓颜显然没这个本事。

广告是打出去了，但效果不彰，开业这天的生意颇为清淡。

从早晨到傍晚，陆陆续续来了些顾客，多是上了岁数的老居民，吃了胡运开几十年的烧饼，听说胡师傅的外孙女从面店辞职新开了家烧饼店，特意跑来捧个场，聊表心意，就当是来追思胡运开。于是，新店开业日，竟演变成了关于老烧饼师傅胡运开的一场追思会，搞得既冷清又伤感。

午后，面店烧饼师傅郑宏兴也来了。他是专程来道贺的，买了一大束鲜花，花丛中插放着一张小卡片，写着开业大吉恭喜发财。他和丁晓颜是曾经的同事，眼下又成了竞争对手。他做的烧饼已在镇上建立起不错的口碑，给了他更为充足的信心。可能没想到张咏正在店里帮忙，郑宏兴不由得为自己手捧鲜花的形象略感尴尬。那几年，扬兮镇的部分年轻人刚开始学会用鲜花表达祝福,甚至逢年过节给祖先上坟时,也大胆地用一束鲜花来代替传统祭品。郑宏兴无疑是这批年轻人之一,学得很快。丁晓颜笑容满面,大大方方地收下了鲜花。郑宏兴可以说是今天唯一真正来道贺的。不像那几位老头,在店里唉声叹气地唠叨着胡运开,回忆着属于他们那代人最为香甜美好的烧饼时光,让丁晓颜不知所措。

顾客中,多数人会买十只或二三十只烧饼,最少的也有五六只。唯有一位顾客比较特别,大老远跑来,独独买两只,口味仍是一成不变的梅干菜肉馅。这位顾客就是钟表修理师傅姚查理。

众所周知,药渣师傅每天下午要买两只烧饼,就着热茶吃。该习惯已保持多年。他最爱吃胡运开做的烧饼。得知丁晓颜新店开业,他捏着那页小广告单,照着上面的地址一路寻来。从钟表修理店走到无名巷,还是有一段路的。他的光顾让丁晓颜大为感动。

"药渣师傅,这么远还过来?"

"烧饼总是要吃的嘛。晓颜啊,你请的这个店小二不便宜哦。"

正在大堂擦桌子的张咏笑了。站在柜台后的丁晓颜脸红了。药渣师傅还是这么诙谐豁达,爱打趣,但布满皱纹的脸难掩愁苦之色,越发显老了,已是一副风烛残年的模样。

丁晓颜不待他开口，便用一小纸袋包了刚出炉的两只烧饼，另用一大纸袋包了十只。

"梅干菜肉馅的！今天我请客。"

药渣师傅摆摆手，接过小纸袋，推开大纸袋。

"晓颜啊，老规矩坏不得，坏了就没味道了。"

他掏出两只烧饼的钱放在柜台上，不多话，也不停留，就像每天这个时候都在这家小店里买烧饼似的。他转身走到张咏身边，朝着后者幅度轻微，却郑重其事地鞠一躬，然后一声不响地离开了。

张咏这下笑不出来了。他和药渣师傅不大熟，两家素无来往，老人家绝不至于对他开这种玩笑。但瞬间他就明白了，老人这一奇怪的举动，是在为两年多前姚迎春的事向他致谢。张咏停下手里的活，只觉得喉头发哽，一时茫然失措。这是扬兮镇最令人痛苦之处。憎恶或冷漠，都不会造成如此深沉的痛苦。他扭头望向丁晓颜。

丁晓颜并未注意到大堂里刚发生的这一幕。她收下药渣师傅的钱，抬眼望着老人蹒跚远去的背影，恍惚觉得这家新开小店，已存在了几十年。

第六章　瑛阿姨

1

据一些见过世面的老辈人讲，扬兮镇的日子过得慢，年年都是闰年，比别的地方多出一天。这当然是戏谑之谈。实际情况是扬兮镇地处偏僻，交通落后，发展缓慢，几十年乃至上百年，小镇的面貌，人们的生活，都没有太大的改变，波澜不惊。不仅年年岁岁花相似，一个人年幼时看到的街巷、房屋，与年迈时看到的也几无差别，自然觉得日子过得慢了。所谓山中日月长，大概说的就这意思。

不过，对于丁晓颜这一代人来说，此山日月并不长，日子还是过得飞快的，摩肩接踵，一浪打一浪，催着往前赶。他们出生于70年代初，进学校念书时正逢改革开放开始，社会、人心起了剧烈变化。到工作年龄，其面对的竞争强度，是要大过父母辈的。

开店之后，丁晓颜便深刻地体会到这一点。

早先在面店上班时，虽然劳累，但操心的事情极少，每月领取固定薪水，无生存之虞。自己开店则全然不同，需要操心的事情很多。房租、税费、水电、材料成本等支出不必细说，最大的挑战是如何面对同行竞争。

扬兮镇现有个体烧饼店四家，相比起来，另外三家个体小店不仅开业时间早，已有相对稳定的顾客群，且散落于各居民区附近，地段也强于晓颜烧饼店。丁晓颜虽有外公胡运开的名声加持，但人们是健忘的，在重大事情上尚且如此，何况区区一烧饼？因此，在起步阶段，晓颜烧饼店生意清淡，每天都在赔钱。

为打开局面，张咏在小店开业后，试着帮丁晓颜想了几个营销手段。他的半瓶子醋经验得自母亲张瑛的服装摊位。但吃与穿终究是两码事，做买卖的方式自然也不同。这位拿奖学金的大学生，其照猫画虎式的所谓营销手段，不出意料地全碰了壁。

这一小插曲给两位年轻人提了个醒，生活远不如想象中那般容易。还附带一好处，恰逢其时地打击了张咏的傲气，促使他放宽心胸，对母亲张瑛有了更多的理解和体谅。大老粗张瑛能把服装摊位做好，让儿子衣食无忧，轻轻松松念大学，其多年来付出的艰辛及智慧，远非张咏所见的那一些。在此之后，张咏对待母亲的态度温和了许多。这是后话，暂且不表。

就精明程度而言，实话实说，丁晓颜真不是块做买卖的料。她的优点是勤劳，耐心，目标专一。她习惯于做简单的事，过简单的日子。做买卖挣钱也是如此。

她凌晨四点起床，洗漱完毕，到店里开始一天的工作。天还没亮，从姜公巷步行至无名巷，大约需要十五分钟。她偶尔也骑自行车，但更喜欢走路。街巷狭窄曲绕，骑车的速度也快不了，二者用时相差不大。此时巷子里、街道上空寂无人，黑魆魆一片。沿途的路灯多已熄灭。空气比白天凉爽，带着潮气，巷子里的石板路面湿漉漉地闪着青光。走不多一会儿，皮肤就沾上了一层露水。

她边走边想着张咏。这是她抵御孤单及黑暗带来的轻微恐惧的唯一办法。暑假结束，张咏返回学校，双方又恢复了手写书信。丁晓颜从面店辞职后，彼此通电话就比较困难了（姜公巷家中及小店里都没有安装电话。当时装一台电话费用很高）。张咏一周来一封信，或长或短，内容多是关于小店的。丁晓颜的回信写得比以前长了，因店务繁杂，可写的内容自然也多，比如这几天烤了几炉烧饼，卖出多少，剩下多少，又增加了几位新顾客，等等。

独自走在街巷里，她会默想张咏前一封信的内容，然后琢磨着今晚或明晚，怎样回复他（基本是依据工作成效而定)。想着一件件虽然细小琐碎但特别渴望告诉他的事情，想着怎样遣词造句，工工整整地写在纸上，想着想着，她笑起来。甜美无声的笑容浮现在扬兮镇清晨的街头，却无人可见。她盼望接下来的一整个工作日，能够多卖出几只，少剩下几只。她和张咏像是重返幼儿园的时光，每天认真地搭着一块块积木，解着一道道简单的算术题。经常是没想完一封回信，她已走完这段孤寂的路程。

进店后，她什么也不再想了，立即进入工作状态。

制作烧饼的整套流程，她早已驾轻就熟，做起来与在面店时没有区别。忙到五点半左右，第一炉烧饼即将出炉了，第二炉烧饼也整装待发。店堂内升腾起柔和的香味。天色亮了，晨曦从窗外透入，屋里的灯光暗淡下来。她打开店门。

整条无名巷正在舒展四肢，从睡梦中醒来。卖早点的铺子前热气蒸腾。赶着上早班的居民零星地出现在巷子里。很快，豆浆店的老板娘踩着小三轮，送来一桶滚热的豆浆。这是丁晓颜每天预订的供应，提前支付了一月的钱款。

"今天生意好啊！"豆浆店的老板娘天天早晨大喊大叫着利市话。

"生意好！"套着白围裙的丁晓颜回应道。

两人仿佛在唱劳动号子，此起彼伏。

丁晓颜的鼻尖上渗着汗，她摘下工作帽，一手攥着帽子,一手摩挲着围裙,望着喧闹起来的巷子。橘红的朝霞抹过东边山头,升上天空,慢慢铺洒至街巷,染红了整个扬兮镇。空气渐渐变得燥热。此时伴随她一晚的孤单,与黑夜一起被驱逐殆尽。劳作之后的充实感浸透了全身。因为充实,她更加思念那个远方的人了。

早餐时段是一天中最忙碌的,之后可稍作休整。她洗刷碗筷,清理厨房,工作台,餐桌,地板,将厨余垃圾处理掉,接着洗把脸,开始吃早饭。小店开业以来,她的一日三餐更加草率了,经常是从旁边的面食店买一份对付一下。

吃饭时,她把店内的小音箱调大音量,徐小凤的歌声飘至店门外。张咏曾问她,老是听一个人的歌腻不腻?她认真地摇摇头。张咏那一刻也许很失望,觉得这女孩总是原地踏步,不愿跟随时代的变化而进步。可她就是爱听徐小凤的歌,第一次听见就爱上了,从此一直爱着。既然这么爱,为什么要跟随时代的变化,而变得不爱呢?就像她爱扬兮镇,爱张咏一样,从小就爱,一直都爱。

中午是又一个相对忙碌的时段,主要应付的是小学生们。他们午间休息,三五成群地来买烧饼当零食。开业不久,镇小的学生们就听说后门巷子里这家烧饼店,是胡老师的女儿开的,人长得可漂亮,烧饼做得可好吃了,于是蜂拥而至。孩子们的购买力不强(一人一只,最多两只),场面却极为热闹有趣,攥着零钱,姐姐姐姐地一通乱叫,生怕买不着,像一群争食的小鸡。

这是丁晓颜在一个工作日当中,最为开心放松的时刻。

母亲胡美兰在镇小上班,离得近,但没来过。只在店铺装修即将完工时,和丁远鹏一起来看过一眼,实地考察一番,以确定女儿是否铁了心要开烧饼店。之后,就未曾在无名巷露过面了。

由于起得早,午后常感困倦。这时候基本没有顾客上门。丁晓颜坐在餐桌边,手臂交叉蜷于桌面,脸朝下,额头枕着双臂打个盹儿。念小学时,夏天的午后,在学校里就是这样睡午觉的。男生、女生坐在自己的座位上,到点了统一摆出该姿势,进入集体"午休",前后约一堂课的时间。教室里很安静。班主任会来检查,开始时一次,中途一次,蹑手蹑脚地走在过道里,看看有没有同学睁着眼睛,或交头接耳,或搞小动作捣乱。

丁晓颜每次都睡得很香甜,一直睡到午休结束,像现在一样。天花板上的吊扇慢悠悠转动着,扇出的风夹带着烤炉里散发出的余香。她伏在餐桌上,有时会做梦,梦见小学时的场景。她和张咏隔着三排座位,她在前,张咏在后。午休开始时,醒来时,她会枕着双臂,悄悄别过脸,瞥一眼后三排。那时离得真近。

下午三点左右，又一炉烧饼出炉了。修钟表的药渣师傅常在这个点过来，刚好能买着新鲜出炉的。起初半个月，他几乎天天来。从主街到无名巷，慢吞吞地走一段长路，走得额头都冒汗了。每趟来还像第一次那样，不多停留，也不多话（丁晓颜渐渐察觉，药渣师傅不像以前那样爱开玩笑了），取了两只烧饼便往回走。

望着药渣师傅老态龙钟的样子，走路时脑袋似乎要撞到地面了，丁晓颜觉得心疼，想提醒他别来了，可又说不出口。毕竟那是他的习惯，他的口味。或许也是他每天对着精密冰冷的钟表，回想着渐渐模糊的英文单词，却唯一能真切感知日常生活及岁月流逝的片刻。

丁晓颜能做的，就是给老人家准备一小杯常温酸梅汤，让他坐在大堂里喝两口，解解暑气。这炉烧饼出炉后，她会先尝一个，以确定口感与前天、昨天的并无细微差异。如果略有差异，她会产生挫败感，感觉对不住药渣师傅。可喜的是，大多数日子，这炉烧饼的口感都能保持一致，犹如走时准确的钟表一般。

慢慢地，药渣师傅出现在无名巷的间隔时间，变得越来越长。入秋后，无名巷里终于见不到他的身影了。一天，丁晓颜去理发店剪头发，发现钟表修理铺空荡荡的，修理台上蒙着一大块塑料布，两条椅子叠放在墙角，常年搁地上的两台老式座钟也不见了。听理发师说，药渣师傅眼睛不行了，一看手表就掉泪，总算肯退休回家养老了。很快，镇上会安排新的钟表师傅来接替他。

那一刻，丁晓颜有如释重负之感，同时也为药渣师傅感到高兴。

傍晚，烧饼店的生意最为清淡，门可罗雀。人们习惯把烧饼当作零食或早餐食品，上不了正餐桌面。于是，天还没黑，丁晓颜就熄灭炉火，打烊关门了。依照她工作起来的劲头，完全可以坚持到晚上八九点钟。但张咏一再叮嘱，务必在天黑之前收工。母亲胡美兰也曾这样提醒过她。

她在附近的小餐馆里买一份快餐，带回家当晚饭。之后，开始拖地板，擦席子，洗澡，洗衣服，直到将近八点钟，一天的忙碌才告结束。

夜幕降临，姜公巷里亮起了昏暗的路灯。她搬一条小竹椅，坐在门边乘凉。她在脚边点一盘蚊香，蚊香上洒几滴水，可延长蚊香的燃烧时间。这是从奶奶丁老太太那里学来的。以前夏天的夜晚，她跟着奶奶在仙居巷楼下乘凉，奶奶也是这样在脚边点一盘蚊香，手指在水池里蘸点水，弹洒在蚊香上。

夜色沉沉。房间里没开灯。小音箱里轻声放着歌。她跟着轻声哼唱。有几曲她特别爱听，记得滚瓜烂熟，音乐声一起，歌词就从胸腔流溢出来。有时，她情不自禁地放开嗓子，歌声回荡在长长的巷子里。她忽然意识到了，赶紧将跑远的歌声收回来，仿佛拽回飘飞的风筝，随即赧然而笑。

周末她依然到仙居巷看望父母。开店后，白天走不开了，她就在晚饭后去，带着些父母爱吃的小食或水果。遇到厨房有未洗的碗筷，或未洗的衣服，她就抓紧洗掉。现在难得有时间给父母烧菜做饭了。她陪着他们看会儿电视，然后在九点多时返回姜公巷。

秋风乍起时，小店的经营状况逐渐好转，略有盈余了。她仍保持天黑前收工的习惯，回来忙完家务，然后坐在门口听歌。她喜欢这样坐着，自顾自地哼唱着歌，望着灯光昏暗的巷子。

她的身上添了件单衣，脚边的蚊香换成了一只小竹篮。竹篮里放着一团毛线球。天凉了，她给张咏编织过冬的毛衣。即使在黑暗中，快速穿梭于手指间的毛线针，依然针针不乱。

给张咏的回信，她都在睡觉之前写。入冬后，她在一封信里问道：

扬兮镇是不是真的比别的地方多出一天？

2

大学期间,张咏只在寒暑假回扬兮镇,年年如此。中途的短假期,他从来不回。

每次张咏回来,丁晓颜都要去接站。张咏觉得无此必要。他又不是外地人,还怕找不着扬兮镇的路?但丁晓颜仍然坚持接送。她喜欢看着大巴车从远处驶来,或朝远处驶去。当然了,驶来驶去的车里,一定要有张咏。她还要看或问清楚,他坐在哪个位置:前排,后排,靠窗,挨着过道?从起点到终点,一路颠簸,她想象着他的旅程。

有时扬兮镇下雨了,她仿佛看见雨水落在车窗上,模糊了他往外眺望的视线。她在信里问道:"雨下得很大,到站晚点了吗?"

他说:"没下雨,准时到的。"

她总是以为,扬兮镇下雨了,他在的地方一定也下雨了。

想象与现实不合,她并不在意。她有自己的天气、地图和视野。张咏为此常感诧异。

店里没有雇小工,全靠丁晓颜一人打理。寒暑假时,张咏尽量到店里帮忙。其实他帮不了什么。丁晓颜已习惯独自工作,一切被安排得井井有条,形成了相对封闭稳固的秩序。张咏根本插不上手,无非是在大堂擦擦桌子扫扫地而已。更多时候,他只是守在店里,看着丁晓颜干活。

丁晓颜工作时显得很开心,或是她的神态、表情,让人觉得她很开心。张咏有时会看得入了迷。这一刻,她身上散发出某种他无法理解的美。

"干吗老看我?"丁晓颜扬起眉毛,问道。

张咏脸红了。丁晓颜的问话里,有着明显的调情意味,甚至当着顾客的面,她也不避讳。张咏吃不消这个,立刻拘束起来。

张咏当然也有不避讳的东西。比如像现在这样,一整天消磨在晓颜烧饼店的大堂里。店里空闲时,他就抱本书,背靠着墙,两脚交叉搁放在长凳上,读得津津有味。工作间里的女友,满脸春意,不时地瞥一眼他,小音箱里的音乐声环绕四周……堂堂大学生,就这副样子打熬时光,难免引起非议。偶有熟人进店,见了张咏不得不打个招呼,寒暄几句。张咏不咸不淡地回应着,继续擦他的桌子,或读他的书。来人反而尴尬起来。

人们在背后议论,各种难听的话都有。他们再次感到被张咏和丁晓颜冒犯了(上一次被冒犯是那张小店开业前的小广告),却又说不出究竟冒犯在哪里,只好炒冷饭,继续拿两人的学历做文章。议论得多了,感觉被冒犯得更重了,于是真心实意地生出失望、愤懑情绪,仿佛人人都成了这对小情人的父母,对其恨铁不成钢,简直是爱之深责之切——人一旦陷入陈词滥调之中,就容易自寻烦恼,在未找到新的表述方式以前,无从解脱。

对张咏来说,同样会遭遇类似情况。

只要在姜公巷过夜,次日清晨,张咏就和丁晓颜同时起床。天还没亮,张咏起得很辛苦,在大学里懒觉睡惯了。丁晓颜劝他多睡一会儿,不需要陪她去店里,反正帮不上忙。但张咏觉得羞愧,挣扎着也要起来。

摸黑出了门。夏天倒还好,天亮得早,出门时,东边的天际已透出熹微晨光,沿途会遇见三三两两的行人。冬天,则完全还是黑夜。走在路灯已灭、空寂无人的街巷里,刚好是黎明前最黑暗的那段时光。路面黑咕隆咚,空气潮湿冰冷,连张咏都感觉惴惴,心想:她每天就这样走过来的?看着身旁的女友,不由得涌起满腔爱怜,将手臂绕至她肩后,搂紧了她。但又忍不住生出一丝疑惑和反感:非得过这种日子吗?

以前,母亲张瑛早出晚归摆摊,可说是为生活所迫,不得已。现在的丁晓颜,在小镇上来说,其家庭条件可算优渥,完全可以换一种境遇,换一个活法。哪怕是开一家工作强度相对轻松些的小店,都比目前这样好。他实在无法理解，一个人在有选择的情况下，怎会热爱做烧饼？他甚至认为丁晓颜在这方面不够诚实，仅仅是出于根深蒂固的自卑心理，不敢奢望更好的，于是自欺欺人，把一件卑微、乏味且过于辛劳之事，当成是自己所爱。

和镇上绝大多数人一样，他缺乏能力也缺乏意愿，去理解一个人对某样平常事物的着迷，对某种平常生活的知足。

沿途，两人时断时续地聊着天。丁晓颜用最简单直白的话告诉张咏，她每天一个人走这段路时，心里在想着什么——每个季节都不一样，晴天雨天也不一样，总是有不同的想法。但想得最多的，是怎样给他回信。

"奶奶讲，这叫打腹稿。她以前到市场买菜也打腹稿，想着怎样配菜。"

"你一个人倒是过得更开心呢。"张咏略带讥讽地说道。丁晓颜对现状的自足感，让他感到失落，甚至压抑。这不是他想要的生活。但他想要什么样的生活，他并不清楚。

丁晓颜挨近过来，紧靠着张咏。她侧过脸，露出笑容，明亮的双眸在黑暗中凝视着他：

"知道有你在，才开心呀。"

因为有张咏在，小店打烊时间延后了。晚饭就在店里吃。起初，丁晓颜仍想早点关门，回姜公巷烧菜做饭。张咏认为没必要，吃个快餐就行了。理由是丁晓颜一天工作下来，已经很累，回去还要买菜、洗菜，在厨房里折腾个把小时，太辛苦了。听起来显然是对丁晓颜的体贴、照顾。这是一方面。

另一方面，张咏不能说出来。他虽然爱吃丁晓颜烧的菜，但不认为此事重要到非做不可。尤其是看到丁晓颜烧菜时，那种不厌其烦、精益求精的耐心和专注，仿佛整个世界，全部的人生，尽在锅碗瓢盆油盐酱醋间，顿时让他生出莫名的恐惧感与空虚感。在那一刻，在他眼里，丁晓颜形同一位囚徒，被自身有限的智识水平，囚禁于群山之中的扬乡镇。

有两个假期，张咏在店里，时常抱着看的是两本闲书。一本是卡夫卡的《城堡》，一本是萨特的《存在与虚无》，都是那个年代大学校园里流行的文艺读物。他的专业是生物，个人兴趣上并不喜爱文艺。偶尔想起父亲江文泉是镇医院的文艺骨干，他仿佛能闻到一股文艺的腐臭之气。但他爱学习，勤于思考，同时受校园风气影响，免不了在阅读方面追逐一点时髦。

这两本书他读得颇为辛苦。尤其是后者，读得更是云里雾里，不知所云。

因为读不大懂，他更想读。于是找了几本萨特的其他著作，利用课余时间，潜心研读一番。结果仍是云山雾罩，却在这位据说影响了几代年轻人的存在主义大师身上，奇怪地瞥见了父亲江文泉暧昧不清的影子——没有比这更糟糕的阅读体验了。但大师有一句话，让张咏心有戚戚：他人即地狱。他自以为读懂了，或者说，他以为大师讲明白了。通过这句话，他联想起自己从小以来的生活经历，以及扬兮镇的种种人与事，感觉茅塞顿开。至于地狱之后，顿开之后，又当如何？他还没来得及认真想过，因为丁晓颜不给他这个时间。

打烊后回到姜公巷，两人洗完澡，就上床了。由于第二天须早起，他们从未去电影院看过一场电影，当然也不看电视。夜晚的时间非常珍贵。在床上，丁晓颜无疑是张咏的天堂——此时别说地狱了，连人间都不是。

张咏迷恋丁晓颜的身体，却害怕或羞于承认这一点。他试图说服自己，他爱她，迷恋她，是因为她的单纯、善良、温柔等等，诸如此类的个人品质，而非美色。他将灵与肉割裂开来，如同强行将鱼和水分开，将目光与呼吸分开。

做爱之后，两人安静地躺着，一时不愿入睡。恋爱初期，彼此有很多关于童年、少年时期的话题，随着相处日久，旧有的话题聊完了，新的话题还在酝酿、寻找之中。张咏在信里，会跟丁晓颜谈论杭州，谈论大学，以及他的学业情况。见面时，就不再谈论这些了。他感觉无从谈起。丁晓颜也很少主动问起。

偶尔，丁晓颜亲吻他时，会问出一个无理的问题：

"扬兮镇和杭州哪个好？"

这时，张咏会将逻辑与科学暂时抛诸一边，不至于给出错误答案：

"你最好。"

张咏睡得很沉。丁晓颜时常在梦中醒来。张咏在身边，她总是睡不踏实。醒来后，借助房间里的微光，悄无声息地看着张咏。夏天，她把手放在他身体的一侧，用手指轻轻触碰着他，不让他感觉到热，又可保持着接触。冬天，她把手掌轻放在他的胳膊上，然后安然入睡。

无论夏天还是冬天，在张咏离开扬兮镇的前一晚，她孩子气地尽量克制着自己，醒来时不要把手伸过去，就当他已经离开了。

3

大学最后一学年，马上要进入实习期了，张咏面临着两个选择：考研还是工作？

张咏学业优秀，老师认为他适合做研究工作，鼓励他考研，继续深造。张咏对此也有些动心。但他不能只盯着前方看，还得往后望一眼。站在前途未卜的十字路口，回望那个令他爱恨交加的扬兮镇，镇上有两个女人，必须在他的考虑之内。

一是母亲张瑛。多年来张瑛的辛苦，前面我们已谈过很多，不再赘述。张咏如果读研的话，经济上还得继续依靠母亲。张瑛目前有这个经济能力，但张咏过不了心里那道坎。在他看来，母亲张瑛就像一头拉磨的牛（早年扬兮镇石磨房是用水牛拉磨的，很晚才更换为电力设备。拉磨时，牛的眼睛被布蒙起来，以防转晕头），眼睛蒙着布，一圈一圈地拉，没日没夜。即使磨盘里空了，她仍会转个不停。要拿掉那块布，让这头牛停下来，张咏尽早工作挣钱是唯一管用的办法。

二是女友丁晓颜。他早一年工作，就可早一天将她从扬兮镇带出来。两人确立恋爱关系后，他便有了这一想法，但未与丁晓颜深入细致地谈论过，不清楚她的具体打算。由于自己还在念书，没有收入，谈论该话题显然为时尚早。

另外，张咏具备的一客观条件也颇为关键。当时外地户籍的杭州大学本科毕业生，想留在杭州就业，难度很大。留杭名额有限，竞争非常激烈。张咏因学业优秀，可拿到一个宝贵的留杭名额，只要找妥一家愿意接收他的单位，即可落户。仅此一条，便相当程度地抵消掉了考研深造的诱惑。

权衡再三，张咏最终决定放弃考研。他主动把这个决定告诉了母亲，没想到又一次伤了她的心。

张瑛向来抱着"唯有读书高"的观念。从儿子拿到大学录取通知书那一天起，就满心盼着他一路读上去，万水千山只等闲，要勇攀人生高峰。为此她再苦再累也心甘情愿。儿子念完本科念硕士，念完硕士念博士，找一个才貌相当的好对象（在张瑛的想象中，最理想的儿媳是大学教授的女儿），一对璧人再出趟国镀镀金，喝半瓶洋墨水（家有老母，异国他乡不可久留，抓紧喝半瓶足矣），然后漂洋过海回来报效祖国，衣锦还乡。报效祖国当然要在祖国的大城市（杭州是底线，行政级别再往下的免谈）。但衣锦还乡的第一站，必须是远近闻名的扬兮镇小商品市场，状元郎母亲张瑛的服装摊位，即地处黄金地段最亮眼的那一摊。这对璧人一走进小商品市场大楼就能看见了，简直如春风扑面而来，跑不掉错不了的。

这一出状元返乡戏，在张瑛心里预演彩排过无数遍，还忍不住跟儿子细细描述起来。

"妈，没事少看老戏文！"

张咏说的"老戏文"，指的是那些老掉牙的传统舞台戏曲（包括戏曲电影）。里面的状元郎，常有磨豆腐的少妻或老母。张瑛有时觉得小有遗憾：身为老母的她，居然是卖衣服的，而不是磨豆腐的，与老戏文里演的稍有出入，不能严丝合缝地对上号。

但儿子与丁晓颜处对象的现实，击碎了张瑛这一富于戏剧性的梦想。当儿子告诉她，打算放弃考研，毕业后就参加工作，张瑛只回了句"随你"，便再也无话了。她的另一份期望也落了空。

她的生活一成不变，继续在小商品市场大楼摆摊，一周六天，早出晚归，风雨无阻。近两年她老得快，不满五十岁的人，身形瘦削，面容憔悴，头发白了一多半。由于原先对儿子过高的期望相继落空，她转而对儿子的前途不由得过分悲观起来，担忧儿子的工作、婚姻都不尽如人意。当初因儿子考取大学而放松下来的心境，重新上紧了发条。时光仿佛又回到了她和江文泉离婚后的那几年。她比以往更加卖力地工作，省吃俭用地存钱，暗自为儿子不确定的将来未雨绸缪，尽己所能地预作准备。

张瑛虽然处处为儿子着想，母子俩的关系却远不如以前那么融洽了。自从向母亲坦承他与丁晓颜的恋爱关系之后，张咏就变得神经紧张，敏感多疑，生怕脾气暴躁的母亲横生枝节，不仅给丁晓颜造成困扰和伤害，也给自己丢脸。为此，他三番五次地提醒丁晓颜，平时尽量避免与他母亲接触，"别去惹她！"丁晓颜感到困惑不解。从小到大，因为笨，书读不通，她遭受过多少人的嘲笑，却没有从瑛阿姨张瑛那里感受过一丝一毫的恶意，为什么和张咏相爱之后，反而要像避瘟神一样地避开瑛阿姨呢?

张咏念大二那年秋天,丁晓颜给他织了一件黑色的高领毛衣,他很喜欢,一整个冬天都穿着。丁晓颜想给张瑛也织一件,问张咏:"瑛阿姨喜欢什么颜色的?"

"不用!"张咏粗鲁地答道。

寒暑假期间,张咏几乎天天往无名巷跑,经常在姜公巷夜不归宿,母亲张瑛对此仿佛视而不见,狮石巷家中表面看来一切如常。针对儿子的这场恋爱,张瑛最初在气头上确实撂下过一句重话:"别把她带家里来!"随着时光的流逝,记忆短暂的人们忙着追逐新的热点,不再热衷于议论这对不相匹配的小情人了。偶尔,有好事之人抱着促狭的心情,在张瑛面前有意无意地提起丁晓颜,张瑛也权当耳边风,不做任何回应。她接受不了丁晓颜将来成为她的儿媳,但人前人后,她无半句责怪丁晓颜的话,更没有当面对其恶语相向。这完全不像她一贯的为人处世风格。儿子张咏忽视了这一点,却牢牢地记住了母亲在气头上说的那句重话,想当然地认定母亲正处于一种随时待发的攻击状态,极有可能造成难堪局面,为此不仅做了预防措施,还时不时地表现出某种强硬的抗拒姿态。

母子二人就这样活在各自想象出来的种种忧虑之中,南辕北辙,无法沟通。

小商品市场大楼位于镇子东南角，无名巷位于东北角，两地相距不远。但丁晓颜自开店以来，在这片区域和张瑛从未遇见过一次。客观上来说，两人各有一摊小买卖需要打理，每天忙忙碌碌，活动范围小，相遇机会比以前更少是正常的。但镇上的明眼人都清楚，张瑛是在有意回避丁晓颜。

十月初的一天午后，丁晓颜关上店门，到小商品市场大楼去买一把新拖把。小店开张前后，这里她曾匆忙来过几趟，在一楼的杂货摊买些小店急需的日用品，没上二楼。服装摊位集中设在二楼。如前所述，丁远鹏、江文泉虽是医院多年的同事，但彼此不投缘，关系冷淡，两个家庭之间向来不走动。早先，对于丁家成员，张瑛最热情对待的就是丁家小女儿丁晓颜，但这份热情也仅限于街头巷尾，路遇时彼此招呼一声，多一句亲切的寒暄而已，并无更多交往。

这次丁晓颜决心违背张咏的告诫，上二楼去看看瑛阿姨。她先在一楼买好了拖把，放在摊主那里，然后才上楼。她手中提着一个纸袋，纸袋里装着十只素烧饼。以前她曾听外公开玩笑地说，镇上找不出第二个比张瑛更爱吃素烧饼的，这哪像个臭嘴婆啊，倒像是吃斋念佛的呢。

二楼有几十家服装摊位，将一间大厅挤得满满当当。摊位之间挨得很近，走道狭窄。大厅里空气浑浊，弥漫着一股呛鼻的新布味、皮革味。张瑛的摊位离大门不远，进去往左走两步就到了。午后生意清淡，张瑛穿一件皱巴巴的红格子棉衬衣，坐在摊位后低着头玩扑克牌。也许是因为身体差，精力不济，张瑛这两年变得越来越沉默，闲暇时经常一个人闷声不响地玩纸牌，不像以前那样喜欢跟摊友们说笑逗趣了。

两位正在闲聊的摊主看见丁晓颜从大门进来，便打住话头，其中一位伸手指指张瑛的摊位。丁晓颜笑笑，走过去。她和张瑛有两年多没见着面了。她发现时间过得真快，瑛阿姨显老了，更消瘦了。她走到摊位前，不自觉地放低声音，轻声叫道：

"瑛阿姨。"

张瑛抬起头来，满脸惊讶地瞪着丁晓颜。

"晓颜？你怎么来了？"

"来买拖把。"丁晓颜说，将手中温热的纸袋递过去，"你尝尝，我做的素烧饼。"

张瑛坐着不接，脸上露出愤然之色，却又带着一丝撒娇的口吻说道：

"阿咏不让我吃烧饼了！说这东西伤胃……"

丁晓颜笑了。

"少吃一点不要紧的。"

她捏着纸袋的手继续伸着。张瑛仍然不接。有人从摊位前路过。张瑛赶紧起身，做出兜揽生意的忙碌样子，招呼起路人来，眼角的余光仍然瞥着丁晓颜。

丁晓颜抿着嘴笑，将纸袋搁放在扑克牌旁边，轻声说："瑛阿姨，我先回去了。"

张瑛装作没听见。待丁晓颜下楼后，她拿起纸袋，将烧饼分给身边的摊友们。

"儿媳来看你啦！"一摊友善意地打趣道。

"听说这孩子做的烧饼不比她外公差了。"张瑛冷冷地说道。

她坐下来吃烧饼，细嚼慢咽。不知为什么，忽然想起多年前在街头摆摊时，有一次胡美兰领着小女儿来摊位前，给孩子买外套。胡美兰拎着衣服在小女儿身上比画来比画去，嘴里叽叽咕咕，挑不出一件满意的。张瑛强忍着烦躁，从箱子里取出一件又一件，任其细选。孩子却件件喜欢。胡美兰最后选定一件绛紫色短夹克。丁晓颜那时还小，细胳膊细腿的，皮肤雪白，试穿那件绛紫色短夹克时，两只大眼睛含着笑，一直望着瑛阿姨……

一只烧饼没吃完，张瑛便觉鼻子一酸，两眼落下泪来。

十月底，张咏进一家医药公司实习，每天早晚骑着自行车，往返于学校和公司之间。虽未正式步入社会，但也算是走出校园了。他感到前所未有的充实，工作干得非常卖力。

他给丁晓颜写信，向她描述实习工作中的点点滴滴，类似一份巨细靡遗的实习报告。

对于这份报告，丁晓颜自然是读不懂的。但她能读懂文字外的东西。那些日子，扬兮镇与杭州之间的辽阔天空，飘满了一封封鸡同鸭讲的情书。

十二月下旬，从扬兮镇传来消息，母亲张瑛病倒了。

张瑛的健康状况一直欠佳，张咏曾多次劝母亲来杭州的大医院做个彻底的检查，未果。张咏认为母亲对她自己吃苦耐劳的身体太过自信，无论怎么劝，她就是听不进去，全然不当一回事。他感到无可奈何，认为母亲实在是顽固愚昧，不可理喻。我们通常也会持这一看法。

但这种看法是肤浅的，错误的，甚至是恶劣的。在此有必要为张瑛做一番辩解。

从贫穷年代走过来的人（当然是指百姓人家，譬如你我的父祖辈），张三李四王二麻子，看似形形色色，但有个类似特点：极端害怕就医，古话叫"讳疾忌医"。他们不敢生病，不敢死，只敢做牛做马般的活着。一旦贱体有恙，许多人会以迷信方式对待，求神拜佛，服用一些说不清道不明的所谓"偏方"（成本低，容易搞到手）。或像张瑛一样，干脆自我欺骗，自我催眠，长年忍耐，装作视而不见。这么做的原因，不是他们对自己的身体充满自信，也不是缺乏基本的医疗保健常识，而是出于对贫穷的深度恐惧。他们担心花钱，害怕因病丧失劳动力，拖累家人，等等。这种极为现实的恐惧感代代累积，已成为基因，流淌在血液里。张瑛如今不缺那点小钱，但区区十年摆摊的积蓄，如何敌得过数代人累积而成的贫穷记忆？

张咏受过高等教育，拥有现代科学思维。但以这样的思维，是无法洞悉母亲张瑛的内心的，包括她的疾病、恐惧、虚荣、梦想、爱憎……他还需要再活很多年，方有可能真正认识将他一手拉扯大的亲娘。一味推崇科学的人，自以为客观理性，体察不到或忍受不了人性的模糊地带。这是科学的局限，和愚蠢一样危险。

闲话少叙，让我们言归正传。

张瑛病倒当天，被摊友们送入扬兮镇医院，住了下来。这是张瑛最不愿进去的地方，还不如两眼一闭两脚一蹬，直接抬上山算了。但病来如山倒，由不得她了。

张咏向实习单位请了假，星夜兼程赶回扬兮镇。

张瑛已出现呕血、黑便等严重症状。镇医院坦承情况不乐观，但条件所限，不敢下定论，建议转入外地大医院做进一步检查。

张咏这回不再征求母亲的意见，稍作准备后，直接将她带上驶往杭州的长途大巴。

4

在杭州，张瑛的病情很快被确诊为胃癌晚期。

张咏如五雷轰顶，一时不知该怎样跟母亲说。他和主治医生商量，决定将诊断结果暂时瞒着母亲，只说是"严重胃溃疡"，有可能导致癌变，需住院观察治疗一段时间。

那几天，张咏忙得焦头烂额，排队挂号，陪母亲做检查，争取住院床位，等等。省城的大医院很拥挤，各地蜂拥而至的病患多，不仅挂号困难，床位更是紧张。张咏找系里一位教授帮忙，借助其私人关系，好不容易才搞到一张床位，解了燃眉之急。

将母亲安顿好以后，张咏给丁晓颜拍了封电报。

张咏带着母亲在扬兮镇出发之前，丁晓颜曾主动提议，陪他们一起来杭州。张咏正处于毕业前的实习期，每天要到公司上班，长期请假肯定不合适，且留在病房照顾母亲也有诸多不便处。这方面丁晓颜有经验，得心应手，由她来照顾张瑛最为妥帖。但张咏当时仍抱有幻想，不认为母亲的病情有那么严重（他并不信任扬兮镇医院的诊断），没必要为此劳师动众，搞得兵荒马乱、鸡飞狗跳的。

眼下看来，丁晓颜的提议是有先见之明的，很有可能要在杭州打一场艰苦的持久战。劳烦丁晓颜前来照顾母亲，张咏虽感过意不去，但事急从权，只能如此了。至于母亲是否乐意接受丁晓颜的照顾，则不在他的考虑之内。万一母亲给丁晓颜甩脸色看，以后者的心性、脾气，想必也一定能春风化雨，不至于闹出难堪状来。

收到电报的当天，丁晓颜在小店门口贴了张通告。通告上写道，店主有事要出一趟远门，归期未定，小店暂时歇业，敬请谅解。然后去银行取出一笔钱，回仙居巷跟父母打了个招呼，第二天清晨即动身出发了。

镇上的顺风耳们当然很快探听到消息，不免为张瑛唏嘘感慨一番，认为她既不幸又有幸。不幸的是，眼看儿子快大学毕业，苦日子将熬出头，却得了重病，能不能渡过此劫还是未定天。有幸的是，丁晓颜尚未过门，就愿意抛下工作，大老远倒贴着跑去服侍她。如今半条命挂着，想开点吧，何苦挑肥拣瘦！真当儿子是状元郎，自己是诰命老夫人哪？做人要惜福，要知足云云。

事实上，张瑛这次表现得非常配合，处处听从儿子的安排。

看着儿子从扬芬镇一路将她带至杭州，东奔西走，办事有条不紊，话不多，却沉稳可靠，一副天塌下来有他撑住的模样，她既宽慰又心酸。回想起早年在街头摆摊，那时儿子还在念小学，每天傍晚给她做饭、送饭，收摊后帮忙装货，推三轮车，冬天冻得满手都是冻疮……这一切好像刚发生在昨天，历历在目。可转眼间，儿子即将大学毕业了。日子居然过得这么快。

张瑛躺在病床上，大半辈子以来难得清闲一回，得以细细咀嚼岁月的悠长与短促。

张咏带着丁晓颜出现在病房时，他很担心母亲的反应。事先由于怕遭到母亲拒绝，他并未告知她丁晓颜要来。

丁晓颜却没有这个心理负担。她仍像平常一样，还未走到张瑛身边，便叫道：

"瑛阿姨！"

丁晓颜刚进门，张瑛就瞥见了。她将脸稍稍侧向里边。直到丁晓颜出声叫唤了，她才慢慢转过来，板着脸，半嗔半喜地回应道：

"晓得你要跟来！"

丁晓颜抿嘴而笑。天寒地冻，她给张瑛带来一顶她手织的厚厚的红色线帽。

张瑛对于丁晓颜的突然出现，并不觉得惊讶，仿佛这一切都在她的预料之中。她拍拍床沿，示意丁晓颜挨近坐下，随即主动问起晓颜烧饼店的情况。丁晓颜如实向张瑛做着汇报。两人像是在拉家常，扯闲篇，东一句西一句，在张咏听来尽是些无关紧要的话，而且还缺乏逻辑。这是在病房，一个却不急着过问病情以示关心，一个也不忙着吐露病榻上的痛苦以求安慰，全跟没事人似的。

该场面让站在一旁的张咏看得恍惚起来，以致连他也几乎相信，母亲得的是胃溃疡了。他万没想到，母亲见到丁晓颜后，会是这般光景。

那一刻，围聚在病房一角的是两个扬兮镇女人，和一个茫然不知身处何方的男人。

其实，张瑛和丁晓颜从来都是这样说话的。从丁晓颜还是个扎马尾辫的小女孩时，从张瑛还在镇医院食堂上班时，就是如此。这是扬兮镇街坊邻里的说话聊天方式，并无特别之处。当张瑛回归现实，暂时忘却儿子是状元郎时，坐在她身旁的丁晓颜，就是她从小看着长大的邻家女孩，品貌好，家教好，看着舒心，聊着暖心。

张咏与母亲不同。他的戒备心极重，对于外界的刺激，容易过度反应。为此，常常表现得粗暴乃至绝情，以致造成更为严重的冲突和伤害。他对待父母，对待不愉快的童年记忆，对待整个扬兮镇，都是如此。人世间有许多难题，像瓜果蔬菜一样长在地里，要妥善解决它，不必一跳三尺高。以张咏的年纪和心性，他还不能明白这个道理，因此无法真正认识他的母亲张瑛，认识他的女友丁晓颜。偶尔，当他在丁晓颜面前抱怨母亲，出言不逊时，丁晓颜沉默不语，最多来一句"瑛阿姨不是这样的"。她的瑛阿姨到底是怎样的，她说不清楚，或不愿说。她不斤斤计较，也不假装宽厚。在她眼里，张瑛是待她热情的瑛阿姨，打小就如此。两人相遇，隔着小半条街，她就开口叫"瑛阿姨"，张瑛就开口叫"晓颜"了，此起彼伏的呼唤声持续至今。她从不觉得，张瑛是她和张咏之间的麻烦或障碍。这是她简单的头脑早就认知到的现实。

张瑛的病情在无可挽回地继续恶化。癌细胞已大面积扩散，无法手术，医院决定给她做化疗。张咏继续对母亲隐瞒病情，但随着治疗的进展，隐瞒病情的难度增大了。他让丁晓颜帮他一起瞒着。丁晓颜很少反驳他的意见，这回却摇摇头，认为照实告诉张瑛为好。张咏一时还拿不定主意，暂且应付着，走一步看一步。

化疗需要做六个周期，一个周期三至四周。按最快的进度算，张瑛也得在医院住上四五个月。小两口商量着接下来的安排。张咏到实习单位上班，每天下班后来医院探视母亲，然后回学校，基本保持原先的正常状态。丁晓颜无须在病房陪夜时，就住在医院近旁的小旅馆里。但长期住旅馆的费用很高。两人打算先挨过这一阵子，看张瑛的病势如何发展，再考虑是否就近租房子住。

做完第一期化疗，张瑛的状况看起来还不错。丁晓颜服侍得很尽心。她曾在县医院照顾过外公胡运开，对病房区的这一套熟门熟路，把张瑛料理得妥妥帖帖。生病住院的日子里，张瑛才体会到什么叫贴心小棉袄，不由得为自己惋惜，早年没能生个女儿。张瑛精神好时，丁晓颜就陪着她聊天，老的话多，小的话少。张瑛唠叨最多的，是她多年摆摊做买卖的心得体会，及种种切实可用的宝贵经验。这是她一生取得的两大成就之一（另一大成就自然是儿子张咏）。她觉得丁晓颜这孩子不够精明，有必要趁此机会好好点拨她一番。

元旦过后，眼看临近春节了。张瑛已做完二期化疗，在医院也住了一月余。化疗的副作用极大。她开始大把大把地掉头发。她的发质粗硬，原先十分浓密。丁晓颜给她清理枕边落发，瞥见她的头皮一片片赫然裸露着，令人不忍直视。本就消瘦的身形更显瘦小，蜷卧在被窝里，像发育未全的孩子。丁晓颜挨坐在她身旁，伸出手去，悄悄隔着被子找她的手，经常会落空。她的情绪也变得消沉起来，表情漠然地躺着，有时一整天不说一句话。

一天傍晚，张咏从实习单位下班，赶到医院看母亲。丁晓颜去食堂打饭了。张瑛趁机问儿子：

"你跟妈讲实话，到底是什么病？"

"妈，再坚持一段时间，情况正在好转。"

张瑛沉默。丁晓颜走进来，发现病床前气氛凝重。张瑛把丁晓颜叫到跟前，抬起手臂拉住她的手。

"晓颜，按理讲这事不该问你。可你是个老实孩子，跟阿姨讲实话，我得的是什么病？"

丁晓颜低着头，泪水在眼眶里打转。张瑛叹了口气。

"我要回家了。晓颜，你帮我整理东西，明天一早办出院手续。不能再由着你们胡来了！"

她早年摆摊时的泼辣劲似乎又回来了。那是她吆喝遍大半个扬分镇，扛着蛇皮袋跑遍小半个杭州城，腰缠千贯，算盘打得哗啦啦响，披星戴月一言九鼎的年代。

张瑛最担心的不是自己的病情，而是过高的开销。如今这样不死不活地在省城大医院里耗着，每天花钱如流水。自得病住院后，她把家中财务大权委任给了儿子，一应开销概不过问，但内心的焦虑与日俱增。这些年辛辛苦苦挣的钱，是为将来给儿子安家立业之用，可不能大把大把地往医院里撒。

当晚，三人开会商议。说是商议，其实是母子俩对垒。一个坚持继续住院治疗，这是科学。一个坚持立刻出院回家，这是心情。科学与心情互不相让，僵持不下。

丁晓颜坐在一旁，不发表意见。最后，张瑛攥住她的手，说：

"晓颜,你讲句话呀。"

张瑛二期化疗后,丁晓颜晚上都睡在病房里陪护,在病床边搭一张行军床,和衣而卧,可说是一天二十四小时地贴身服侍。对张瑛的身体状况、情绪变化,即便是极为细微之处,她也一一看在眼里记在心上,了如指掌。照目前的情形发展下去,着实堪忧。局面之糟糕,更甚当年的外公胡运开。

她看一眼张咏,然后望着张瑛,坚定地说:

"瑛阿姨,我们回家吧。回去后我服侍你,你开开心心的,身体就会好起来了。"

出院之前,张咏先给县医院打了咨询电话,了解清楚一些具体治疗细节后,方才给母亲办理了出院手续。由于扬兮镇医院做不了化疗,张瑛剩下的化疗便转移至县医院做,平时待在家中疗养。这样一来,无论时间、精力还是开销,都比现在节省很多。该折中方案获得了张瑛的认可。母子俩各退一步。

在县城逗留两天后,三人终于坐上了返回扬兮镇的大巴。

天色阴霾,朔风凛冽,眼看又要下一场大雪。再过几天,就是扬兮镇的小年了。张瑛倚窗而坐,丁晓颜挨坐在她身边。张咏坐在后一排。大巴车一路驶去。张瑛形容委顿,头戴红线帽,身体裹在厚厚的黑色羽绒服里,双目无神地望向窗外,沉默不语,仿佛一辈子的话都讲完了。

车子缓慢驶近石板桥时,地势隆起的扬兮镇整个进入视野。从这一带望去,扬兮镇与低沉晦暗的天空紧紧地挨挤着。张瑛转过脸来,抓住丁晓颜的手说:

"晓颜,回家后跟你爸妈商量一声,小年夜饭你来阿姨家吃。让阿咏过去接你,好不好?"

5

这年的春天来得早,天气比往年暖和。阳春三月,扬兮镇周边山上的杜鹃花,田野里的油菜花,纷然盛开,交相争艳。天朗气清的日子,在石板桥一带,孩子们奔跑着放起了造型各异、五颜六色的风筝。

春风吹拂,镇子上空浮动着花香。狮石巷与其他老巷子不同,除了镇上常见的鸡冠花、月季花,还植有多株上了年岁的栀子树。到了时节,浓郁的栀子花香溢满整条巷子,几乎要把人熏醉。

丁晓颜喜欢闻狮石巷的栀子花香,从小就喜欢。早晨七点左右,她已在店里烤完一天起始的两炉烧饼,然后从无名巷步行至狮石巷,来给张瑛做早饭、煎药。

春节过后，丁晓颜请了个小工帮她打理店铺。小工名叫余芳，还不满十八岁，也是本镇人氏，家境贫寒，初中毕业后失学，在一家个体餐馆端过一阵盘子。余芳的父母是砖瓦厂工人，都是凭力气吃饭的老实人，想让女儿学一门轻巧些的手艺，于是托熟人找到丁晓颜，希望女儿跟着她学艺。晓颜烧饼店如今在扬兮镇已小有名气，口碑颇佳。丁晓颜倒没想过收徒弟，但店里确实需要个帮手，尤其是这段特殊时期。

张瑛自杭州回来后，由丁晓颜陪着去县医院做了一次化疗。身体状况未见明显好转，也没有恶化，暂时维持在一个平稳状态。张咏过完年后，返回了学校。实习期已经结束，接着要完成毕业论文，在杭州找妥一家接收单位，事情多，比较忙碌。其间，他尽量腾出三五天时间，不定期地回扬兮镇探视母亲。

照顾张瑛的担子，全部落在了丁晓颜肩上。这让张瑛母子深感不安。张瑛曾想雇人来照料自己，但该念头被丁晓颜打消掉了。当初丁晓颜之所以赞同张瑛回家，就是为了让她放松心情地养病，保持积极乐观的心态。雇来的外人，怎么可能有丁晓颜尽心，又怎么可能让张瑛每天盼着她的到来？

这是实情。清晨，当轻盈的脚步声在狮石巷里响起时，张瑛于睡思昏沉之中，即可辨识出是丁晓颜来了。她消瘦枯槁的脸上泛起笑容。丁晓颜开门进来，手提一只小小的搪瓷保温罐，罐里装的是花生桂圆汤。这是给张瑛特意熬煮的。丁晓颜头天晚上入睡前，将其炖在电饭煲里，到早晨就可以喝了。

"瑛阿姨，起床喝汤了。"

丁晓颜放下汤罐，步入卧室。张瑛瞥见一高挑身影出现在床前，一抹从屋外带入的清冽的栀子花香掩面袭来，顿时就清醒了。多年来，她难得在这个时候还躺在床上。她心情愉快地开玩笑道：

"怕是起不来了。"

"乱讲。我去烧水。"

丁晓颜径自去了厨房。张瑛披衣起身，拉开窗帘。屋外早已春意盎然，晨风拂窗，青草滴翠，栀子花开如雪。她想不起有多少年未体验过这样的清晨了。要不是身患重病，该有多好。

早饭后，丁晓颜在厨房熬草药（作调养之用的太平方子）。她坐在小板凳上，烧炭火的小风炉上放一口瓦罐，草药在瓦罐里突突地沸滚。空气里充斥着浓烈的草药味。张瑛裹着棉衣，慢吞吞地走进来，拿一条小板凳，坐在丁晓颜身边，带着歉意地说：

"气味不好闻。"

"对身体好的气味哪有不好闻的。"

"唉，你这孩子……昨晚阿咏打电话来，他实习过的那家单位想招他进去呢。"

"他同意了？"

"他说再考虑考虑，想问问你的意见。"后半句是张瑛加上去的。张咏并未就此征询过丁晓颜的意见。由于母亲患病，加之手头事情多，两人最近不再写信了。

"他自己喜欢就好了。"

"他哪晓得喜欢什么！考大学时，志愿都是老师帮他选的，我又不懂。"张瑛说道，"他就晓得喜欢你。"

丁晓颜脸色绯红，唇角含笑，低着头，目光灼灼地盯着风炉上的瓦罐。

张咏从杭州回来，会提前一天打个电话。到那天，丁晓颜一大早安顿好张瑛后，就去市场多买一些菜，晚上烧一顿丰盛的（张瑛的饭菜须另做）。

丁晓颜在厨房切菜，菜刀接触砧板发出的密集声响，排山倒海一般。张瑛在医院食堂工作过，自己做菜手艺稀松平常，却是见过一点灶头世面的。丁晓颜这一手刀工让她叹为观止。徽菜重油（张咏爱吃丁晓颜烧的徽菜），丁晓颜往锅里下油时，张瑛看着，忍不住嘟哝道："你这孩子，明早天不亮了。"言下之意是丁晓颜不够节俭，大手大脚，油放多了。丁晓颜笑着，也不搭理她，只顾烧菜。

丁晓颜忙活时，张瑛喜欢陪在一旁。她喜欢和丁晓颜说话。后者没几句话，主要是听她说。但张瑛的话也少了，以前的大嗓门也变小了。一老一少两个女人经常陷入沉默，仿如夕阳下的狮石巷，巷子里沉郁的栀子花香，寂然无声。

有时，因身体不适或疼痛，张瑛的情绪变得极其烦躁，躺也不是，坐也不是，看什么都不顺眼，于是生气，发火，出言不逊。过后立刻又感羞愧，觉得没良心，对不住丁晓颜。如此一来，情绪变得更为糟糕，恶性循环，无以自处。

丁晓颜不急也不怒，总能找出办法来帮张瑛调解、舒缓，让其慢慢平复下来，耐性好得仿佛时间在她身上是静止的。

一天清晨，丁晓颜进屋时，张瑛已经起床，穿一件松松垮垮的大红高领毛衣，稀疏的头发梳得整整齐齐，坐在床边，出神地望着窗外。窗户敞开着，风直往里吹。丁晓颜担心她着凉，赶紧过去关窗，然后才看见张瑛在对着她笑。

"这一身好看吗？"张瑛问她。

"好看。"

"人瘦了，穿着显大。"

张瑛有些腼腆地说道，笑得更明媚了。以前在医院食堂上班，后来摆摊做买卖，都没机会穿好衣服。这件大红高领毛衣是她结婚时买的,总共没穿过几回。她让丁晓颜帮忙挪开墙边叠堆着的两口纸箱,下面压着一只樟木箱,箱子里是她的衣服。

"这几件是好的。"

衣服并不多,她挑出满意的,一件件抖开,摊在床上。房间里弥漫着一股樟脑味。她拿起一件,在身上比画,征询丁晓颜的意见。虽然卖了多年的服装,但在穿衣打扮方面,她仍然缺乏信心,更信任丁晓颜。在她看来,这孩子从小就会穿衣服,总是穿得清清爽爽,漂漂亮亮,搭配得体。

张瑛挑了两件最满意的外套,分别穿上身,丁晓颜帮她挑选适宜搭配的裤子。

"唉,样式老了。"

"不老,配这条裤子特别好看。"

"摆了这么多年衣服摊,我也没学会配衣服。"张瑛说,"他爸讲究,穿衣服有样子的。"

在丁晓颜面前,原先她口中的"畜生"江文泉,变成了"他爸"。

"挑来挑去,还是这件高领毛衣最好看,就是显大了。"张瑛抚摸着这件旧毛衣,遗憾地说。

"瑛阿姨,等下半年天凉了,我再给你织一件高领的。你喜欢什么颜色?"

"大红的！"

五月中旬的一个傍晚，丁晓颜如往常一样准时来到狮石巷，给张瑛做晚饭。张瑛回扬兮镇养病后，她的饮食就被丁晓颜给承包管理起来了。丁晓颜做什么，张瑛就老老实实吃什么，一点不挑。

丁晓颜遵医嘱，做的多是有营养的流质食物，配几样清淡小菜。张瑛有生以来，从未吃得如此精细过。这天傍晚，她忽然对丁晓颜说：

"晓颜，刚好还有点剩饭，帮我煮碗菜泡饭吧。"

几个月来，张瑛第一次在吃的方面主动提出要求，要的竟然是菜泡饭。丁晓颜感到惊讶。菜泡饭是扬兮镇居民家里最不起眼的食物，基本上是将剩菜剩饭一锅煮，凑合着对付一顿。当然也可以做得讲究一些，除新鲜的青菜外，再加一些配料，如香菇、冬笋、火腿丝等等。但那是另一回事了。

丁晓颜此刻想的就是另一回事。她琢磨着如何以手头现有的材料，做得精细美味些，又要避开张瑛须忌口的东西。

"加把青菜放点盐，其他的不用，我也吃不下。"张瑛看出丁晓颜正在动心思配菜，于是直接提出方案。

这是世上最简单的菜泡饭。张瑛吃得津津有味。丁晓颜坐旁边，看着张瑛一口一口地吃着。

"还烫的，慢点吃。"

"阿咏这趟回来，什么也不讲。"张瑛说。

五一假期，张咏回家住了两晚。临近毕业了，他却没有再提起工作落实的具体情况。

"他肯定有主意了。"丁晓颜说。她指的是张咏找工作一事。但张瑛想的是另一回事。

"晓颜，以后阿咏主意大了，你就给他煮碗菜泡饭吃。"

"嗯！"丁晓颜点点头，粲然而笑。

张瑛也笑了。她发现这女孩什么都明白，连菜泡饭也明白。

其实丁晓颜不明白，只是觉得瑛阿姨说出的这句话很动听，仿佛母亲胡美兰念出来的唐诗句子。无所用，无所指，却让屋外已被夜色侵入的巷子，又明亮起来。

张瑛生于穷困，长于饥寒，劳碌半生，其命如草芥，日子过得极为粗糙。如一台常年高速运转的机器，瘦小的身体早已磨损得千疮百孔。平时靠一口强横之气硬撑着，大病一至，如洪水决堤，泥沙俱下，整个人就被冲垮了。

两天后的一个清晨，张瑛突然陷入昏迷。当晚七点，她在扬兮镇医院过世。遗体暂时停放于医院太平间，由苏冬丽看守着她。儿子张咏还在返回扬兮镇的长途大巴上。张瑛没能坚持到儿子大学毕业的那一天。

这年张瑛刚满五十岁，按照老辈人的说法，已不算夭寿。

6

扬夈镇的岁月刻度,是以某些人物的死亡为记号的。例如回忆起1994年,镇上的老居民们会说:张瑛过世那一年。

那一年的五月,扬夈镇还有一个人也死了,但没有资格被作为记号。

"花癫"姚迎春精神失常多年,在康定医院进进出出,时好时坏。近两年状况似有好转,最终还是没能熬过去。五月的一个夜晚,她偷偷走出家门,再没回来。

她父亲姚查理托人帮忙寻找了大半夜。天蒙蒙亮时,人们在镇子西南边三公里处,一家军工厂遗址里发现了她。她吊在一棵梨树上。

疯女人姚迎春早已不是扬夈镇的话题,却因为这一别开生面的自杀行为,一度又引发了议论。议论的焦点,集中于她死时的装备。起初的版本,简而言之是这样的:袒胸露乳,一丈白绫。

想想那场面,人们不禁唏嘘感慨,瓦罐不离井边破,这女人终究还是死在那个地方那件事上。

据说第一个发现她的人,于晨光熹微之中,迎面撞见一个袒胸露乳的女子,披头散发,颈挽白绫,挂在一棵梨树上，悬空的脚下是一堆散落开的碎青砖，满树凋零的梨花在风中如雪片般飘落。此君吓得当场尿了裤子。

军工厂搬走已有七八年，偌大的厂区空置着，无人打理。残砖碎瓦，荒草杂树，一派凄凉。此情此景，难免刺激起人们蓬勃的想象力。

但议论不过两天，第一个抵达现场的人即挺身而出，提供了原始正确版本。首先，他没有尿裤子，绝对没有。这一点是最为重要的，必须加以澄清。其次，姚迎春当时穿戴齐整（一套黑色职业套装），遗容端庄得体，一点都不吓人。最后，姚迎春上吊用的不是白绫，而是一长段取井水用的粗麻绳。这种粗麻绳在扬兮镇的水井边很常见。绳子的一头系着铁皮桶的提环，另一头系在井沿边的固定铁环上，非常结实，长期浸水使用不易腐烂。这玩意儿天天见天天摸，有什么好怕的？说一千道一万，总之，没有吓得尿裤子就是了。

关于姚迎春之死的议论，因之迅速偃旗息鼓。至于姚迎春发疯乃至上吊的原因，人们已不再关心，甚至忘了死去的疯婆子只有四十一岁，曾经是一个正常人的事实。更想不起年轻时的姚迎春，笑容可掬地站在讲台上，讲着一口流利英文的模样。

即便是姚迎春曾另眼相待，为她挥过拳拍过砖的学生张咏，到这年五月，也想不起昔日漂亮的姚老师了。

母亲张瑛的猝然离世,对张咏打击很大。再过一个多月他就大学毕业了。张瑛的离世对他人是意料中事,毕竟她罹患的是癌症晚期,随时有可能死去。对张咏则太过突然。他缺乏充分的心理准备。

他陷入痛苦的自责,并开始迁怒于县医院,迁怒于江文泉,迁怒于扬兮镇,甚至迁怒于丁晓颜。糟糕的是,这些被迁怒对象中,唯有丁晓颜是他触手可及的。

张瑛躺在镇医院时,江文泉闻讯后去看过她。张瑛已处于昏迷之中,自然是回望不见江文泉了。据医院同事透露,江文泉说:"就她这脾气,不得癌才怪呢。"江文泉一直很认真地持这一看法,张瑛无论是个人生活还是身体健康,都毁于她那种不知死活的强横脾气。该看法不能说错,也不能说对。江文泉是个聪明人,用一句轻描淡写的话,就给他和张瑛的半世姻缘盖了棺,定了论。

扬兮镇那时尚未建成殡仪馆和火葬场,逝者下葬前,通常停灵在自家门口(当地风俗,横死之人须停灵在外,不得进村。至于是否不得入镇,就不清楚了,因未曾关注过疯女人姚迎春的停灵、下葬过程,应与张瑛相隔不了几天)。

五月中旬,天气有些热了。张咏赶回扬兮镇后,立即着手为母亲办后事。

当地旧风俗,无论男女,年过五十后,就开始选定墓地，打制棺材（当地称棺材为"老屋"），缝制寿衣，预备身后事。解放后移风易俗，人们对此已不像以前那般重视，但提前在山上选定一块墓地，修一座空坟虚位以待，还是为大多数人所采用的。张瑛刚好卡在这不前不后的岁数，自忖日子还长着呢，没来得及为此做任何准备。这是她活得粗糙的又一证明。

张咏不懂这些事，茫无头绪。那几天，全靠苏冬丽顶着旁人的异样眼光，帮着张咏一起张罗，方才勉强平顺地对付过去。

下葬那天清晨，张瑛停灵在狮石巷自家门口。灵柩摆放在两条并排的长板凳上。张咏一宿没睡。他泡一杯浓茶，搬一条小竹椅，坐在离母亲灵柩不出五米的地方。两位抬棺人是附近的村民，赶过来需要一点时间，张咏和他们约定上午十点抬棺上山。墓穴已提前雇人挖好。

第一个赶到狮石巷的是丁晓颜。她也连着几宿没好好睡。张瑛的突然离世，让她觉得内疚，自责准备不足，照顾不周。前阵子，她曾提出搬来和张瑛一起住，被后者一口回绝了。张瑛不是不想，而是不愿给丁晓颜增添过重的负担。她一重病之人，难免糟污邋遢，让一个尚未过门的姑娘家住进来，没日没夜地在身边伺候，情何以堪。

丁晓颜给张咏买来了早餐。张咏对她说：

"你去忙店里的事吧。"

"这几天歇业。"

张咏不再说话,瞪着充血的两眼,只顾坐着大口喝浓茶。丁晓颜也不走,安安静静地坐在屋内。

片刻后,江文泉来了。他一个人(苏冬丽自然不宜出现在该场合),还是骑着一辆28吋的自行车,只是换了辆新的。他远远地将自行车停放好,然后走过来。

"儿子,弄点纸钱烧烧。"江文泉指着灵柩前的空地说道。

"你来做什么?"

"今天可不是吵架的日子。"

"回去吧,这事跟你没关系。"

江文泉走后,来了六七个小商品市场的摊友。其中两位还是张瑛的老战友,张瑛养病期间常来探视,也曾亲眼见过小男孩张咏在街头帮着母亲一起收摊。他们一见张咏,便红了眼圈,但还没来得及说出安慰话,递出白包,张咏起身先开口了。

"各位叔叔阿姨,我妈这些年天天和你们在一起,热闹够了。今天让她清净一下吧。谢谢大家了。"

然后给众人鞠了一躬。

众人没料到张瑛时常挂在嘴边的大学生儿子竟如此不通

情理！心想这小伙子十有八九是伤心过度，一时糊了脑壳。他们既同情又不解，不便多话，只好快快离去。

将近九点时，来了一拨乡下亲戚，以张瑛的妹妹、妹夫一家子为主，加上其他几位张咏不认识的远亲，闹哄哄地出现在巷子里。张瑛父母去世得早，仅有这一个妹妹，多年来两家却无走动。早年，妹妹、妹夫常往姐姐、姐夫家跑，借钱借物，从来是有借无还。张瑛离婚那两年，单身带着孩子，刚辞去公职，开始在街头摆摊，经济条件一落千丈，他们就不再登门了。近年来，妹妹、妹夫又想起姐姐了，姐姐却想不起他们了。姐姐病故的消息，妹妹还是从别人嘴里听说的。

一行人刚走近灵柩，便号啕大哭起来，一边号哭，一边讲述死者生前之好、之善，宛如圣贤；生者又是如何地思念死者，恨不得追随而去。——于是人喧马嘶，声浪炎炎，泪珠涟涟，唱大戏一般。这叫"哭灵"。狮石巷里，总算有了一点办丧事的应有气氛。

张咏坐在小竹椅上冷眼旁观。待他们号哭毕，才开口说道：

"没准备豆腐饭，都回去吧。"

十点过后，终于抬棺上山。

扬兮镇人对于正常的死亡，普遍抱有较平和的心态。人死万事空,或繁或简行礼如仪地办完丧礼,将死者安葬,活着的人继续向前,日子该怎么过还得怎么过,不去回头想一些虚妄之事。张咏显然不是如此。他回顾母亲张瑛的一生,想得痛入心肺,却未意识到,在其回顾中出现的母亲,到底有几分是真实的,有几分是他的武断、偏见和想象?

张瑛的丧礼办成这副古怪模样,在扬兮镇历史上怕是绝无仅有。

两位年轻力壮的村民抬着灵柩,一路往北。张咏不撒纸钱,也不披麻戴孝,手提一瓶矿泉水,晃荡着双臂尾随在后,与他小时候跟随在母亲的三轮车后并无分别。这支一个人的送葬队伍穿街过巷,引起了不小的轰动。沿途,知情者窃窃私语,路遇者目瞪口呆。

张咏为母亲选定的墓地,在小镇北边的那座荒山上。此山我们曾介绍过,胡运开夫妇即安葬在那里。这又是一个惊人之举。张瑛是本镇人氏,且在镇上并非默默无闻之辈,怎么可以埋骨于那座荒山?人们摇头悲叹:张瑛辛辛苦苦养个大学生儿子,却落到这般田地!

一些精明的扬兮镇居民,迅速嗅出了这场怪异丧礼的特别气味:张瑛的儿子十有八九要远走高飞,往后不会再回来了。张瑛在小商品市场大楼里租下的摊位,患病期间已经做了处理。身后留下的,唯有狮石巷那两间老房子和一个儿子。儿子要走了，房子可不能随身带走。众人开始猜测，如果这一两年张瑛出售狮石巷的房子，根据行情估计会开价多少，谁家最有可能买下？

当然，人们为张瑛家操心的，不仅仅是狮石巷的老房子。还有一个可以带走，也可以不带走的，就是丁晓颜。

为这事最焦虑的，无疑是丁晓颜的母亲胡美兰。张瑛一死，胡美兰就考虑到这一层了。

胡美兰和张瑛同龄，认识几十年了，并无交往，彼此看对方都不顺眼。胡美兰虽不敢以凤凰自居，但在她眼里，张瑛绝对是土鸡瓦狗。后者之所以在镇上还有点名气，凡事能让人对她礼让三分，一是前夫江文泉早年在医院有个不错的位子，二是儿子张咏书读出来了。没一前一后这两条，张瑛狗屁不是，哪轮得到她那么嚣张，一张臭嘴三不五时地骂骂咧咧，搞得大家都欠她钱似的。人横自有天收。像张瑛这般无知无识之人，遭丈夫遗弃，带着儿子在街头摆个小摊，好不容易快要熬出头，眨眼间人却没了。想起张瑛的悲苦命运，同为女人的胡美兰也不禁黯然，心情颇为复杂。

胡美兰虽然看不上张瑛，但对小女儿与张瑛的儿子处对象，却是抱有高度期待的。

张瑛患病后，丁晓颜尽心服侍，与之相处得颇为融洽。这一点旁人看在眼里，私下都佩服这女孩，居然能把张瑛那么难搞的人争取过来。张瑛不是请不起保姆，却愿意让丁晓颜服侍她，邀其来家里一起吃小年夜饭，充分说明她已接受了丁晓颜。

如今张瑛病故，丁晓颜失去了一个强有力的支持者和保护者。她与张咏这场不相匹配的恋爱，能谈出个结果来吗？

胡美兰的焦虑是合乎情理的。我们应该要理解。

丧礼那天，丁晓颜坐在屋内，空空茫茫，不清楚在等待什么。她看着张咏粗鲁无理地把主动前来吊丧的亲友们一一打发走。她发现，瑛阿姨活着孤单，死后也孤单，不觉落下泪来。

起灵时，张咏对她说：

"回去吧。"

栀子花的花期已过，余香尚存。与狮石巷里多日散之不尽的草药味混合在一起，闻着带有一丝苦味了。

第七章　老戏文

1

1995年秋天，苏冬丽看守太平间十三年之后，被调离原岗位，安排她去总务科打杂，负责给各科室分发工作服、口罩、手套之类的日用品，相当于端茶递水。但比端茶递水清闲得多，不需要三班倒了，基本处于半退休状态。这是院方对她的照顾。由于长期工作在阴暗潮湿的环境里，她患上了风湿性关节炎。这一年，她四十岁。

十三年来，扬兮镇人民医院规模扩大近三分之一，设施得到部分更新，高大的住宅楼盖起来了，科室、人员也相应地增加。许多新来的年轻同事，已不认识苏冬丽，或未听说过此人。老同事们也淡忘了，苏冬丽十八岁毕业于护校，曾是个身材高挑、笑脸盈盈的妇产科护士。

在镇上，苏冬丽同样不惹人注目。那年腊月的米羹事件后，她在扬兮镇的生活圈子、活动空间，一缩再缩，自我缩限至一个极狭小的范围,如影子般活着。如今,咄咄逼人的张瑛已经过世,绑缚住苏冬丽的那条看不见的绳子,却被她自己紧勒着,并未因此而松开。

但死亡仍能带走一些东西。苏冬丽与江文泉的故事,随着当事人之一张瑛的谢世,再也提不起人们谈论的兴致。苏、江二人至此彻底退出扬兮镇舆论场,沦为柴米油盐的平常夫妻。

他们于年初搬入医院新盖的住宅楼。该楼建在镇东边,靠近塔山脚下。江文泉失去职务多年,由于工龄长,资历深,单位分配住房时,他仍然拿到了一套六十多平米的两居室(只需贴补几千块钱,即可拥有产权)。面积、楼层(一楼,梅雨季容易返潮)都不够理想,但考虑到夫妇俩在镇医院的卑微地位,应当知足了。他们在东亭巷里租住了整整十四年。

江文泉为人不似早年那般文艺气重,但仍然喜欢喝酒、吹牛、钓鱼,号称"自遭襟怀小三样"。近来倒是戒掉了打牌的嗜好。他在牌桌上输掉过不少钱,荡光了微薄的积蓄,外头还欠着多笔小额赌债。买房子那笔钱是苏冬丽出的。江文泉五十三岁了,每天早晨起床滴完尿照镜子,细数着白发又添了几根。今时不同以往,该认真考虑养老之事了。

张咏大学毕业后,落户省城杭州,就职于他曾实习过的那家大型制药公司。这让江文泉的襟怀被遣去了一大半，不再为自己的际遇过分耿耿于怀。张瑛去世后，父子俩的关系有所缓和。张咏假期回来，会带着丁晓颜一起到父亲家吃顿饭。

苏冬丽是促使这对父子关系缓和的关键因素。她与张咏一直相处得很好，时有联系（江文泉想了解儿子近况，还得向她打听）。这是在张咏小时候打下的底子。她也打心眼里喜爱丁晓颜。苏冬丽未能生育，膝下无子女。人到中年后，虽时常吃斋念佛，母爱之心、舐犊之情仍炽。因此，在与丁晓颜的交往中，苏冬丽反倒显出几分难得的主动。

中秋节的下午，四点过后，苏冬丽提着一袋尚存余温的榨菜鲜肉月饼，来到晓颜烧饼店。她刚从郁川镇父母家回来。郁川镇人爱吃榨菜鲜肉月饼。这种月饼个头小，一口一个，样式别致，现烤现吃口感最佳，但在扬兮镇不流行。

近来，苏冬丽与丁晓颜时常互赠食品，多为亲手做的"新鲜样"。该交往方式始自几年前胡运开过世后的头七夜。苏冬丽受张咏之托，到姜公巷探望丁晓颜，送去了饺子。几天后，丁晓颜回赠一小坛自酿的甜酒酿。这是两位女人交往的起始。后来走动得却不多，原因在于苏冬丽。但凡与张瑛有所牵扯的人事及场合，她尽量回避，或少有涉及。晓颜烧饼店开业那天，苏冬丽也避而不去，只在晚上提了一篮新鲜水果,到姜公巷丁晓颜住处致贺。

晓颜烧饼店开业四年来,生意蒸蒸日上,虽挣不出大钱,一年下来的收入也颇可观。来无名巷做小买卖的人(多为周边村民)逐年增多,市场处于乱糟糟的扩张之中,人口越趋密集。附近塔山脚下新建的几栋单位住宅楼,也为市场提供了不少新客源。

苏冬丽现在的住所,距丁晓颜的小店仅三五分钟脚程。

适逢中秋,到下午四点多,都准备要回家吃团圆饭了,无名巷里过早地呈现出冷清状。苏冬丽走进晓颜烧饼店。余芳在大堂擦桌子。这位身材瘦小的女孩才十八岁,机灵、勤快,手脚麻利。店主丁晓颜弯腰在柜台后清理烤炉。

"收工了?"苏冬丽招呼道。

"快了。"余芳说,抬头冲她笑笑。

丁晓颜闻声,从柜台后快步迎出来。她穿一件无图案的白色圆领T恤,一条浅灰色牛仔裤,裤腿肥大宽松,脚上是一双米色厚跟凉鞋,仍是一副清爽的夏天装扮。她现在已是个忙碌而老练的店主。头发留长了,绾成简单的发髻,别着一枚深红色的发夹。一张线条清晰流畅的脸,配上一身近乎中性的衣着,举止间透出一种扬兮镇女人少有的舒朗自如的气度。

苏冬丽微笑着,望着眼前这位充满活力、年轻而又显出成熟感的女人，感觉赏心悦目，还伴随着几分由衷的钦羡。刚离开烤炉，丁晓颜的脸颊红彤彤的，笑着一把抓过苏冬丽手中的那袋榨菜鲜肉月饼。

"尝尝，刚从郁川镇带来的。"

丁晓颜取出一只塞嘴里，转身到柜台边，将这袋月饼分出一半，装入另一纸袋。

"好吃！"丁晓颜将纸袋递给余芳，吩咐道，"你先回家。过节，别让你爸妈等着。苏阿姨，你坐啊。"

"不坐了。"

苏冬丽和丁晓颜走动多，彼此间不拘礼。送月饼来并非为应节，不过是刚好有"新鲜样"，顺便拿些过来。

"阿咏最近忙吗？"苏冬丽问道。

"前天到江西出差了，中秋在那边过呢。"丁晓颜说，嘴里还嚼着月饼，"小时候我湖州的姑姑也带来过这种月饼，凉了，放锅里焖一下，特别好吃。"

"晓颜姐，我们店里要不以后也试试做这个？"余芳说。

闲叙片刻，苏冬丽、余芳相继走了。丁晓颜又查看一遍已熄灭的炉火，然后锁上店门，去仙居巷父母家吃晚饭。

胡美兰已五十一岁，离退休没几年了。大女儿丁晓虹研究生毕业后，跟随男朋友一起落户扬州，在一所师范学校谋了份教职。小两口去年静悄悄地领了结婚证。胡美兰在电话里催促女儿，抓紧把婚礼办一办，摆几桌酒席，排场不用大，意思意思就好，总得有个礼数嘛。现在这副样子，跟私奔有什么分别？丁晓虹不加理会。母亲对男方家庭条件不满意，颇多微词，伤了丁晓虹的心，这两年很少回扬兮镇，平时也难得跟父母联系。倒是和妹妹丁晓颜，比小时候亲近些了，三不五时地通个电话。

年过半百后，胡美兰忧愁日增，仿佛置身于荆棘丛中，每走一步都担心被扎伤，被困住。偏偏丈夫如炼丹道士，女儿似前世冤家，没一个能为她分忧解愁的。大女儿如今已是鞭长莫及，操心不着了。所幸身边还有个小女儿，有些事尚在未定之数，还存有希望。

自张瑛过世、张咏在杭州工作以后，每次丁晓颜回仙居巷，胡美兰都要提几个问题，想方设法从女儿嘴里套几句话。她知道丁晓颜表达能力差，不爱说话，微妙处难免讲不清楚，因此问题设计得颇为精巧。

比如，她问女儿："阿咏刚参加工作，薪水低，长途电话费这么贵，不会天天给你打吧？"听起来像是在为经济问题担忧。

丁晓颜是一根筋，不会拐弯，直言相告："妈，你放心，很少打的。"得到这么个答复，你让妈怎么放得下心呢。

张瑛身后留下狮石巷的老房子，如今人去屋空。张咏难得回来住几天，一年中大多数日子里是铁将军把门。镇上有多户人家在打听这套房子是否出售，但没人直接去问张咏。张咏未表现出售房意愿，贸然相问，街坊邻里的面上不好看。

胡美兰也在打听此事，但出发点不同。她问女儿："好几户人家在打听狮石巷那套房子呢。阿咏这样拖着，是不是嫌市面价格不好？"

丁晓颜一脸茫然："没听他说要卖房子呀。"

胡美兰的心略宽了些，想着张咏不卖掉扬兮镇的老房子，留着总归是有用场的。转念一想，又觉得不对。张咏已落户杭州，不可能回扬兮镇来工作、生活，小两口难道要长期两地分居？思前想后，竟无一处是稳妥的。恨只恨自家女儿不争气，条件不够好，落得如此被动，处处被人拿捏住。有时想得烦乱了，心一横，干脆就近给女儿找个老实人嫁掉算了。可冷静下来后，又不甘心了，只能惶惶然地走一步看一步。

丁晓颜从父母家离开，已是晚上九点。天上悬挂着一轮中秋的满月。夜凉如水。丁晓颜走在仙居巷里，披着一件深蓝色的对襟线衫。这时节早晚温差大。来时匆忙，忘带外套了，挨了母亲两句骂，出门时递给她这件衣服。丁晓颜的身材比母亲高大，套上身绷得难受，于是脱下来披着。

衣服上有母亲的气味，嗅着很熟悉。如月光下这条青石板铺就的老巷子，此时反射着清冷的月光，她从小走到现在，世上没有比它更让丁晓颜感到熟悉的路了。

一晚上母亲絮絮叨叨，问了她很多话。她也回答了很多话。但有件要紧事她没有告诉母亲，她怀孕了。

2

胡美兰的担忧不完全是捕风捉影。张咏在杭州工作一年零两个月了，其间仅回来过四次，每一次都行色匆匆，叫他来仙居巷吃顿饭也推三阻四的，住不到三两天就走了。其中三次，还是专程为他过世的母亲而来。

一次是春节。张咏大年初一赶回扬兮镇，给母亲上坟。仅逗留一晚，初二一早就匆匆返回单位了。这个春节他主动放弃休假，留在单位值班。但之前的国庆假期，他曾特地回来看丁晓颜，在姜公巷住了四晚，小两口一起到仙居巷和东亭巷各吃了顿饭，算是四次当中最从容的一次。

那趟回来，张咏给丁晓颜带了新的磁带和一双价格不菲的耐克运动鞋。丁晓颜平时很少穿运动鞋。夏天，她喜欢穿凉鞋，平跟、厚跟的都有。有时也穿母亲做的敞口布鞋。其他季节多以皮鞋为主，但布鞋的占比仍然很重。她有好几双布鞋，母亲做的，自己买的，样式各异。她把布鞋当作运动鞋、休闲鞋穿。张咏对她这一习惯很不以为然。丁晓颜身材高挑，体态婀娜，穿布鞋体现不出这些优势。但她穿布鞋的样子，尤其是光着脚，随意地穿着她母亲做的敞口布鞋时，张咏又觉得特别性感撩人，令他难以自持。

面对丁晓颜时，张咏经常陷入内外交困的矛盾之中，夹缠不清，即便是在穿衣打扮等琐碎小事上也是如此。

第二次为母亲而来，是在今年的清明节，住了两晚。最近一次回来，则是在七月半（中元节，也叫盂兰盆节），也就是上个月。

扬兮镇一带的风俗，对七月半很重视。传闻这天晚上，逝去的先祖亡灵要回家，在家中四处走动，东摸摸西看看，弄出点响声。丁晓颜幼时曾听奶奶丁老太太在七月半的次日清晨说，昨夜你爷爷回家了，厨房碗柜里咣啷咣啷响，听见了吗？丁晓颜晚上睡得沉，卧室离厨房那么远，哪听得见。

白天，张咏和丁晓颜一起去上坟。照风俗，七月半这天必须给新坟上香，傍晚为回家的亡灵做一桌丰盛的晚饭。那天的饭菜是丁晓颜做的，在狮石巷的老房子里。张咏给她打下手，帮着洗菜剥蒜。

晚饭做好后，太阳已落山了。丁晓颜提议在家门口给瑛阿姨烧些纸钱。张咏同意了。他对这类祭奠仪式并不重视，心下还带有几分唯物主义者的抵触情绪。只不过母亲过世不久，还是新坟，春节、清明等特定节期总得来跑一趟，扫个墓。前两次扫墓，都是丁晓颜给他备妥相应的祭品。母亲张瑛健在时，对祭祖也不当回事，逢年过节草草应付。偶尔还发牢骚，说祖先未能好好庇佑她，让她过得这么辛苦，求人不如求己，有工夫烧炷香，不如往灶里添把柴呢。

丁晓颜拿一只洗衣用的铝皮大脸盆，放在狮石巷家门口，旁边点了三炷香。早在头一天，她就买好了燃香和纸钱。这个时辰，整个小镇的上空，以及扬兮河边，都弥漫着温煦的燃香味。张咏坐在丁晓颜身边，凝神望着她专注而缓慢地往小火苗里添纸钱。暮色霭霭，狮石巷里香烟袅袅。张咏忽然心有所动。自母亲过世后，这是唯一的一次，他内心不掺杂丝毫怨恨地思念起母亲来。

深夜，两人在张咏的房间里做爱。他们聚少离多，在一起时，总是抓住各种机会做爱，有时未免显得鲁莽、草率。张咏不是每次都能倾情投入，时有顾忌，但具体顾忌什么并不清楚。丁晓颜正好相反，分明是七月半，鬼节，做起祭奠仪式来恭肃端庄，一丝不苟，在床上却无半分拘束，极尽欢颜。

这是丁晓颜头一回在狮石巷过夜。

"瑛阿姨回来肯定先去厨房。那些天她喜欢待在厨房里。"

"我妈这人闹,真来的话,巷子口就听得见了。"

"她不闹的。"

天气热,窗户敞开着。巷子里的虫鸣声渐趋喑弱。青翠的草木气味,挟裹着未散尽的燃香味,透过纱窗,成团地涌进来。午夜时分,忽然下起一阵暴雨。扬分镇的夏天多阵雨、夜雨。雨来时,雨去时,急切骤然,全无预兆。雨点敲打着屋顶、窗玻璃和窗棂,噼啪作响。

张咏被惊醒,铺天盖地的暴雨声中,似有另一种声音在传递,忽远忽近,舒缓悠扬,仿佛梦境的残声余音。在这间他出生长大的老房子里,这条踏足过童年少年的老巷子里,他未曾体验过此刻包裹着他全部身心的温柔与静谧。

身旁的丁晓颜熟睡着,身上盖着一条薄毯。张咏亲吻她。睡意蒙眬中,丁晓颜悄悄抽去毯子,回应着他。片刻后,雨停歇了,天地即刻沉寂下来。丁晓颜断断续续轻微的呻吟声,宛如梦呓。

就在七月半的这一夜,丁晓颜怀上了孩子。

这当然是个意外。美好的雨夜总是容易出意外的,哪怕是七月半鬼节的雨夜。

次日清晨,丁晓颜送张咏去车站。张咏提着旅行包,丁晓颜拎着一只塑料袋，里边是给张咏准备的食物：一纸袋烧饼，一小袋她煮的茶叶蛋，还有几只新鲜桃子。天热，她用矿泉水瓶装了两瓶自家小店里的酸梅汤，可解暑气。

张咏出门不愿多带东西，除了必需品，其他可减则减，能少则少。丁晓颜却每次都要给他准备充足，尤其是吃的喝的，仿佛张咏去的是遥远的荒凉之地，途中难免风餐露宿，有饥渴之虞。张咏对此不以为然："不用带这些。当天就到了，又不过夜。"

丁晓颜却认真地说："穷家富路。"

这是她小时候从奶奶丁老太太那里听来的。以前姐姐丁晓虹去县一中上学，临行前，奶奶总要准备些小食，让她带着路上吃。从扬兮镇到县城，也就三个多小时的车程，丁晓虹嫌累赘，不乐意带，奶奶就用这句话教训她。

每次张咏到达杭州后，丁晓颜为他准备的吃食都已所剩无几了。他没有留意到这一点。她估算的量与他的需要大致相当，并未给他增添额外的负担。

到车站后，丁晓颜将塑料袋交给张咏，看着他过检票口，登车。然后，她来到车站大门外的马路边，车子出站后将绕经此处。她站在马路牙子上，大巴驶过时，她踮起脚，朝车内张望，看看张咏坐在哪个位置。如果坐在靠近她这边，张咏便会朝她挥挥手，示意她赶紧回去。如果坐在另一边，由于视线被挡，他便不再有动作。

无论张咏坐在哪一边，丁晓颜只是踮着脚，脸庞微微扬起，望着他笑。张咏有时觉得，她的笑不是针对他的。

直到大巴车驶远了，笑容还停留在她的嘴角。

中秋节后一周，丁晓颜到镇医院做检查，确定自己怀孕了，于是向大夫咨询了一些注意事项，然后面带微笑地离开了。她决定把孩子生下来，没有丝毫迟疑，仿佛这是她盼望已久的。秋风起时，医院院墙外的那棵银杏树，叶子泛黄了。有一片叶子飘下来，不偏不倚，正好落在她的发髻上。她取下来，轻握在手里。童年时她曾在这里跳过橡皮筋，捡过银杏叶，堆过雪人。那时的玩伴们都长大了，走远了。唯有她，仍如这棵黄叶满枝的银杏树一样，在原地生根，长叶，开花，结果。她的脚步依然轻盈。

这片飘落于她发髻上的银杏叶，像是传递季节嬗变消息的信使，带来秋天的凉意。她想着天凉了，冬天就快到了，要买哪种颜色的毛线（就买银杏叶的颜色吧），给孩子编织哪种花式的帽子、手套和袜子（就织银杏叶图案的花式吧）。

一时间她竟然忘了，孩子要到明年夏天才出生呢。

3

丁晓颜没有将怀孕一事告诉任何人。但一个未出嫁的大姑娘,跑到一家遍地是熟人的医院查孕,必然会招来闲言碎语。丁晓颜对此并不在意,工作、生活一切如常。

余芳年纪小,心思却敏捷,知晓人情世故。不几日,她看出点端倪,加上外间的风言风语,也吹了几句进她耳朵。

在工作间里,她悄声问道:"晓颜姐,你真的有喜了?"

丁晓颜含笑不语。余芳明白了,此后处处留心,店里但逢有粗重些的活,便抢在前头。

胡美兰也很快听见了风声。几天后丁晓颜回家吃饭,她主动问起此事。女儿未婚先孕,胡美兰并不生气。她有自己的盘算。丁晓颜从小就头脑简单,行事为人不循常理,工作、恋爱都是如此。如今大咧咧地跑镇医院查孕,惹出非议,在胡美兰看来既不意外也不丢人。女儿毕竟是光明正大有对象的,该对象的人品、条件,与她相处了几年,镇上的人都大致了解。有这么个具体情况在,怎可与那些不负责任的未婚先孕者相提并论?而且,此事被更多人得知,在镇上形成舆论氛围,无形中对张咏也是个压力,说不定还可促使他将结婚一事尽快提上日程。

因此，从长远来看，胡美兰心里其实是高兴的。她不仅不责怪女儿，反而要帮女儿好好谋划一番。

张瑛在时，未曾开口向丁家正式提过亲。前年小年夜时，张咏曾提着礼品来仙居巷，恭恭敬敬地邀丁晓颜过去吃小年夜饭——此举非比寻常，自然是承母命而来。胡美兰将此看作张家独特的提亲仪式。张家情况特殊，有慈无严，儿子的事不能指望江文泉出面。且众所周知，张瑛文化程度低，脾气大，为人粗俗，说话、办事不讲规矩，能做到这程度算是相当得体了。关键是两个年轻人合得来，相处得好，能够早日成家立业，那套繁文缛节不要也罢。况且张瑛已经过世，胡美兰没法再与她计较什么。在心里面，她是早把张咏当女婿看待了。

得知女儿想把孩子生下来，胡美兰是喜忧交加。她盯着女儿的腰身，若有所思地看了好一会儿。丁晓颜被母亲看得脸红了，说：

"妈，还早呢。"

"你们是怎么个打算？"

胡美兰期盼听到两人对婚期的展望或确定。

"没跟他讲。"

"这么要紧的事不跟他讲？"

"等他回来再讲。"

胡美兰心头又掠过那种熟悉的不祥感。

"这种事不能等的！"她提醒女儿。

国庆节前一天，张咏回来了。他这次回来有件大事要办，准备着手卖掉狮石巷的老房子。但在电话里，他没有和丁晓颜提及此事。

照例，丁晓颜到车站接他。

节假日，出行的人多，县城到扬兮镇的长途大巴临时增开了两班。张咏到县城后，没买着当天正常班次的车票，好不容易挤上一辆下午四点才发车的加班车。到达扬兮镇，已是晚上七点多。由于原计划中途被迫变更，丁晓颜并不知情，按照既定时间，下午到车站接人却扑了空。她猜想张咏肯定是临时有事，改坐第二天的班车了，于是回去等他的消息。

张咏出站后，提着行李直接去了姜公巷。丁晓颜喜出望外。

"还以为你今天不回了！"

"坐加班车的。"

张咏给她带来一件新买的红色长款羽绒服，款式、颜色及牌子都很好。但这个时节买羽绒服有点早了。张咏解释说是前天出门预购车票时，路过一家商场，正在做促销活动，他看这件羽绒服不错，顺便就买下了。丁晓颜冬天爱穿这种长款羽绒服，有一件白色的，穿了好几年，旧了。

丁晓颜当即穿上新羽绒服试了试，挺合身的。

"留着过冬！"她开心地说道。

在厨房给张咏做晚饭时，丁晓颜细细地向他讲述起下午去接站却扑空的经过。张咏察觉到，丁晓颜比以前爱讲话了，车站接人这样的琐碎小事，她也能有滋有味地讲个不停。她颠三倒四屡屡提及自己没有考虑到加班车，当时车站人多，大家挤来挤去的，她本来应该去问一问工作人员，那样就会猜到他一定是坐加班车回来了。她对于没能接到张咏一事似乎耿耿于怀。张咏当然不会在意这个。丁晓颜极少出远门，对于节假日路途上的拥挤混乱缺乏切身体验，一时顾虑不周，想不到临时有加班车之类的情况很正常。

真正令张咏感到不满的是，丁晓颜对于目前的生活过于知足了。她在意的东西，常常是张咏所忽略的，反之也类似。她感受不到路途上的拥挤混乱，接触不到张咏所在的那个剧烈变动的外部世界，也体会不到张咏渴望在社会上取得成功的强烈意愿。

工作一年多了，张咏在单位干得并不顺心，与毕业时的期望落差很大。单位效益一般，死气沉沉。他有两个同学毕业后未服从国家分配，直接南下深圳、海南，放弃所学专业，一个进了外企，一个进了房地产行业，不仅收入远高于他，职业前景看起来也远比他光明。张咏因此动了辞职下海的心思。

母亲过世后，张咏这几次回来，对于这个他出生成长的小镇，产生了越来越真实、强烈的陌生感，似乎和这里遇见的每个人都隔着一堵墙，在这里所做的每件事都不再切身关己，甚至在给母亲上坟扫墓时，也少有情感的波动，更像是在祭拜一位已过世几十年的长辈……

这趟回来之前，他想着见面时和丁晓颜认真谈一谈，他打算卖掉狮石巷老房子，筹一笔钱，然后辞去公职，带她离开扬兮镇，等等。但此刻面对她，张咏却觉得心绪消沉，一时间不想开口了。

丁晓颜的身材尚未显怀，看不出有孕在身。这些天她同样心绪烦乱。体内正在孕育的新生命改变了她。下午在车站，她就感到疲倦、烦躁，在那个闹哄哄的地方一刻也不想多待。如果告诉张咏，她决定把孩子生下来，可以预料得到他的反应。她很清楚，目前对张咏来说，别说要孩子，连结婚也不会考虑。可她不想改变自己的决定。

两人各怀心事，一宿无话。第二天是国庆节，晓颜烧饼店照常营业。上午，张咏回狮石巷家中，见了一位有购房意向的街坊。中午，他到小店和丁晓颜一起吃午饭。下午，小店提前打烊，两人上街买了两盒送给丁远鹏、胡美兰的营养品及水果，然后到仙居巷吃晚饭。

胡美兰准备了一桌丰盛的菜。她对这顿饭很重视。大女儿已经出嫁，虽说嫁得令她有些失望，但终究是了却了一桩心头大事。眼下要对付的就是小女儿的终身大事了。她料定丁晓颜已将怀孕一事告知张咏，小两口应该是谈妥了，才一起来仙居巷吃饭。说不定今晚就可以把女儿的婚事给定下了。

张咏这几年来仙居巷吃饭不超过五次。他对此是能避则避，可免则免。丁晓颜也从不主动邀约，每次都是转父母之邀。张咏性格简傲、内向，加之受母亲张瑛的影响，跟丁远鹏、胡美兰夫妇见面时显得极为拘谨客套，一直亲近不起来。与镇上其他正在谈对象的小伙子不同，他从没帮丁家干过活（换煤气、买煤饼之类卖力气跑腿献殷勤的杂活），平时绝少踏足仙居巷。丁家由于自认女儿个人条件欠佳，难免高看张咏一眼，对这位大学毕业的未来女婿自然也不可能有这些琐碎要求。但张咏作为小辈，表面功夫还是得做一做。因而每次去，他都提着包装光鲜的礼品，穿戴齐整，态度恭敬有礼，像一位远道而来的求婚者。这种状况左邻右舍看着奇怪，有时跟胡美兰打趣："小女儿也要嫁那么远哪？你还真舍得！"丁远鹏、胡美兰夫妇对此倒不觉着奇怪，反而认为这是镇上多数人家求而不得的体面。

饭桌上的气氛一如既往,由丁远鹏主讲,张咏嗯啊附和。胡美兰几乎插不进话,只是不停地给张咏和女儿夹菜。丁晓颜则向来无话。丁远鹏这些年变得越发孤僻,但每次见到张咏这位"知识分子",他的谈兴便上来了,如沉寂已久的火山突然喷发一般。他脱离公职多年,仍心系庙堂,热衷于谈论国家大政方针、领导们的升迁调动等话题,听起来很像是从火车站地摊杂志上读来的种种八卦掌故。他足不出户,天下大事却尽在掌握,臧否人物,指点江山,奇谈怪论层出不穷,言辞间颇为自得。张咏听了却感到更为压抑、逼仄,仿佛整个扬兮镇都挤在这间老旧的屋子里,找不到一扇窗户可以透口气。

将近七点时,吃饱喝足了,丁远鹏径自坐到电视机前,准备看《新闻联播》了。这是他每晚必看的节目,雷打不动,家中自有电视机以来未曾改变过。其余三人仍围坐在餐桌边。丁晓颜起身给父亲和张咏泡茶。

她端着给张咏的茶杯刚回到餐桌边坐下,胡美兰赶紧抓住机会,压低声音问女儿:

"你们到底是什么打算?"

"妈——"丁晓颜试图制止母亲。

胡美兰误以为是由于丁远鹏在,女儿觉得不便谈论此事,于是说道:

"你爸才懒得操心呢，不用理他！我跟你们讲啊，这种事拖不得，你们要想清楚。怀上也快俩月了，到时挺着个大肚子领证摆酒，样子不好看，人家讲起来难听的！"

丁晓颜低着头，脸红红的不作声了。

张咏又惊又疑，扭头看着丁晓颜，见对方无反应，他心里升起一股怒火。刚巧丁远鹏大老远地扔过来一句话："别看苏联垮台了，俄罗斯底子还是厚……"他延续着餐桌上的话题之一，谈的是当年美国航天飞机与俄罗斯空间站对接的旧闻。张咏趁机装作回应丁远鹏的话，端起茶杯走到沙发边，强忍着焦躁。丁远鹏见张咏过来，兴致勃勃地又聊开了。张咏一边嗯嗯啊啊应付着，一边用眼睛的余光观察房间那头母女俩的动静。他很不习惯胡美兰母女俩当他的面嘀嘀咕咕。

胡美兰急切地说着什么，丁晓颜回应了几句，然后收拾碗筷，下楼去厨房洗碗了。胡美兰神情不安地往丈夫这边瞥一眼，随即跟下楼去。

张咏如坐针毡，恨不得立刻离开这间屋子，这条巷子，这个镇子。

八点过后，母女俩回到楼上。她们在厨房待了一个多小时，显然有过一场漫长的谈话。胡美兰坐回餐桌边默然不语，灯光照着她满脸的疲惫忧愁之色。丁晓颜表情平静如常，她走到沙发边，挨坐在张咏身边的沙发扶手上，用手肘碰碰他，轻声说："我们回去吧？"刚在厨房洗过碗，她的双手下意识地在衣服前襟上摩挲着（这是进面店后养成的习惯动作，工作时常在围裙上摩挲双手）。

张咏如蒙大赦，当即起身向丁远鹏告辞。丁远鹏两眼盯着电视屏幕，点点头："嗯，好。"丁远鹏有个优点，想聊天时，不分场合地抓着你聊；不想聊时，他就退回自己的世界，对你基本处于视而不见的状态。而且，家中无论来的是谁，来时他不迎，走时他不送，任你来去，他好像没看见一样。对此刻的张咏来说，这真是个优点。他生怕丁远鹏谈兴再发，东拉西扯，一时脱不了身，于是也顾不得礼貌了，三步并作两步，急忙忙地出了门。

丁晓颜跟在身后笑道："慢点。"

张咏不知道她笑什么，但有时奇怪地觉得，丁晓颜似乎比他更难融入这个家庭，简直不像是这户人家的女儿。

胡美兰送小两口到楼梯口，她叫住张咏，将他拉到一边，面色凝重地嘱咐道："阿咏，晓颜这人脑子不转弯的，我这当妈的也不知道她在想什么。有些事你要做主，赶紧拿个主意。"说罢，她便转身回房了。

张咏心乱如麻，整晚都有一种被堵在墙角的郁闷感和愤怒感。十月初的夜晚凉意袭人，一弯上弦月斜挂在夜空，吐露着清寒萧瑟之气。走在寂静的巷子里，看看四下无人，张咏忍耐不住了，质问丁晓颜道："不早点跟我讲？"

丁晓颜说："我想生下来。"

她低头抿嘴而笑。巷子里昏黄的灯光照着她的脸部侧面，在青石板上留下一圈柔和朦胧的暗影。这个笑容不是给张咏的，而是给她自己和肚子里的孩子。这个笑容对张咏而言，曾经是个谜，他渴望去琢磨，去破解。此刻，他却感到了厌烦。

两人一问一答之间，隐含着一种令人不快的因果关系。这是丁晓颜的问题，经常答非所问，抓不住一句话最表层的意思。因此，她完全没有能力说服别人，也很难让别人真正了解她。

张咏压抑着怒火，撇下丁晓颜，加快脚步走出巷子。他猜想这十有八九是胡美兰自作主张，替女儿拿的主意，试图以此催逼他们尽快结婚。胡美兰已不止一次话里有话地表达过这一想法了。但以他和丁晓颜目前的现实状况，能结婚要孩子吗？他回忆起餐桌边母女俩的窃窃私语和厨房的长谈，楼梯口胡美兰对他说的那一番语重心长的话，越想越觉得此事可疑。终究是个扬兮镇人，躲不过老戏文里的那一套！他愤愤然地想道。

走到姜公巷时，张咏的情绪平缓下来了。他回头问丁晓颜：

"……谁给你出的好主意？"

说这话时，他并无责备、嘲弄之意，却透出一股冷冷的居高临下的怜悯之情。即使张咏背对着她，丁晓颜也感受到了。她站在路灯光下，摇摇头，笑容仍残存在嘴角，眼泪却跟着摇了出来，滴落在了姜公巷的青石板上。

十多年来，张咏一直在努力朝中心靠近，像在一篇纷然杂乱的大文章里，费尽心思，苦苦寻求中心思想。而丁晓颜呢，"春潮带雨晚来急，野渡无人舟自横"，平仄韵脚鲜明齐备，却无中心思想可言。晚来急于轮回的四季，舟自横于世界的荒原。

4

国庆节的这个晚上，张咏以为胡美兰和丁晓颜这对母女在密谋婚事。其实，母女之间分歧很大，并未谈拢。胡美兰苦口婆心，追着女儿说了一晚上，陈述其中的种种利害关系，其意见归结起来有两条：如果要孩子，那就赶紧领证，定下日子摆酒办婚礼；如果婚期不能确定，或前景不明，那就趁早把孩子打掉。

但无论如何，丁晓颜都坚持要把孩子生下来。对于母亲屡屡提及的婚期、前景之类的话题，她则保持沉默，不做任何回应。胡美兰知道这事不宜直接跟张咏挑明，一来失面子，搞得像女方求着男方似的，她拉不下这个脸；二来张咏没了妈，凡事都是自己做主，且自尊心极强，她作为女方家长，对他只可点到为止，催逼得紧容易适得其反。她的功夫只能下在女儿身上。可惜这女儿不争气，油盐不进。胡美兰想不通，女儿为什么在一切均无明确保障的情况下，非要坚持把孩子生下来？

张咏同样对此感到费解。

那晚从仙居巷回来后，深夜，小两口躺在床上也有过一次长谈。张咏主动说起他今后的打算，卖掉老房子筹一笔钱，辞职办公司，她关掉小店，离开扬兮镇到他的公司去帮忙，等等。他不想过父母那样的生活，渴望在更宽广的天地里大展身手。起初，他是带着抱怨的语气在向丁晓颜做解释，说到后来，不知不觉激情洋溢意气风发起来了，仿佛梦想中的成功就在眼前，唾手可得了。丁晓颜默默地听着。这是张咏头一回跟她大谈其人生规划和理想。

"现在怎么能要孩子？"张咏将话题拉回眼前，自认为这通谈话足可说服丁晓颜了。

丁晓颜还是不作声。她抱紧他，勒得他几乎喘不过气来。

次日傍晚，张咏坐在姜公巷丁晓颜的房间里看书。丁晓颜在对面的厨房里烧菜。香味弥漫了小半条巷子。外墙上的爬山虎叶子已变红了。夕阳照着平房屋顶的青瓦片,似在缓慢地移动。

张咏发现,这幕场景是多么熟悉。

多年前,父亲江文泉和母亲张瑛也是这样。当年的每一种元素,都在此刻还原、再现了。父亲眼前的书,母亲手中的锅铲,巷子里的喧闹声,厨房里溢出的香味。暗红色的爬山虎叶子,斑驳的外墙,屋顶的青瓦片,青瓦片上逐渐消退的夕阳光,仿佛用肉眼就能看清它千古不变的寸寸移动。

那一刻,他变得铁石心肠,只想立刻逃离。

丁晓颜正在专注地做荷叶粉蒸肉。这道菜她认识的每一个人都爱吃,但做这道菜需要一点时间和耐心。最初,她是从奶奶丁老太太那里学来的,后来在外公胡运开的指点下,又得到了提高。这道菜,她给父母做过,给姐姐做过,给外公做过,给瑛阿姨做过,现在给张咏做。遗憾的是,她从没给亲手教她这道菜的奶奶做过。那时她还小,不知道人会离开。

张咏提前结束假期,匆匆返回杭州,茫然不知所归。

很快,丁晓颜的日常生活形态起了明显变化,因为肚子明显隆起了。

开店以来,丁晓颜多是凌晨四点起床,少有例外。余芳进店后，打烊比以往晚了些，但最晚也不会超过九点。现在，为照顾未出世的宝宝，原先的作息需要进行调整。

余芳为人机灵，勤奋，跟着丁晓颜学艺一年多，进展迅速。她的目标是以后开一家餐馆。因此，在晓颜烧饼店工作期间，积极主动，尽可能地多学多做，多掌握本领。丁晓颜孕期须减轻工作量，余芳便挑起了大梁，早出晚归，里里外外一把手。

清晨，余芳先到店里，揉面，配料，做好第一炉烧饼入炉前的准备工作，然后丁晓颜到了。这一炉即将出炉时，打开店门。豆浆店的老板娘踩着小三轮送豆浆来了，重复着一成不变的问候语："今天生意好啊！"

"生意好！"回应她的是余芳。

紧跟着，送菜的，送肉的，陆续到来。余芳在门前一一接应，提货，结账，有条不紊。此时，丁晓颜在工作间里，第二炉烧饼入炉了。

吃早点的顾客开始光临，也是余芳负责张罗，有堂食的，有打包带走的。几年来，小店有了一批固定的早餐顾客。随着无名巷市场规模的扩大，人口越聚越多。水涨船高，几乎每家餐饮店的生意都比以前兴旺了，工作强度也随之增大。

早晨的一拨热潮过后，可以歇会儿了。两人坐下吃早饭。余芳来后，店内新添了灶具、餐具。得空时，就自己动手烧菜做饭，主要是晚饭。余芳不仅想学烤制烧饼，还想学丁晓颜的那一手特别的徽菜手艺。丁晓颜无所保留，悉心指点。

之所以说特别，是因为丁晓颜的手艺得自外公胡运开，做出的菜更传统，或者说更老派，也更具家常风味。与镇上几家餐馆做出的所谓徽菜，差异颇大。扬兮镇、郁川镇一带，受徽州文化影响颇深，徽菜很受欢迎。90年代后，大大小小的个体餐馆林立，一些餐馆喜欢打出徽菜名号。余芳在本地餐馆当过服务员，对于地道的徽菜却所知甚少，经常辨识不清。

当年胡运开教外孙女烧菜时，时常唠叨，扬兮镇与徽州风物有别，一些食材自然也有所不同，要在扬兮镇做出地道的徽菜，切不可随便用替代食材。有就有，没有就没有，不可鱼目混珠。况且只要做得好，每个地方的菜都有自家特色，都好吃，何必拘泥于名号？

丁晓颜不做徽菜生意，外公讲的话她却听进去了。有时她做出一道菜来，余芳从未吃过，但觉得好吃，于是问道：

"晓颜姐，这是徽菜吗？"

"不是。做法很像。"

晚饭后仍有少许顾客登门。晚间的生意，多集中于春夏两季。天转冷后,傍晚刚过七点,小店就打烊了。那时,夜色已经降临了。

眼看肚子日渐隆起,回姜公巷的这段路,丁晓颜走得越发慢了。她小心翼翼地护着胎儿,生怕有所差池。她祈望孩子将来像张咏一样聪明,担心孩子像自己这么笨。她穿着松软的布鞋,步伐再也不敢像以前那般轻盈灵动了。

路上遇见熟人,互致问候时,对方不便问她的孕情,但目光总忍不住瞥向她的肚子。她带着笑,也低头瞥一眼。她的笑容依然明媚。眼角偶尔掠过的一丝担忧之色,像是飘落于发髻上的那片银杏叶,被她轻握于手中,收藏进丁老太太留给她的那个小木盒里。

有好几次,当她穿过巷子,即将走到家门口时,才发现苏冬丽站在路灯的阴影里,手中提着一袋水果,或一只小保温锅。苏冬丽在镇医院工作,是最早听说丁晓颜怀孕的人之一。但丁晓颜不主动说起,她也不便贸然相问。直到丁晓颜的身材起了明显变化,众所皆知后,她才行动起来。

她给丁晓颜熬煮适合孕妇进补的营养粥,盛放在保温锅里送来,坐在房间里聊会儿天。闲聊时,苏冬丽刻意避免提起张咏。眼看着丁晓颜的肚子一天比一天大,张咏对丁晓颜却日渐疏远,原先期盼中的婚礼更是遥遥无期,苏冬丽猜想这对年轻人之间一定是出了大问题,但她不敢深入细问,为此忧心忡忡。然而,看见丁晓颜一如往常般的笑容时,苏冬丽又觉得自己多虑了。

张咏在外忙得不可开交。他有种不确定的受骗感,认为这只是胡美兰帮女儿想出的逼婚手段,不愿相信丁晓颜真会把孩子生下来。自我夸大的灰暗的童年记忆,与同样自我夸大的强烈的个人抱负,组合在一起,容易变形出某种看似体面的乖戾之气。他怀着自己都未察觉到的憎恨心情,把丁晓颜与扬兮镇融合在了一起。

他来过两个电话,继续以两人的前途等陈词滥调为由,劝说丁晓颜放弃孩子,但就是无法开口提结婚的事。因而,这份劝说显得越来越空洞虚浮,言不由衷,自欺欺人,更像是在为自己的逃离寻找一个道德上、情感上立得住脚的借口。

丁晓颜说:"你在外好好做,不用担心我。"

镇上开始传言,果然不出众人之所料,这对曾经备受瞩目的恋人最终还是分手了。

丁晓颜仍然在周末回一趟父母家。胡美兰对女儿冷若冰霜,不再多说一句。她对丁晓颜感到绝望,女儿的所作所为超出了她的理解范畴,带来的恶果比她曾经担忧的更甚。她对丁晓颜的爱与耐心已被彻底耗尽了。倒是父亲丁远鹏,时常以医生的专业口吻,提醒女儿在这个节骨眼上具体该增强哪些营养，如何养护身体，等等。

"店里的事先放一放，不差你挣那点钱。"丁远鹏说。

"乱讲什么！"胡美兰呵斥丈夫道。

入冬时，张咏谈妥了买家，委托江文泉、苏冬丽帮他办手续，卖掉了狮石巷的老房子。他本人没回来。过年也没回来。开春后，他从单位辞职，与人合伙在杭州开办了一家公司，从事医疗器械的代理、销售。

这年六月，天气最炎热时，丁晓颜在扬兮镇人民医院顺利产下一个女儿。她给女儿取名丁小杏。从名字看，母女俩倒像是两姐妹。

5

丁晓颜产子这一天，胡美兰给张咏打了个电话。虽然在她看来事情已成定局，无可挽回了，但心里或许还存有最后一线希望。她在电话里厉声质问张咏：

"……你要不要负起责任来？"

胡美兰那天一反常态，不再顾及自己的形象，破口大骂，骂了张咏足足半小时，连带着江文泉、张瑛也一块儿骂了。骂到后来，胡美兰已是涕泪横流，泣不成声。张咏也一反常态，以他的个性和脾气，早该挂断电话，但一直听着，

既不为自己辩解,也不指责丁晓颜。直到胡美兰骂累了,他才冷冷地回应了一句:

"麻烦你转告她,孩子别姓张。"

胡美兰来医院探视女儿,遇见熟人尽量绕开走。她低着头,噙着泪,心灰意冷。她做梦都没想到,女儿会把一场本该值得期待的婚事,处理得如此不堪。丁家几代人的脸都被她丢尽了。看着依然漂亮的女儿,看着熟睡中的婴儿,想象着她们今后日子的艰难,胡美兰禁不住泪如雨下。

"……回家来住吧。"

这是近半年来,胡美兰对女儿说过的最温情的一句话。作为母亲,能为这个傻瓜女儿做的,唯有这一件事了。

"妈,别担心……"丁晓颜宽慰母亲,听起来像是在敷衍。

刚做母亲的她,心思显然不在母亲胡美兰这儿。她望着身边出生不久的女儿,嘴角浮现出特别的笑容,略显苍白的脸上洋溢着一种令人不解的幸福和满足。

丁晓颜带着孩子继续住在姜公巷外公的老房子里。

坐月子期间,苏冬丽、余芳时常出入姜公巷,帮着烧饭,洗衣,处理家务。尤其是苏冬丽,可说是无微不至地在照顾这对母女。她的工作很清闲,一天中总能抽出时间来姜公巷,一进房间就动手忙碌起来。丁晓颜过意不去,觉得太劳烦她，苏冬丽却说："我喜欢孩子。"这是实话。她将丁小杏抱在怀里，简直不舍得放手。孩子也认她，苏冬丽一抱，马上就不哭不闹了。

苏冬丽处事温和，自忖身份尴尬，在丁晓颜面前绝口不提张咏，表现得更像是一位朋友或邻居阿姨。她私下联系过张咏，向他透露了丁晓颜母女俩的情况，比如孩子出生时有几斤，晓颜生产时很顺利，妇产科的护士们都夸孩子漂亮，诸如此类的细节，暗自盼望张咏回来一趟，看看自己的孩子。只要见上了面，事情终究会好办些。苏冬丽是这么想的。

张咏听出她的意思，撂下一句："冬丽阿姨，这事很复杂，你别管了。"张咏的这句话虽是个软钉子，苏冬丽听了反而心里略感踏实，隐约觉得这两人仍有转圜余地。她知道张咏心气高，个性强，不安于现状，只身一人在外打拼不容易，和丁晓颜走到今天这步不堪境地，虽有大错，但责任不全在他。她不忍也不便指责张咏，因而照顾丁晓颜母女更为尽心了。

胡美兰、丁远鹏夫妇来过姜公巷几次，逗留的时间都不长。胡美兰还未从愤怒、绝望之中解脱出来。她站在房间里，满脸怨恨地看着女儿丁晓颜，对外孙女丁小杏正眼也不瞧上一眼，更别说摸一摸抱一抱了。丁远鹏倒像个和善的外公,抱着孩子在房间里来回不停地踱步转圈。

"是我看走眼了,江文泉、张瑛能生出什么好东西来!"胡美兰说。

"妈,不是这样的。"丁晓颜说。

胡美兰默不作声。女儿不可救药的蠢笨,荒唐的固执脾气,不仅让她深感厌弃,也令她对自己产生了同样的厌弃情绪。

"晓颜,孩子出牙时抱来诊所看看,那个阶段不能马虎。"丁远鹏吩咐女儿道。孩子大概也像你我一样害怕牙医,听闻外公这一极富前瞻性的就诊预约,"哇"一声哭闹起来。

在丁晓颜坐月子期间,姐姐丁晓虹给她写来了一封信。这是姐妹俩唯一的一次书信往来。丁晓虹从母亲打来的电话中得知了妹妹的情况,忧心如焚。思虑再三后,她提笔写了这封洋洋洒洒的长信。信中,她表达了对妹妹现状的担忧,但更多的是开导、劝诫。她和母亲胡美兰一样,认为丁晓颜心智愚钝,没长脑子,待人处世缺乏基本的判断能力。因而,丁晓虹不仅以姐姐的身份,更是以一个聪明睿智的知识女性的身份,对妹妹进行了启蒙式的谆谆教导,试图亡羊补牢,帮助她把握好今后的人生。

这封长信丁晓颜读得云里雾里,感觉姐姐说了很多,却又什么都没说。但她心存感激，知道姐姐是为她好。她的回信简短得多，让姐姐别担心，她和孩子都很好，等等。总之，有了孩子后，她对生活更加充满信心了。

在目前的处境下，丁晓虹实在想不明白妹妹的信心究竟来自哪里。她学富五车，却从未体验过这种信心。她没有再写信来。

丁小杏满月那天，照相馆的赵国良师傅忽然出现在姜公巷。当时是黄昏，夕阳斜照在巷子里，青石板路面铺上了一层柔和的霞光。家家户户都在做晚饭，房前屋后飘散着温煦的烟火味。苏冬丽在厨房外的水池边洗菜。丁晓颜正在房间里给孩子换尿布。

"苏阿姨，我们一起吃晚饭吧。这顿就让江叔叔一个人下馆子好了。"丁晓颜在屋里大声说道。这一个月来，多数时候都是苏冬丽在给她做饭，偶尔余芳得空也过来帮一把。明天她就打算到小店上工，自己下厨了。

苏冬丽笑道："好呀。你江叔叔求之不得呢。"一抬头，远远瞥见赵国良推着自行车，从巷口进来。车后座上绑着一口纸箱。大热天的，他穿得严严整整，浅灰色长袖衬衣，藏青色长裤，脚上的黑皮鞋蒙着一层薄薄的尘土，看样子是远道而来。苏冬丽认得是照相馆的赵师傅，但两人不熟。待赵国良走近，靠墙停放自行车时，苏冬丽才略显迟疑地跟他打招呼：

"赵师傅——"

赵国良点头笑笑，用手背擦着额头的汗。听见苏冬丽的招呼声后，丁晓颜赶紧抱着孩子来到屋外，开心地叫道："赵叔叔，你怎么来了？"

赵国良仍旧是笑笑，也不多话，解开绳子，取下车后座的纸箱。箱子里装满了从附近村子里买来的新鲜鸡蛋，比市场里出售的鸡蛋品质更好。

这情形，顿时让丁晓颜回想起了在银峰中学念书的时光。赵国良给她送苹果去，她以为是母亲托他捎带来的，周末回家后才得知真相。几年前，她和张咏提着烟酒去照相馆，请赵国良题写店名。赵国良一反常态，爽快地收下了礼物。丁晓颜也是过后很久才得知，赵国良平时烟酒不沾的。

赵国良的确是个怪人，生活自律，极度隐忍。当初为丁晓颜题写店名、打制招牌，表现得很热心。待小店正式开业后，他却从不光顾。偶有几次路过，他顺道进店来看一眼，什么都不过问，轻声细语打个招呼后，便转身离开了。他不买烧饼，丁晓颜送给他，他也不肯收。

这回同样如此。丁晓颜请他进屋坐坐，喝杯水，他不肯，只是面带笑容，目不转睛地看着丁晓颜怀中的孩子。丁晓颜把孩子递给他，让他抱抱。赵国良手足无措起来。他的手刚抹过汗,拆过纸箱,自己嫌脏,于是赶紧在水池里冲洗一下,擦干后,才小心翼翼地抱过孩子。

天热,赵国良的脸上泛着一抹红光。他笨拙地抱着孩子,两眼盯着孩子的小脸蛋,目光专注,嘴里嘟嘟哝哝道:"会好的,会好的。"

丁晓颜留他吃晚饭,赵国良婉谢了。前后停留不到十分钟,他便骑上自行车走了。

坐完月子后,丁晓颜就去店里上班了。现在有了孩子,需要挣更多的钱。她买了辆婴儿车,将孩子放在车里,停靠在身边,一面忙活一面看顾。

丁晓颜未婚生子,母女二人同遭张咏遗弃一事,早已在镇上传得家喻户晓。导致的一个意外结果是,晓颜烧饼店的生意突然间好了起来,增加了不少新顾客。人们进店以买烧饼为名,藏着各种心思,带着猎奇的目光,来看一眼被遗弃的漂亮的傻女人和她那没爹的可怜孩子。丁晓颜对此似浑然不觉,只顾埋头做事。

余芳却看不下去了,窝着一肚子火,整日对顾客没个好脸色。偶尔,遇到几个小年轻嬉皮笑脸地风言风语两句,并无更多出格的言行,余芳总算逮着了机会,拎一壶滚烫的开水从厨房冲出来,厉声呵斥道:"把账结了,赶紧滚!"小姑娘一副混不吝的泼辣劲,令人望而生畏。

余芳因此对丁晓颜很有意见，认为后者软弱可欺，非长久之计。

"晓颜姐，不能让人家这样乱讲的！"

"没事的。不用搭理这些胆小鬼。"

"还没事！那要撞着胆大的怎么办？"

"胆大的在外头，没回来呢。"

丁晓颜说着，又露出她那特别的笑容，低头抿嘴而笑。旁边婴儿车里坐着的孩子，呀呀呀地欢叫起来。余芳一头雾水，十分不解，心想：人都说丁晓颜没头脑，怕是真的了。

这阵子，来得最勤的是面店的烧饼师傅郑宏兴。几乎天天午后，他都要来无名巷晓颜烧饼店，坐着聊会儿天，和余芳也混熟了，经常还帮着干点活。

倒不是郑宏兴闲着无事可干，而是世易时移，面店的景况日渐萧条，快撑不下去了。最近传言，面店再次面临改制，经营权将承包给个人。职工们暗地里为争夺利益，乱成一团，搞得人心惶惶，无心上班。存在几十年之久的老牌国营"扬兮镇面店"，走到了尽头。

郑宏兴因此陷入了迷惘，正在考虑是留下给人打工呢，还是辞职出来自己干。他来小店里，与丁晓颜聊得最多的是这个话题。任谁也看得出，郑宏兴是想邀丁晓颜合伙，一起开店。丁晓颜只是听着，微笑着，不接这一话茬。

入冬后，胡旭阳夫妇从县城来到扬兮镇。他们遵照当年对胡运开老人的承诺，允许丁晓颜继续住在姜公巷的老房子里，一晃五年多过去了。现在遇到了新情况。他们的小儿子订婚了，准备在县城买房。夫妇俩收入不高，手头紧张，打算把姜公巷这套老房子卖掉，贴补那头的新房。

丁晓颜对舅舅、舅妈心存感激，于此地并无留恋（她对住过的地方均无特别的留恋，无论是仙居巷还是姜公巷，也难怪母亲胡美兰认定她心肠硬）。那天，她给两位长辈烧了一顿丰盛的晚餐，并给表弟包了个大红包，托舅舅、舅妈带回去。

她照惯例，每周带着孩子回一趟父母家，但逗留时间越来越短，更不愿搬回去住。母亲胡美兰嫌弃那孩子，每次见面都没个好脸色。苏冬丽在自己居住的医院宿舍楼里，帮丁晓颜物色了一套小两居，在二楼，租金不高。这套房子有两个好处，一是离小店近，步行几分钟就到了。二是靠近苏冬丽、江文泉的家，日常便于苏冬丽帮着一起照看孩子。

十二月初，丁晓颜离开姜公巷，搬入新租的公寓房。

丁晓颜工作忙，孩子不能总放在店里。于是，苏冬丽常把孩子接回自己家来照看。两家挨得近，方便了很多。丁晓颜给了苏冬丽一把房门钥匙，后者可随意出入。

爷爷江文泉因为孙女的到来，把钓鱼的爱好都戒了，酒也喝得比以前少了。一得空,就和苏冬丽抢着抱孩子,疼爱有加。两口子因为孙女,关系也比以前融洽些了。让江文泉失落的是,这孩子分明是他的嫡亲孙女,却是姓丁的。江家三代单传,到江文泉这里拐了个弯,儿子姓张了。姓张还勉强说得过去,那是江文泉自作孽,抛妻弃子,儿子跟了母亲姓。既然如此,那就继续姓张吧(江文泉还盼着有一天孙子或孙女,能拐回来再姓江呢),哪承想一个劈叉,往外又拐到仙居巷丁家去了。有时两杯酒落肚,想想不免冒火,隔空骂儿子:

"哼,不忠不孝的东西!便宜了丁远鹏那汉奸!"

丁小杏开始牙牙学语了。江文泉也开始表现得像个慈祥的祖父了。他掏心掏肺地对丁晓颜说:"我生的儿子我还不晓得?阿咏像他妈,脾气坏,心软,一点不像我。他还在火头上,等这阵火烧没了,人就回来啦!"

丁晓颜面带微笑地听着,就像当初听瑛阿姨跟她说起菜泡饭时一样。

春节时,丁晓颜带着孩子,回仙居巷父母家过年。姐姐丁晓虹两年没回来了,节前给父母和妹妹打来问候电话,不过三言两语。母亲胡美兰发牢骚:"嫁出去的女儿泼出去的水!"然后瞥一眼身边的小女儿,又说:"宁可泼出去!"

初二那天,苏冬丽煮了米羹,烧了一桌子菜,邀丁晓颜过来吃晚饭。这是年前就约好的。胡美兰以为女儿要去给"公婆"拜年，含着泪问女儿：

"你是真不知道要脸？"

6

孩子出生后，张咏没回过扬夯镇。丁晓颜不联系他，也不跟人打听关于他的消息。两人看似断了音讯，不相闻问了。这期间，苏冬丽主动和张咏联系过几次，她小心翼翼，每次都找别的事由跟张咏说话，顺带着补两句丁晓颜母女的近况。张咏在电话那头安静地听着。她寄去一张孩子的百日照。照片是赵国良师傅拍的，拍得很好。照片上的孩子，眉宇间更像张咏。张咏收到照片后没有回音。

在丁晓颜面前，她仍然避免提起张咏。她现在对这女孩抱有深切的同情。唯有最近的一次，她忍不住当面感慨道：

"晓颜，当初要是不急着生孩子就好了。"

苏冬丽和其他人一样，认为丁晓颜太固执，操之过急了，没考虑到实际情况。

丁晓颜笑笑，不作声，目光呆滞地凝视着空无一物的桌面。她的目光不像以前那般清澈明亮了，话也更少了，经常是对方说上好几句，她才有一句简短的回应。苏冬丽对这一发现深感不安。

春节过后，镇上传扬开一个关于张咏的消息，令苏冬丽更感不安。

该消息起初是张咏的一个小学同学从杭州带回的，很快就在镇上星火燎原，传扬开了。消息说张咏的公司垮了，与合作者散了伙，把张瑛留下的积蓄和狮石巷老房子全赔进去了，还欠下一屁股债，三天两头被债主追着讨，东躲西藏，见着老家的熟人都不敢打招呼了……消息几经传递，短短几日便迅速演绎出新版本，变得荒诞惊悚，说张咏在外坑蒙拐骗，罪行败露，遭公安通缉，带着他的婊子女友窜逃到国外去了云云。

苏冬丽听闻传言后，立即给张咏打电话，却惊恐地发现电话已停机，打不通了。这在一定程度上印证了传言的真实性。等待张咏主动打电话来，显然是不可能的事。苏冬丽和江文泉商量，让他赶紧想办法联系上张咏，传言要是真的，总得设法帮一帮他。江文泉如被火烫着了一般，果断地摆摆手，嚷道："怎么帮？我们钞票很多吗？我早讲过，这小子跟张瑛一个模子印出来的，做人做事从来顾头不顾尾，迟早闯大祸！不要管他！"

正月过完后，余芳突然离开了晓颜烧饼店。她与郑宏兴合伙，在小商品市场附近开了家小餐馆，兼做烧饼。余芳很想自立门户，终于有机会达成了心愿。

此事她没有提前告知丁晓颜，私下和郑宏兴一起张罗，待一切落实到位后才辞职走人。

从经济上看，丁晓颜是相对幸运的。生于小康之家，从小到大衣食无忧，未尝过真正缺钱窘迫的痛苦（包括开店立业，起初也有外公胡运开的资金支持），吃穿用度，一向保持在扬兮镇的中上水准。余芳的境况则不同，父母收入低，家中人口多，负担重。因此，丁晓颜对她的突然离去，并未觉得有何不妥。

镇上的好事者们却嗅到了另一种气味。江文泉、张瑛那个桀骜不驯的大学生儿子在外落魄了，倒大霉了，就算有家也没脸回来了。晓颜烧饼店的得力帮手余芳偷偷跑了，自己开店了。他们由此认为丁晓颜已彻底地众叛亲离，早先被张咏、丁晓颜这对旁若无人的恋人所冒犯而生出的恶意，一直积蓄在心，此时尽可以放胆释放出来了。

于是，关于丁晓颜的流言蜚语纷然四起。人们没有因为这个女人遭遗弃而对她施以同情和善意，反而变本加厉、肆无忌惮、添油加醋地嘲笑着她的愚蠢，她的不要脸，她的可笑可悲的处境，她那羞愤难当抬不起头来的父母，甚至殃及到了她出生不久的孩子。

"那孩子的爸到底是谁？"

"难讲。仔细看看，跟我有点像呢。"

哄笑声此起彼伏。

更有恶毒之人跑到晓颜烧饼店，装作要买烧饼，却只为在大堂地板上吐一口痰，穿着鞋在板凳上踏一脚，然后志得意满地扬长而去，像是干了件爱国爱民大快人心的事。

有些熟识的女人，在路上遇见丁晓颜，会故意别过脸去，或装作与旁人说话，尽量避免与她打招呼。有些本不相熟的女人，遇见时则指指点点，掩嘴而笑，卖弄似的表达出对丁晓颜的鄙视之情。

因有父母在，且丁家也不是镇上的贫寒卑微人家，人们对待丁晓颜好歹还留有一线，不至于做得太过分。但丁晓颜面对羞辱时旁若无人从容淡然的表现，却使得针对她的恶意变得更加膨胀、饱满，如老街巷里的烟火味一般，经久不散。

当初关于张咏的消息刚一传开，胡美兰就听闻了。从那刻起，她便打定主意，就算张咏以后回心转意了，也绝不能把女儿嫁给他。她是彻底死心了。于是暗中托人帮忙打听，要给丁晓颜物色一位结婚对象。她的条件开得很低，只要老实可靠，有份维持生计的正式工作，无子女，哪怕年长丁晓颜十岁二十岁，离过婚的，丧偶的，都可以考虑。

她劝女儿把小店关了，搬回仙居巷住，老老实实在家带孩子，别去麻烦苏冬丽，丢人现眼的。"人家都在讲，张瑛要气活过来了！"终究是自己的亲生女儿，眼看她带着不满周岁的孩子，独自打理一家小店，周边环境也不友善，胡美兰实在是看不下去，又生气又心疼。

对于母亲的好意，丁晓颜却不领情："妈，没事的，别担心。"她总是这句话，说时面带令人费解的微笑，仿佛活在另一个世界里。

"你真的一点不担心？"胡美兰近乎好奇地问道，其语气听起来像是在问一道智力测试题。

和大女儿丁晓虹一样，胡美兰也不清楚，小女儿丁晓颜这种奇怪的信心究竟来自何处。

张咏在外落魄倒霉的消息传开后，江文泉、苏冬丽夫妇在镇上更加抬不起头来。夫妇俩多年来不受人尊重，活得低眉顺眼，谨小慎微。尤其是苏冬丽，既操心不知下落的张咏，又操心身边的丁晓颜，但都操心不着。她不是有能力应付这类事的人，对此一筹莫展，唯有尽力帮丁晓颜多带一带孩子，以减轻她的负担。

晓颜烧饼店虽然缺了帮手，生意也大不如前，但对丁晓颜来说，不过是回到当初而已。她习惯于一个人干活。有了孩子后，不可能像以往那样早起了，为此她停掉了店里的早餐。每天正常时间起床，早饭后，推着婴儿车步行到店，开始一天的工作。

苏冬丽经常上午就从医院回来,在家做好午饭,盛放在保温盒里给丁晓颜送来,顺便将孩子接走。

相对而言,中午仍然是晓颜烧饼店最为忙碌的时刻。镇小的孩子们仍会蜂拥而来,攥着零钱,挤在柜台前。不知为什么,很少有孩子再叫她"姐姐"了。但这仍然是丁晓颜一个工作日当中最为开心的时刻。她低头笑着,轻声细语地吩咐孩子们:

"不要挤,都有的!"

一天中午,一群进店买烧饼的小学生刚散去,丁晓颜抬起头来,瞥见赵国良推着自行车,站在小店对面,正往店内张望。她赶紧跑出去。

"刚路过。生意还好?"赵国良微笑着问道。

"挺好的,赵叔叔。"丁晓颜开心地回道。

"好,好。"赵国良嘟哝着点点头,骑上车径自离去。

后来又在店对面见到赵国良多次,时间不定,有时是上午,有时是午后,有时是小店快要打烊的傍晚。每次他都是推着自行车,刚巧路过。有时丁晓颜手头正在忙活,不便跑出去问候,于是隔着长长的一段距离,扬脸朝他笑笑。他也笑笑,骑上车离去。

天气渐暖,孩子断奶了,开始喂牛奶和稀软食物。小家伙长得粉雕玉琢，一双大眼睛乌黑灵动；身体强健，哭闹起来声震屋宇。这在相当程度上要感谢苏冬丽。她耐心极好，且是妇产科护士出身，对孩子照顾得科学、细心，从不嫌麻烦。

随着丁小杏一天天长大，丁晓颜经常会看着孩子愣愣地出神，凝视着孩子的眼睛、鼻子、嘴巴，找出哪部分像她，哪部分像他。

有时清晨起来，丁晓颜感到慵懒倦怠，不想去店里工作。这在她是很少见的情况。她拧开小音箱，在悠扬的歌声中，不急不忙地做早餐。这套租来的公寓房很新，家具设施非常简单，正合乎她的心意。除日用必需品之外，她未添置更多的东西。她喜欢整洁、宽敞、空荡一些。

餐后，她把孩子放进婴儿车，带下楼到外面逛一逛，呼吸新鲜空气，晒晒太阳。她推着婴儿车，没有固定路线，走到哪儿算哪儿，一直走到孩子咿咿呀呀闹起来才回家。有一两次，甚至一路溜达至扬兮河附近。沿途会遇见熟人。

"今天没去店里啊？"

"没呢。"

人们不得不慢慢习惯了这对母女，不再当她们是值得围观的稀罕物。关注的热情在渐渐冷却。有冷嘲者曾断言，丁晓颜将成为第二个姚迎春。眼下的实际状况却让他们大失所望。丁晓颜不善言辞，从不与人争辩、解释，但也毫不胆怯、退缩。她带着孩子过得衣食丰足，有条不紊，对恶言冷语置若罔闻，更看不出有丝毫自艾自怜的言谈举止。她仍然每周回一趟父母家，同时与江文泉、苏冬丽夫妇相处融洽，亲如家人。

人们失望之余，不禁感慨：傻子心大，福气也大！

但她变得越来越不爱说话了，与周边的人日渐疏远，常在工作之余带着孩子，鬼魂一般悄无声息地四处走动。胡美兰察觉，女儿好像回到了小时候，脸上经常流露出她熟悉的那种略显木讷的表情。与孩子独处时，丁晓颜喜欢对着孩子轻声说话，嘟嘟哝哝，前言不搭后语。孩子还小，听不懂她的话，但孩子会笑，她也笑。

带着孩子外出散步时，她总是穿得整整齐齐，颇为光鲜（婴儿车里的孩子也是如此），不像镇上有些年轻女人，生孩子后就变邋遢了，完全不讲究。丁晓颜的穿衣打扮在镇上不算是最新奇时髦的，但论大方得体，颜色、款式的合理搭配，则鲜有人可比。由于盘起了长发，带着孩子，现在的她，已有了沉静的少妇之姿。她推着婴儿车缓步而行，常引来路人的注目。

镇上一些人发现，多年过去了，才得以真正一睹丁家小女儿的容貌、气度。果然名不虚传。不怪他们后知后觉。

丁晓颜十五岁进面店当学徒，几年后又开店，忙忙碌碌至二十五岁。在最美的青春之年，她很少有机会，像这样风姿绰约，悠然地穿行于扬兮镇的街巷之中。

甚至她习惯光脚穿着的敞口布鞋，暗地里也引起某些年轻女孩的追慕、模仿。一条浅灰色或水蓝色修身牛仔裤，裤腿卷起，露出脚踝，脚上是一双敞口布鞋，或深蓝色，或米黄色，鞋带横搭过光洁的脚背，扣在另一边。这种简便清爽的搭配方式，被认为非常大气、随意，有着难以言说的美，以及浑然天成的成熟韵味。

带这么小的孩子，晚上最是难熬。丁晓颜一夜要醒来多次，给孩子喂食，换尿布。由于常年早起，后半夜一旦醒来，很难再入睡了。

安顿妥孩子后，她裹着外套，到阳台上去抽烟。她抽烟是最近才开始的。

春节前，她去仙居巷父母家，刚好碰上母亲胡美兰在清理房间。丁老太太过世后，她的房间丁晓颜曾住过一阵子，后来被用来堆放杂物，家具陈设未动，常年锁着门。原先丁晓虹、丁晓颜姐妹俩住的房间早已被改装成客厅兼餐厅。这次胡美兰下了决心，要把丁老太太的房间腾空，简单装修一下，重新置办家具，用作客房。

丁晓颜到时，丁老太太的房间已经搬空，胡美兰在里面擦地板。丁晓颜熟悉的那张雕花的棕板大床，台面斑驳的写字台，以及丁老太太日常使用的梳妆台，被收购旧家具的人拉走了。

胡美兰说，这房间的气味终于正常了。丁晓颜却感到怅然若失。她细细回想着房间里曾经弥漫着的那股气味。离开仙居巷后，她顺路买了盒香烟，利群牌的。丁老太太以前抽这个牌子最多。不过此时的利群牌香烟，已不是早年的那个廉价牌子，包装精美了，价格也高出不少。

然后，她就这样抽起了香烟。多在夜深人静的晚上，抽得很少，且每次只抽半支。阳台上风大，香烟一点着，燃烧得特别快，抽不了几口，烟灰就长出一截了。她微扬起脸，朝着万籁俱寂的夜空吐烟，忽然察觉，她已习惯把香烟夹在左手食指与中指之间的最深处，手臂悬举，手指的高度与眉眼大致齐平，眼角的余光可瞥见暗红的烟头——这个夹烟的手势，像极了当年的丁老太太。

她展颜而笑，早春的夜风也变暖和了。

清明前后，正是春笋疯长的时节。扬兮镇周边，多座山上有竹林，但去塔山抽笋的人最多。因塔山离得近，山势平缓，山道相对好走。

遇上风和日丽的好天气，丁晓颜就放一天假，用婴儿背袋将女儿背在身上，母女俩一起上塔山抽笋。说是抽笋，其实是踏青、游玩。背着孩子，不方便和其他抽笋的人一样往林深处钻，以免枝枝蔓蔓剐伤孩子。母女俩就在竹林的外围，或疏旷处，随意地抽拔一些。那些笋很细，剥起来比较麻烦，但非常鲜嫩，适合用作汤料。

山脚下，居民们种的蔬菜葱翠碧绿。各种果树也开花了。山上，则是杜鹃花的领地。花开得蓬蓬勃勃，山岭连绵，红霞遍野，望之无垠。丁晓颜有时不再抽笋，而是背着孩子，沿着缘山而上的羊肠小道，跟随三三两两来此踏青的人，一路往山顶走去。

穿过茂密的竹林，绕过一小片散落着坟墓的灌木丛、青草坡，再穿过一小片松树林、杉树林，就到了最高处的电信塔边。由于塔山紧挨着镇子，从山顶俯瞰，整个扬兮镇纤毫毕现地尽收眼底。街道，巷弄，店铺，居民区，甚至巷弄旁啄食的鸡，街道上奔跑的狗，平房屋顶上的猫，都清晰可见。

丁晓颜把孩子抱在怀里，握着她的小手，往山下遥指着，像指着一个巨大的沙盘模型：这里是奶奶家，这里是外公外婆家，这里是太外公太外婆家，这里是爷爷家，这里是妈妈和你的家，那里是妈妈以前工作过的面店，那里是妈妈现在工作的小店，那里是爸爸妈妈小时候念书的学校，那里是长途汽车站，爸爸出门上车的地方，爸爸回家下车的地方……

孩子喜欢这游戏，小手乱晃，张开小嘴欢叫起来。丁晓颜也跟着笑起来。山风轻拂，阳光铺洒在近处青翠的树林、竹林之上，闪烁着耀眼的亮光，映入母女俩的眼眶。山脚下的扬兮镇显得小了，模糊了，仿佛水底的倒影。

到夏天，丁小杏满了周岁，已会叫妈妈，会走路，但走得跌跌撞撞的。入秋后，步子越来越稳了。丁晓颜牵着女儿的小手去散步，慢慢走一程，抱一程，无须再借助婴儿车和背袋。

扬兮镇的秋天和春天一样，相对短暂。因其短暂，更显其美好。丁晓颜的小店在秋季也更频繁地歇业。她花很多时间陪伴孩子，在镇子周边四处走动。母女俩像是在过一个悠长的假期，漫游着世界。

傍晚，丁晓颜和孩子早早地吃完晚饭，穿戴齐整，然后出门。孩子经常被带至户外活动，已养成习惯，屋子里待不住，到点了就跟小狗似的，欢呼雀跃地往门边跑。

该时节，扬兮镇最值得走的是石板桥一带。扬兮河奔流不息，到了秋天河水变浅，河道变窄，露出宽阔的河滩。河滩上的鹅卵石，水底的鹅卵石，在夕阳下一同折射出五彩斑斓的光圈，跳跃着，旋转着上升，仿佛与天相接。

两岸的垂柳泛黄了。金黄细长的落叶随风飘落，浮在水面上，随着河水曲曲弯弯，流向远方。

丁晓颜抱着孩子，走下桥头的青石板路，到河滩边沿一片狭窄的沙地上放下孩子，牵着她的小手一起走。丁小杏喜欢在松软的沙地上蹦蹦跳跳，深一脚浅一脚的，十分开心。她脚上穿的也是敞口布鞋，不过和母亲不同，还穿着袜子。走不多一会儿，小家伙的鞋里灌进了沙子。丁晓颜蹲下身，将孩子的鞋脱掉，倒出沙子。

河滩外一片空旷地里，长着几棵低矮的毛桃树，枝条间还有未落尽的果实。毛桃在夏天结果，一般是七八月份。到这时节，果子大多落地了。毛桃个小，最大的也只有鸡蛋般大小，味道有些苦涩。丁晓颜小时候，母亲胡美兰曾带着她和姐姐丁晓虹，一起来河滩边摘毛桃。摘回家当作装饰物，插放在空罐头瓶里，或摆放在桌子一角，因此摘得很少，三两个而已。胡美兰摘毛桃时，总是折下与果子相连的一小段细枝，细枝上长着两三片青翠的叶子，放在家里特别好看，既雅致，又充满野趣。

母亲胡美兰于细微处找寻美的本事，于静默处表达生动的能力，丁晓颜从来学不会，完全领悟不了。她只知道手牵着或抱着孩子，慢慢地，不停地走。

走近一棵毛桃树时，她转身折回去了。树下，有一对恋人相拥而坐，额角相抵，喁喁低语，浑然不觉周旁动静，仿如置身世外桃源。

晚霞布满了西边的天空。对岸村子里升起的炊烟,随着微风,往这边河岸丝丝缕缕地飘过来。

丁晓颜放眼望去,搜寻着河滩上某块平整的石头。可是,很难确定是哪一块了。那次是冬雪后的夜晚,黑黢黢的,河滩上覆盖着厚厚的积雪。最近带孩子散步至石板桥,有两次下到河滩,她都忍不住搜寻一番。

孩子忽然咿呀叫起来。丁晓颜抱起她,径自走到河边一块圆整的石头旁,坐了下来。也许是这一块,她心想。离河水很近,水流声盖过了其他声音。那天晚上也是这样,耳畔只有河水的流淌声和他的细语声。

丁晓颜常自责记性不好。以前记不住唐诗,记不住乘法口诀表,记不住课文。现在记不住那年冬天的晚上,两人从姜公巷出发,一路经过邮局,药店,电影院,新华书店,面店,百货大楼,照相馆,走下南边的坡道,来到石板桥,沿途吻了多少次,是在哪个拐角处,哪个僻静处吻的?深夜回去的路上,同样如此。她的印象是密密麻麻,辨识不清一次又一次的具体细节了。像母亲给她的那本《唐诗三百首》,翻开一看,从头至尾,全是密密麻麻的字,大字旁还有小字,看着真让人头疼。

他肯定记得住,她心想。他聪明,书念得好,看什么都简单，都清楚，都记得住。

那晚从石板桥回去时，他送她到姜公巷。在巷子口的栗子树下，他搂着她说：

"我们以后一定要去大城市。"

她认真地点点头，心想他一定办得到。虽然现在的他不知在哪里，镇上的人都在嘲笑他，但她知道，他内心沉睡着另一个人。那个人和她一样，在他身边，在他心里。那个人他还不认识。有一天那个人会醒来，会把他带回家。她看见那个人了，可是指认不出来。但她知道。她从不怀疑。

晚霞消退了，天空显现为沉郁的靛青色。星星在夜幕上隐约闪烁。她将女儿抱坐在腿上，抬眼望向寂寞无垠的星空——如此浩渺，又怎能分辨得出哪里是穷荒，哪里是中心？

中心难道不是在人的怀里吗？

她觉得手臂变沉了。低头一看，女儿的小脑袋倚靠着妈妈的手臂，睡着了。

她抿嘴而笑，泪水淌过脸颊。她有很多话想说，一生一世的呢喃声、笑语声、呼唤声，全堵在胸口，可是说不出来。于是搂着女儿，轻轻摇晃着，嘴唇贴近她的小耳朵，悄声道：

"天上星，亮晶晶……是不是呀，张小杏？"

7

这年的冬至日,天没亮就刮起了风,飘起了雪。雪不大,夹杂着雪籽,落地即化,屋顶、街道积不起来。附近的山头上,倒是很快披上薄薄的一层,覆盖不住山间的草木,斑斑点点,形成黑白相间的一番景象。

丁晓颜一早将女儿送到苏冬丽那里。她今天须上山扫墓。照当地风俗,小孩至少要长到三岁以后,方可参与扫墓、祭祖等活动。冬至扫墓,类似清明,可提前不可过后。昨天上午,丁晓颜已去镇子北边的那座荒山,祭扫过外公外婆和张瑛。今天祭扫的是爷爷奶奶(丁远鹏、胡美兰夫妇只在春节和清明这两个大节,去给父母上坟,对冬至不重视),墓地在镇子西边的一座山上。

她做了几碟小菜,放在食盒里带上山。搬离姜公巷时,舅舅说,外公老房子里的家具,她喜欢的不妨都拿走。她就拿了这个深褐色的木制食盒。老物件用起来趁手,上面还雕刻着花纹,做工精细考究,是早年请好手艺的木匠特地打制的,如今不容易买着。

祭扫完返回镇上,已是午后。雪还在下。她穿着前年张咏买给她的那件红色长款羽绒服,打着伞,提着食盒,走在湿漉漉的主街道上。在百货大楼前，遇见一支舞竹马的队伍。

严格说来，应该是半支队伍。一行四人，从石板桥方向过来，往东边而去。近几年，周边村子里一些先富裕起来的人家，逢红白喜事，也乐意掏钱请舞竹马的戏班子，来村里唱唱跳跳，热闹一番。舞竹马的表演不再限于春节期间。这半支戏班子大概刚演出完毕，和其他伙伴分散开了，正走在回家的路上。

一中年男人背着一口青布大包袱，身旁一位年轻男子，挑着两口装着道具行头的木箱。木箱上蒙着一层污渍斑斑的彩布。两人都穿着深色厚棉夹克，戴着很大的箬帽。雪籽打在箬帽上，沙沙作响。

走在前面的，是两位年轻女子。一位二十五六，一位二十左右，不像是姐妹。都已卸了装，竹马、戏服也换下了，身着黑色羽绒服。裤子没换，仍是表演时穿的那种宽松的灯笼裤，一红一绿。两人合打一把伞。

丁晓颜跟着他们一起走。她是从那两口木箱，以及年轻女子的灯笼裤上，判断出这是一支舞竹马的戏班子。

穿红色灯笼裤的年长女子撑伞。穿绿色灯笼裤的身材瘦小一些，走在伞下，神情欢愉，一路唱着舞竹马的调。她胡乱唱着，听不清唱词，东一句西一句，声音忽高忽低，伴随着撑伞女子的笑声。

丁晓颜却觉得很好听，也许是两位女子清脆的嗓音吸引了她。她放慢脚步，尾随着她们。不知不觉，一直跟到车站了，才醒过神来，反身走回无名巷。

临近岁末，烧饼店生意更趋清淡，且个人事务多，小店已连着两天未开门。丁晓颜进店后稍微清扫了一下，想着今天是冬至节，晚上要去仙居巷父母家吃饭，下午也不必营业了。她又关上店门。现在是一点多，她没吃午饭，但不觉得饿，只是有些困倦。

冬至的祭扫已完成。共五位长辈的墓。其中有三位，最后的日子是由她服侍的：奶奶丁老太太，外公胡运开，还有张瑛。

两天来，很早就起床做祭拜用的饭菜，提着食盒爬了两座山。天寒地冻，加之今天下雪，山道湿滑，不好走。她感到累了，想打个盹歇会儿，晚些时候再去接孩子。

如往常工作时一样，她坐在大堂餐桌前，开着小音箱。音量调至低挡，循环播放着徐小凤的《风的季节》。她双臂交叉搁放于桌面，脸侧着，枕在手臂上。她闭上眼睛。

屋外，雪籽洒落在屋顶上、门板上，响着细碎的簌簌声。风一刻未停。风声栗栗，仿佛轻柔的歌声在耳旁萦绕。

她看见丁老太太抽着烟，烟雾缭绕中，一脸刻板地凝视着她。她浑身暖透了，仿佛当年和奶奶一起躺在黑暗中，各戴一只耳机听歌一样。她抿着嘴，露出了笑容。

两点左右，有人大声短促地敲门，随即跑开了。

无名巷升腾起浓烟，不知是哪栋老房子失火了。冬至日的下午，多数店家已提前打烊回家。巷子里冷冷清清的，有人嘶声喊着"救火啊！"——应者寥寥。附近的一些居民拿着脸盆，提着水桶，赶来灭火。但杯水车薪，无济于事。当年的扬兮镇，消防能力严重不足。等到消防人员赶到现场时，风助火势，大火早已蔓延开来。

无名巷规划混乱，房屋间挨得紧。老房子均为木质结构，一旦失火，扑救不及，转眼间大火就连成了片。六点多，火势才被控制住。到晚上十点，大火才被彻底扑灭。

整条巷子被烧毁及损坏的房屋，有将近四分之一。财产损失严重。所幸人员伤亡不重，总共伤了六个人，有两位是参与救火的居民，均为轻伤。仅死了一个，即晓颜烧饼店的店主丁晓颜。

她死于烟气中毒。

后来有人透露，大火刚起不久，曾挨家挨户地跑去敲那些关着门的店家。晓颜烧饼店的门也敲了，但没有回音。当时慌慌张张的，顾不上细看。这家店关了两天的门，哪承想店主在里面呢。早知这样，就该多敲一会儿，把她敲醒。

晓颜烧饼店的房子并未烧毁,只是受到波及,有部分损坏。丁晓颜死时,仍保持着原先入睡的样子。

这是扬兮镇几十年来最为严重的火灾事故,震动全县。县里派出调查组,来扬兮镇调查事故起因。调查结果是一栋老房子的电路出了问题,引发火灾。

县报上为此次事故刊登的一篇文章说,这是"发展的代价",殊为沉痛,当汲取教训云云。

苏冬丽央求江文泉出面,请派出所的老所长帮忙,费了番周折,终于联系上了远在深圳的张咏。他赶回扬兮镇时,已是火灾过后一周了。他两年多没回来,也不跟镇上的任何人联系。这是他第一次见到女儿。

他面无表情,但难掩潦倒之气。

晚上,张咏住在丁晓颜的房间里。他两眼充血,东翻西找,也不知道要找什么。房间里东西很少。天蒙蒙亮时,他从床底下掏出一个小木盒子。

这是种老式木盒,漆成暗红色,很旧了。漆面剥落,划痕斑斑。盒身、盒盖上镂刻着花纹。形似鞋盒,但比鞋盒稍长,略窄。盒盖是抽拉式的。

盒子里放着一些无用之物。

一片枯萎的银杏叶,一根红丝线缠裹着的橡皮筋,一张黑白两寸单人照和一张底片,七封他刚入大学时写给她的信。信下面，盒子底部，是一沓摊得平平整整的香烟壳，有百来张，已经泛黄了，大多是利群牌的。

小学四年级时，张咏课后经常跟同学在教室外的走廊里，玩拍香烟壳游戏。父母都不抽烟，他可收集到的香烟壳很少。

这根红丝线缠裹着的橡皮筋，应是她早年留长发时，用来扎头发的。他第一次去面店看她那天，她戴在左手腕上。后来不知什么时候，摘下来了。

这张黑白两寸单人照，她拿给他看过。除去这张及证件照、毕业照之外，张咏没见过她的其他照片。他还记得那年在照相馆，赵国良师傅问起这张照片，要她把底片拿来再洗几张。她没有拿去。底片已经发黄，作废了。她渴望留住她珍视的一切，可是一切都留不住，转眼即逝，就像他们的童年，他们的青春，他对她的爱一样。她单纯，固执，书读不通，却深知这一点。张咏曾百思不得其解，她为什么要不管不顾地坚持留下孩子。此刻，他似乎隐约明白了。自年幼时起，她就把孤单藏得很深，深到她自己也察觉不出了，仿佛藏于深山千年之久的扬分镇。

张咏凝视着照片。黑白照辨别不出丰富的色彩。青灰色的晨光从窗外透入，照片中小女孩的形象更显暗淡、遥远，如同另一个时代被忽视的记忆。

"夹克是绛紫色的,牛仔裤是灰白色的,雨鞋是红色的。"丁晓颜说。

直到这时,他才哭出来。

一年后,无名巷里又盖起了多间简易房,新的店家纷纷入驻。扬兮镇的人,大多也就忘了去年冬至日的那场大火。

有时,胡美兰在厨房烧菜,会没来由地扔下锅铲,双手撑住灶台,哭个不止。她的头发已白了大半。

丁晓颜安葬在塔山。

终　章

据史料记载，扬兮镇乃三国时期东吴将领贺齐所建。最初只是一狭小僻陋的驻军之地，为剿匪平叛之用，其名已不可考。传说在当时，扬兮河边经常人头滚滚，河水泛红，绵延十余里。到南宋初年，渐至成镇，或为消弭此地过重的杀戮之气，遂改名为扬兮镇，沿用至今。

说是这么说，不过具体年份，究竟由哪一个或哪一群人所建，怕是难以考证了。那个久远的年代不比今天，既无照片，也无视频。除了文字和传说，其余一概付之阙如。但文字的可信程度也有差异，比如正史与诗歌，二者孰可信之，不妨见仁见智。题外话，不赘。

总之，扬兮镇是一座千年古镇。这个一定是可信的。虽历千年沧桑，扬兮镇真正的大发展期，却是在公元2000年之后。那一年始，扬兮镇的房地产、旅游业忽然热起来了。到处在拆迁，修路盖楼，轰轰烈烈，热火朝天。

张咏没能赶上这一波房地产热潮。直到2013年，才和商业伙伴一起,来扬兮镇投资做民宿。镇西南方三公里处,有一座废弃的军工厂遗址。张咏等人与当地政府及企业合作,将其改建为民宿。民宿内的膳食,由扬兮镇最大最知名的一家徽菜馆提供。该餐馆的老板是郑宏兴、余芳夫妇。

这一年张咏四十一岁,仍是单身。他已是个小有资产的商人,话不多,待人温和有礼。女儿丁小杏由江文泉、苏冬丽夫妇带在身边,经济上(主要是教育费用)由张咏承担。丁小杏与父亲及外公外婆都不亲近,但也不生疏。

张咏常年工作、生活在杭州。丁晓颜过世后,他经常回扬兮镇看女儿,多在节假期。他在杭州、扬兮镇两地,都没有购置房产。开办民宿后,一年中前后有近一季的时间,暂住在民宿里。得空时,他会驾车去镇上,到父亲江文泉家吃饭。他仍然爱吃苏冬丽煮的郁川镇口味的米羹。

清晨或黄昏,他常去塔山走一走。前两年,当地政府在塔山上修建起一条健步道,与傍邻山峰相接,蜿蜒盘绕约九公里。

张咏开办的这家民宿,有个颇雅致的名号:春晓居。据他介绍,取自唐代诗人孟浩然的《春晓》一诗。该诗在小学语文课本上即可读到,家喻户晓,蒙童皆能背诵:

春眠不觉晓,处处闻啼鸟。

夜来风雨声，花落知多少。

春晓居周边，植满了梨树和栀子树，望之蔚然成林。每到春天，馨香弥漫，银花漫舞，一派陶然欣然。

随着城镇规模的快速扩张，附近一带的农民纷纷拥入扬兮镇，成为镇上的新一代居民。镇上的老居民们，则纷纷迁往县城。也有走得更远的，跟随子女迁往省城，或外省都市。

整个镇子，不仅街道、房屋换了面貌，居民们也换了面貌。但仍有相当部分的老居民恋旧土，即便有条件也不愿迁离。苏冬丽即是其中之一。

丁小杏由江文泉、苏冬丽带着，在扬兮镇念书，从幼儿园到高中。苏冬丽待其如己出，照顾得无微不至。祖孙俩感情深笃。苏冬丽不准丁小杏叫她"奶奶"，只许叫"苏奶奶"。她告诉丁小杏，她的奶奶张瑛，能干，心肠好，在她出生前就过世了，没福气见着孙女。丁小杏念小学后，每年的清明、冬至、春节，苏冬丽带着她去给母亲丁晓颜、奶奶张瑛扫墓。

2015年，江文泉因肝硬化，在扬兮镇医院病故，享年七十三岁。

丁小杏大学毕业后，留在杭州工作。张咏在杭州给女儿买了套公寓房。苏冬丽独自生活在扬兮镇，身体每况愈下。丁小杏想把苏奶奶接到杭州来，就近照顾。苏冬丽不答应，她跟丁小杏说：

"那样远，我来了，你就不回了。"

两地间早已建成高速公路，车程不过三个小时。

丁晓颜罹难后的第二年，扬兮镇照相馆的照相师傅赵国良，即以健康为由提前退休，回到老家的村子里。他承包了一片鱼塘，重新当起了农民，说着一口地道的方言土语。

起初几年，他经常骑着自行车，来镇上看丁小杏。车把手上挂着两三条新鲜的鳜鱼或鲈鱼，还有村子里的时鲜土产。他敲开苏冬丽家的房门，将东西放在门口。苏冬丽请他进屋来坐坐，喝杯水。他不肯，嫌自己身上鱼腥味重，怕熏着孩子。

苏冬丽不知道该让丁小杏如何称呼他，就让孩子叫他"赵爷爷"。赵国良看着丁小杏，也不知道说什么好，局促地站在原地，满脸疼爱地笑，目光里似有泪影闪动。这场景，倒很像是当年胡运开老人看着丁晓颜的样子。

后来几年，赵国良不再来镇上。听说身体不好，已出不了门。但他仍会请托来镇上办事、购物的村民，将鲜鱼及各种土产捎带来，搁放在苏冬丽家门口。

2007年，赵国良突发脑溢血，猝然病故于他出生的那座村子里，享年六十四岁。

在扬兮镇的拆迁潮中，仙居巷首当其冲。2001年，仙居巷已被拆得七零八落，破败不堪。这一年丁远鹏六十一岁，已到退休年纪。他关掉美兰牙科诊所，在县城买下一套临湖的公寓房。夫妇俩离开扬兮镇，搬至县城。

在县城，丁远鹏过起了丰富多彩的退休生活。白天，他常去湖边钓鱼。晚上，他去文化馆参加戏曲活动。那里有一个越剧票友团体，由一群退休的老头老太太组织起来，每周两晚，请县越剧团的老师来现场授课。大家相互交流，上场献艺，其乐融融。

丁远鹏很投入。他最爱徐玉兰的唱腔。每逢他表演时，就选唱《红楼梦》里的经典唱段：天上掉下个林妹妹，似一朵轻云刚出岫——

据说他的表演在票友团体内颇受好评。唯一可惜的是，他的个子实在太高了，与他对唱的林妹妹也上了岁数，不得不仰头看着他，累得脖子酸疼。

他的身体比前些年好了，心境也开朗起来。虽然白了头，但颇有夕阳无限好之意。

丁远鹏、胡美兰的大女儿丁晓虹，一直生活在扬州。妹妹丁晓颜罹难时，她已临产在即，不久生下一个儿子，没能赶回来为妹妹送葬。翌年清明前，她抱着儿子来扬兮镇看望父母，独自一人到塔山上，在妹妹墓前大哭了一场。在仙居巷住了一晚，第二天就回去了。此后，扬兮镇的人再未见过她。

胡美兰于1999年退休。她闲不住，在镇小返聘，继续任教。家搬到县城后，她去老年大学教授古典诗歌欣赏课。来听课的多是退休的公务员、教师、医生等知识群体。

胡美兰的课讲得生动有趣，文采斐然。讲到古典诗歌对社会的伟大教化功能，她说：

"我老家扬兮镇，大家都知道，山里面，多偏僻落后的一个小地方呀。可很多人有所不知的是，扬兮镇的名字来自《诗经》呢。抑若扬兮，美目扬兮，这个扬兮就是扬兮镇的扬兮。你们看，古典诗歌对我们生活的影响是方方面面的，源远流长，无远弗届。"

她的讲课很受欢迎，后来还受邀去企业、中学里讲。2019年，胡美兰七十五岁高龄了，方才离开她挚爱一生的讲台。

胡美兰讲解的《唐诗三百首》尤为精彩，为当地人所乐道，所铭记。为表彰胡美兰在传统文化普及教育上所做出的贡献，县电视台文教栏目对她做了一次专访。

面对镜头，这位满头银丝的老太太说：

"我们总以为唐代是花团锦簇、热热闹闹的。可是翻开《唐诗三百首》，每一首都很孤单。"

图书在版编目 (CIP) 数据

扬兮镇诗篇 / 许言午著. -- 北京：北京十月文艺出版社, 2024. 10. -- ISBN 978-7-5302-2428-1

Ⅰ. Ⅰ247.5

中国国家版本馆CIP数据核字第2024GN5030号

扬兮镇诗篇
YANGXI ZHEN SHIPIAN
许言午　著

出　　版	北京出版集团
	北京十月文艺出版社
地　　址	北京北三环中路6号
邮　　编	100120
网　　址	www.bph.com.cn
发　　行	新经典发行有限公司
	电话 010-68423599
经　　销	新华书店
印　　刷	北京盛通印刷股份有限公司
版　　次	2024年10月第1版
印　　次	2024年10月第1次印刷
开　　本	850毫米×1168毫米　1/32
印　　张	12.5
字　　数	214千字
书　　号	ISBN 978-7-5302-2428-1
定　　价	58.00元

如有印装质量问题，由本社负责调换
质量监督电话　010-58572393

版权所有，未经书面许可，不得转载、复制、翻印，违者必究。